AF372052

DESEOS PELIGROSOS

DESEOS
PELIGROSOS

Jugar con fuego nunca
fue tan divertido

TAYLOR HUTTON

Traducción de María José Losada

Argentina • Chile • Colombia • España
Estados Unidos • México • Perú • Uruguay

Título original: *Strike and Burn*
Editor original: Berkley, un sello de Penguin Random House LLC
Traducción: María José Losada

1.ª edición: abril 2025

ISBN: 978-84-15955-13-9
E-ISBN: 978-84-10495-55-5
Depósito legal: M-3.551-2025

Fotocomposición: Urano World Spain, S.A.U.
Impreso por: Romanyà Valls, S.A. – Verdaguer, 1 – 08786 Capellades (Barcelona)

Impreso en España – *Printed in Spain*

Advertencias de contenido

Deseos peligrosos es una novela de romance oscuro para lectores adultos a partir de 18 años. En la novela, en mayor o menor medida, vas a encontrar representados ciertos temas que pueden ser sensibles para algunas personas. Si no quisieras leer sobre ellos o crees que pueden afectar a tu salud mental, quizá este libro no sea para ti.

- Sexo explícito
- Violencia
- Violencia doméstica
- Asesinato
- Lesiones
- Maltrato infantil
- Amenazas y acoso
- Suicidio
- Crueldad animal
- Otros

Para Sarah Mlynowski.
Gracias por ser nuestra casamentera favorita

NOTA DEL AUTOR

En este libro se abordan algunos temas que pueden resultar difíciles de digerir para los lectores, como contenido para adultos, acoso, violencia doméstica, maltrato infantil, violencia de género, suicidio y sexo explícito. Por favor, tenlo en cuenta.

1

HONOR

Hace seis meses

Es una verdad universalmente reconocida que una mujer debe conocer a los hombres en las *apps* de citas y no en el depósito de cadáveres. Sin embargo, aquí estoy, en el lugar más triste en el que haya estado nunca, en el peor momento de mi vida, intentando no fijarme en el desconocido que hay al otro lado de la habitación.

No puedo hacerlo. Tengo que irme.

La primera vez que pisé la morgue fue para despedirme de mis padres.

La segunda, para decirle adiós a mi hermano pequeño.

Esta es, sin duda, la peor.

Debería existir una palabra para describir a aquellos que han perdido a todas las personas que han amado.

Cuando abandone esta cárcel sin ventanas, me encontraré completamente sola en el mundo. Será el primer día del resto de mi vida y no estará a mi lado mi persona favorita, mi mejor amiga, mi gemela idéntica, Grace.

La única razón por la que estoy mirando al tipo que comparte conmigo este lugar es porque resulta una distracción llamativa, una intromisión odiosa en mi pena. ¿A quién se le ocurre llevar esmoquin y un abrigo oscuro de cachemira en el depósito de cadáveres? ¿Quién atiende una llamada en la morgue? La ira me calienta la piel. Llevo diez minutos sentada a solas con el cuerpo de mi hermana, intentando procesar el horror que supone su pérdida. No esperaba que este momento final se viera interrumpido por alguien que no tiene la menor consideración por nadie, vivo o muerto, salvo por sí mismo.

Y de todas formas, ¿qué está haciendo aquí? Es obvio que no se siente afligido por nadie.

Mi gemela era tres minutos y veintisiete segundos mayor que yo, y ahora, por primera vez en mi vida, tengo más edad que ella.

¿Cómo puede ser? Me siento atrapada en una de esas pesadillas en las que quieres gritar, pero no puedes.

Gracie y yo solíamos ponernos juntas frente al espejo y jugábamos a encontrar las diferencias. Nuestros propios padres nos confundían a menudo, lo que a mí siempre me pareció ridículo. Nos movíamos por el mundo como si fuéramos completamente opuestas. Una vez leí una cita que decía que una hermana siempre es la bailarina y la otra la observadora.

Gracie era mi bailarina.

Y, sin embargo, es la cara de mi gemela la que ahora veo sobre una camilla de metal.

Así que esto es lo que se siente cuando alguien te arranca el corazón.

Esto es lo que se siente al no tener nada que perder.

¿Qué ocurre cuando muere la persona que comparte tus secretos?

¿Mueren también los secretos?

Eso podría ser un alivio.

El tipo me mira, pero no interrumpe su conversación. Su aspecto es arrogante, algo que probablemente le permite salirse siempre con la suya. Sus ojos son como el cielo de medianoche. Su pelo espeso y ondulado, y su mandíbula tan afilada como para cortar jamón. A Gracie le habría encantado.

¿Cómo puede no verme? ¿De qué estará hablando? ¿Qué es tan importante como para perturbar mi último adiós? Cuando termina la llamada, pasa a mi lado como si yo no existiera. Como si me hubiera convertido en vapor.

Pero estoy aquí, bajo las parpadeantes luces fluorescentes. No he desaparecido yo ni tampoco mi dolor.

Al salir por la puerta, choca accidentalmente con la camilla de Gracie.

Esto es el colmo. Me lanzo a por él.

—¿Qué coño te pasa? —espeto—. ¡Eso que acabas de apartar como si fuera un carrito de la compra es mi hermana! Es más, ¿qué coño estás haciendo aquí?

Se gira, y debo decir a su favor que me mira como si me viera por primera vez. Luego se mete el teléfono en el bolsillo del abrigo sin apartar la vista; es como si estuviera estudiándome. Por fin asiente, arrepentido, y levanta las manos en un gesto de rendición que llega acompañado de lo que parece una oleada de compasión.

—Respira —dice—. Por favor. Solo respira.

2

STRIKE

Hace seis meses

Lo primero que noto es que ella arde, aunque más como un rayo de sol que como una tormenta eléctrica. Lo segundo, que está llorando y tan enfurecida que parece que me va a dar un puñetazo.

Me parece lógico.

Estoy tan acostumbrado a este lugar que me olvido de que para otras personas el tiempo que pasan en el depósito de cadáveres es el peor momento de sus vidas.

Vuelvo la vista a la camilla con la que he chocado. Una chica con los dedos de los pies etiquetados.

«Este puto mundo…».

Debería dejar que esta mujer me pegara. Probablemente la haría sentirse mejor.

—No te estoy tomando el pelo —aclaro—. Aquí abajo, literalmente, no hay circulación de aire. Tienes que respirar. Inspira y espira.

Sus fosas nasales se agitan, pero toma y suelta el aire conmigo.

Oigo a Axe, que sigue hablando en mi bolsillo, con su marcado acento entrecortado y grave. Pulso el botón para cortar la llamada sin dejar de mirarla. Ahora mismo, tengo que ocuparme de una docena de cosas; para empezar, identificar el cadáver de Esperanza Martínez y averiguar quién es el culpable de que esté aquí (sin duda, el maltratador de su exmarido), y, para terminar, asistir al evento, tan estirado que me dan ganas de sacarme los ojos.

Pero no puedo hacer nada más que contemplar a la joven furiosa que tengo delante.

Tiene una salpicadura de color verde brillante —seguramente pintura— en el borde de la barbilla. ¿Y no es eso también lo que veo en su cuello? Parece un niño que se ha emocionado demasiado con la pintura de dedos.

—Siento haber sido tan irrespetuoso —digo con sinceridad—. Y lamento no haber hecho más fácil el que espero sea tu primer y último viaje a este infierno.

—Es la tercera vez que vengo —confiesa, con la barbilla levantada en señal de desafío y la voz algo temblorosa.

Uf.

—Lo siento. Eso es… mucho.

—Ya, bueno. Cualquiera es reacio a volver —dice. Le resbala una lágrima por la mejilla. Se la quita con brusquedad. Evidentemente, no le gusta llorar y, de repente, lo que más deseo es animar a esta chica con el corazón roto.

—Cuéntame —la animo—. Veo muchas veces… este tipo de cosas… en mi trabajo. —No puede decirse que sea mentira. Además, tiene los ojos más tristes que he visto nunca. Y me da la sensación de que necesita hablar.

Aprieta los labios. Noto que su soledad se une a la necesidad de contar algo sobre su hermana. Me quedo inmóvil. Durante el entrenamiento con el Grupo de Operaciones Especiales de la CIA, en Virginia, aprendí a mantener la misma posición durante horas sin mostrar ni una pizca de inquietud.

Pero, en este caso, no es una tarea. Quiero saber más.

—Por favor —insisto—. Estoy… aquí.

—Gracie desapareció hace más de una semana —empieza, las palabras le salen a trompicones—. Troy, su novio, regresó de una acampada sin ella, alegando que ella había huido en medio de la noche después de una discusión. Aseguró que la había buscado durante horas y que le preocupaba que se hubiera caído por un barranco. —Parece recordar mi consejo, hace una pausa y respira hondo—. Así que durante diez días he vivido la pesadilla de no saber nada… Solo que sí lo sabía. ¡Lo sabía! —Me mira con unos ojos llenos de furia—. Sabía que, fuera lo que fuera lo que le hubiera pasado a Gracie, era culpa de Troy. Esta tarde, la han encontrado en el fondo de un barranco. Él debió empujarla. Y esta es… —Traga saliva mientras levanta los hombros y los deja caer con un suspiro.

—… la confirmación —digo.

Asiente, cierra los ojos, pero cuando le ofrezco un pañuelo, se ríe a medias.

—¿En serio? —pregunta—. ¿Me dejas usar ese pañuelo tan bonito para sonarme los mocos?

—No es mío. Es propiedad del depósito de cadáveres —digo sin expresión, esperando que la broma la anime. Haría cualquier cosa para aliviar su tristeza, para sentirme conectado a ella, aunque solo sea por un momento. De todas maneras, este no es mi *modus operandi* habitual—. Forma parte de las nuevas normas de hospitalidad.

Parpadea, pero asiente, coge el pañuelo y se suena la nariz con fuerza. Luego no parece saber qué hacer con él.

—Quédatelo —sugiero—. Están haciendo toda una línea de *souvenirs* sobre la morgue. Bonito detalle, ¿no? —Me acaricio la mandíbula, como si lo estuviera pensando.

—Al menos es útil —comenta—. Quiero decir que es mejor que un vaso de chupito que ponga «Último trago», ¿no? —Se sorbe los mocos y vuelve a resoplar.

—O que una minilinterna que diga «Oscuridad eterna».

Niega con la cabeza, pero noto que ese humor negro está aliviando parte de su tensión.

—Y… —añado—, el aparcamiento está bastante bien iluminado. Eso merece al menos cuatro estrellas, ¿no?

Su risa es una recompensa, como si un rayo de sol atravesara esta horrible habitación.

—Tres estrellas —me corrige, y luego se toma un tiempo—. Porque en realidad deberían ofrecer servicio de aparcacoches.

—Como parte positiva, el personal es amable y cortés.

Mira a su alrededor.

—¿Qué personal?

Es cierto, el lugar está desierto. La gente que trabaja aquí tiende a ser reservada.

—Solo hay personal esquelético —digo, y luego suelto un gruñido—. Juego de palabras del depósito de cadáveres, lo siento. Sinceramente, me gustaría que hubiera una máquina de café.

—Una máquina de café podría conseguir que este lugar tuviera media estrella más —dice de forma juguetona—. O regalar un café con leche y especias de calabaza.

—O boletos de lotería. Masajes en la espalda. Un pez de colores en una bolsa de plástico. Lo malo de una morgue es que el listón está muy bajo.

—Ya. —Asiente y suspira, pero aunque todavía puede tener ganas de llorar, ya no está a punto de hacerlo.

—¿Y qué le han imputado? —pregunto—. ¿Segundo grado? ¿Homicidio involuntario?

—¿A Troy? Nada —dice ella—. Troy no ha sido acusado de nada.

Cada músculo de mi cuerpo se tensa con una rabia demasiado familiar, es como fuego líquido en mi interior. Cierro los puños con fuerza.

—Entonces espero que obtengas algún tipo de justicia —digo con cuidado—. O que al menos encuentres alguna explicación.

—Justicia… —repite, como si el concepto le fuera ajeno—. Ya.

No puedo permitirme pensar que un puto asesino sociópata llamado Troy anda libre por ahí o golpearé la pared hasta romperme todos los huesos del puño.

—Soy Strike Madden —me presento, tendiéndole la mano. De repente ansío el contacto de su piel, y cuando pone la palma contra la mía, me tranquilizo un poco. Es delicada. Veo medias lunas de pintura verde bajo sus uñas. Son manos de artista.

—Honor Stone —responde—. Perdona si no puedo añadir «encantada de conocerte», porque no estoy segura de que haya sido exactamente agradable conocernos en estas circunstancias. —Se encoge de hombros.

Tiene razón. Puede que haya sido un encuentro eléctrico, pero no agradable.

—Tienes un poco de... —Froto la pintura verde con el pulgar y se la enseño.

—¡Oh! —Se lleva el pañuelo al lugar que he tocado—. Soy un desastre.

—¿Pintas?

Asiente.

—Así es.

—Espera, déjame a mí... —Se queda quieta, y solo necesito apretar los dedos contra su mejilla de melocotón para ponerme duro como una piedra, como si volviera a tener dieciséis años y estuviera a solas con mi nuevo amor detrás del muro del patio del colegio.

—No me has dicho por qué estás aquí. —Ha clavado la mirada en mí—. Supongo que no me enseñaron a comportarme adecuadamente en una morgue. Pero bueno... —hace una pausa—, tú tampoco.

—Lo siento. Estoy haciendo un trabajo para un amigo al que le han asignado este caso. Los detalles son confidenciales por respeto a la familia de la víctima.

—Ah, así que eres como una especie de... ¿trabajador social privado? —se interesa—. ¿O detective privado?

—Algo así. —Menos es más en esta situación; mejor desviarse. Nunca es fácil.

—Este puto mundo —dice con fiereza, en voz baja. Es la frase exacta que se me ha pasado por la cabeza hace tan solo unos minutos. No puedo disimular mi sorpresa.

Hay algo inusual e intenso en esta mujer.

Doy un paso hacia ella; el pensamiento se eleva como un tsunami: lo único que quiero es aplastar su cuerpo contra el mío, sentir su suavidad, captar el aroma de su pelo. Esa emoción me recorre con intensidad, salvaje y excitante.

Podría pegarla contra la pared, apoderarme de su boca, levantarle el vestido…

Sigue mirándome, curiosa.

—Vamos a tomar un poco de aire fresco —sugiero—. No necesitamos pasar ni un segundo más aquí abajo. —Mi voz es neutra, pero no es una frase más. Aunque Honor Stone es muy sexy, no quiero que piense ni por un momento que me quiero acercar a ella aprovechándome de su vulnerabilidad.

Doy un paso adelante y abro la puerta para que ella salga primero. Fuera está oscuro y sé que voy a llegar tarde, pero no quiero dejarla sola.

Todavía no.

—¿Dónde tienes el coche? —pregunto—. Te acompaño.

—Ah, he venido en Uber —explica mientras saca el teléfono para llamar a otro. Se mueve como si estuviera bajo el agua. Es probable que esté en estado de *shock*.

—Esperaré contigo. —El viento helado es como una bofetada en la cara, y ella solo lleva una cazadora vaquera tan fina como el papel. Me quito el abrigo y se lo pongo sobre los hombros. El abrigo parece abrumarla; es tan pesado que siento que podría hundirse bajo su peso. Debe haber venido corriendo en cuanto ha recibido la llamada. Es un milagro que lleve zapatos.

—Gracias —dice Honor—. Vaya, parece que podría ponerse a nevar en cualquier momento, ¿verdad? —Le castañetean los dientes, no lleva guantes ni medias. Es como la niña del cuento de las cerillas. Después de otro minuto, mis manos se mueven de forma automática para frotarle los hombros y los brazos.

Pega un respingo, aunque luego se relaja.

Siento la vibración de un teléfono. El suyo. Se mueve para sacarlo del bolsillo, nerviosa.

—Me acaban de cancelar el Uber —dice—. Uf, y el siguiente está a diecisiete minutos. —Me mira y se aleja un paso—. Oye, has sido muy amable, pero estoy segura de que deberías volver a… —señala mi pajarita con la mano— al gran baile… o a donde sea que vayas. Cogeré el autobús.

Sonrío.

—¿Quién te crees que soy, el príncipe azul?

—No lo sé. No sé nada de ti —dice, y deja la incertidumbre suspendida en el aire como una pregunta a la que se supone que debo responder.

—Soy el tipo que te llevará a casa sana y salva —respondo.

3

HONOR

Hace seis meses

Mientras sigo a Strike por la calle hasta el centro mismo de Shelton, me esfuerzo en descartar la idea de que tal vez me esté llevando a un callejón oscuro para asesinarme.

«No —susurra Gracie—. Estadísticamente es imposible que nos maten a las dos la misma semana. Además, Strike es demasiado guapo para ser un asesino».

Por extraño que parezca, espero que la voz de Gracie siempre me suene tan clara.

Me relajo en cuanto doblamos la esquina, salimos a una calle principal y veo por qué Strike va vestido como James Bond. Se está celebrando una especie de fiesta en el Keystone, un lujoso hotel de cinco estrellas que se inauguró el año pasado. Es como el decorado de una película de Hollywood. Mujeres vestidas con modelos de seda brillante y hombres con corbata negra posan en la alfombra roja delante de un fondo con un logotipo gráfico estratégicamente colocado, pero no reconozco la empresa.

—¿Quién organiza el evento? —pregunto. A veces me olvido de que existe un Shelton totalmente distinto al que conozco: la población que está en declive desde que tengo uso de razón. Pero hay algunas partes de Shelton en las que la gente se viste elegante, brinda y no cena *ramen* del supermercado.

—Game On. Estoy en el sector de la tecno… —Strike se interrumpe cuando un gran todoterreno negro se detiene delante de nosotros—. Te acompaño. —Roza deliberadamente con los dedos el espacio entre mis omóplatos, haciendo que me arda la piel en el punto de contacto. Arqueo la espalda un poco y me giro para mirarlo. No quiero alejarme de él. Todavía no.

¿También él se siente cautivo en este momento?

En circunstancias normales, no asumo riesgos: no juego. No me acuesto con cualquiera ni fantaseo con encontrarme al príncipe azul en el depósito de cadáveres.

De hecho, ahora mismo llevo bragas de abuela.

Pero hay algo en este hombre que me hace querer precipitarme. Me doy un par de segundos para considerarlo en serio…

Strike es alto y esbelto, con fuerza en sus rasgos simétricos.

Su buen aspecto queda contrarrestado por una oscura barba incipiente que me resulta muy atractiva. Imagino su áspera suavidad contra mi propia piel, y me empieza a arder la cara por el impulsivo deseo de querer enterrar la nariz en su cuello.

Por la forma en que me sostiene la mirada, me pregunto si no estará controlando sus propios instintos. No parece de los que pierden el control de nada.

Entiendo que Strike no tenga libertad para hablar de los asuntos en los que está implicado, sobre todo si llevan aparejados acuerdos de confidencialidad y cadáveres en la morgue, pero no parece investigador privado. Al menos, no es como los que salen en las películas. Es demasiado… ¿qué? ¿Sexy? ¿Rico?

De todos modos, el coche está esperando, supongo.

Me quito el abrigo con timidez y se lo entrego. Strike lo coge y vuelve a envolverme con él.

—Estás helada —dice en respuesta a la pregunta que lee en mis ojos—. Lo necesitas.

—Si estás seguro… —Pero ya estoy metiendo los brazos dentro de las mangas y él me abrocha los botones como si fuera una niña pequeña a punto de salir a jugar en la nieve. Está tan cerca que apenas puedo respirar cuando me pone una mano en cada hombro y me acerca para abrazarme.

—Todo va a ir bien —me susurra al oído.

Tomo la decisión sin darme cuenta. En realidad, ni siquiera es una decisión, sino un acto reflejo. Me pongo de puntillas y me sorprendo a mí misma acercando mis labios a los suyos. Al principio no me devuelve el beso, pero esta noche ya no me importa la vergüenza. Siento que me desea y decido dejar todo lo demás a un lado. Total, no me queda nada.

Y entonces me corresponde, aprieta la boca contra la mía, como tanteando si le daré lo que quiere, y cuando separo los labios y su lengua se encuentra con la mía, se enciende una cerilla entre nosotros; nuestra química es tan feroz como una llamarada aguda y crepitante. Me empuja contra el coche y me sujeta por la nuca. Gimo contra su boca y me aprieto contra él. Me sube una mano por el muslo hasta agarrarme la cadera por debajo de la falda. Siento su dura longitud contra mí y me estremezco. Su tacto es frío y caliente al mismo tiempo —me arde todo el cuerpo— y lo único que quiero es más, más, más… Seguir sintiéndolo a él en lugar de esta tristeza desesperada. Y lo que hacemos, sea lo que sea, está funcionando.

«Más, más, más…», pienso —o tal vez lo susurro—. Todo está sucediendo muy rápido.

Oigo un clic y me doy cuenta de que el fotógrafo del evento ha girado su cámara hacia nosotros.

Strike se echa hacia atrás y se alisa la ropa.

Sacude la cabeza varias veces como para despejarse.

—Adiós, Honor Stone —se despide. Una máscara sin emoción cae sobre su expresión, como si no hubiéramos estado devorándonos hace unos momentos—. Cuídate.

Parece una advertencia. De qué, no estoy segura, pero ahora siento un cosquilleo en la piel muy distinto al que me ha invadido cuando me ha puesto las manos encima.

El momento ha pasado.

—Oye, realmente aprecio tu… —No sé cómo terminar.

—¿Mi…? —Strike me presiona con una ceja levantada. De nuevo veo ese atisbo de sonrisa.

—Tu amabilidad —digo—. Cinco estrellas por tu amabilidad.

Su risa es casi un grito de sorpresa. Una lenta inquietud me recorre. En serio, ¿quién es este tipo? ¿Es seguro para mí entrar en este coche? Sin embargo, hay algo en la forma en la que Strike abre la puerta del acompañante del todoterreno que me hace sentir como si me estuviera despidiendo con total eficacia y no como si me hubiera secuestrado.

—Gracias por todo —digo—. En serio. De verdad.

—Ha sido un honor, Honor. —Inmediatamente, me mira sorprendido—. Dios, ¿lo he dicho en voz alta? Apuesto a que nunca te habían dicho eso.

—Nunca. —Niego con la cabeza—. Ni siquiera una vez. —El interior del coche es tan oscuro como una cueva y, una vez dentro, tengo la sensación de que me ha tragado entera.

—Bueno, espero que esto te lleve a casa a salvo con tus seres queridos.

—Estaré sola en casa, en realidad —digo.

—Buena película.

—*Solo en casa 3* es mi favorita. —Me muerdo el labio y decido ir a por él. No ha hecho ningún intento de conseguir mi número—. Mira, ¿por qué no me das tus datos para devolverte el abrigo? Es demasiado bueno para quedármelo. No me parece bien.

Descarta mis palabras con la mano.

—Considéralo amabilidad por parte de un extraño.

No discuto; mientras que para mí el abrigo es casi tan valioso como el pago de la hipoteca, para él probablemente tenga el valor de una taza de café.

—Vale… —Me abrocho el cinturón y me relajo en los suaves asientos de cuero precalentado. Necesitaba ese recordatorio. Somos extraños.

Strike mantiene la puerta abierta mientras sonríe con picardía.

—Además, tengo que discrepar, con todo respeto —dice—. *Solo en casa 5* es la mejor. Los enfrentamientos son brutales.

—¿Quién iba a pensar que tendrías una opinión tan fuerte sobre las películas navideñas?

—Ah, me tomo muy en serio las películas de vacaciones, amiga mía —dice. No puedo apartar la mirada de la insondable oscuridad de sus ojos.

—Nos vemos por este puto mundo, Honor —se despide con una firmeza que me atraviesa el corazón mientras cierra la puerta.

Vuelvo a temblar, pero esta vez no es porque tenga frío.

La última vez que veo a Strike, está cruzando la calle y se enfrenta al tráfico con la cabeza inclinada y una expresión seria. Me aprieto las mejillas con los dedos para intentar tranquilizarme y noto que me arden. Ha sido un choque brutal, y ya se ha acabado.

Lugar equivocado, momento equivocado, todo equivocado.

4

HONOR

Ahora

Me está tomando el pelo, ¿verdad? —pregunta la directora del banco.

Me muevo en la silla, nerviosa. En su identificación pone «Blake», que me parece un nombre amistoso. ¿Acaso no rima con *cake*? Pero esta Blake no es dulce, y está de malhumor. Quizá porque su embarazo está tan avanzado que parece que se va a poner de parto en cualquier momento. De hecho, cada parte de ella parece demasiado hinchada para seguir trabajando, y cualquier cosa que diga parece ponerla de peor humor.

—Mmm, no… —replico—. No es broma. Me gustaría pedir un préstamo para una pequeña empresa. O un préstamo personal. O una segunda hipoteca.

—¿Una segunda hipoteca? —Sus redondas mejillas se inflan por la incredulidad.

—¿No puedo? Verá, la cosa ha ido bastante bien durante las vacaciones, pero la semana pasada, cuando me desperté, descubrí que caía agua en mi habitación. Un contratista me ha confirmado que necesito reparar todo el tejado lo antes posible. —Me aclaro la garganta—. Por la gotera —explico en el malhumorado silencio—, el lugar va camino de convertirse en un parque acuático.

—Ya, pero las cosas no funcionan así —dice Blake—. No nos dedicamos a repartir dinero sin ton ni son.

—Lo sé. Por eso quiero pedir un préstamo. —Intento mantener la calma. No voy a llorar. Me lo prohíbo—. El negocio va bastante bien, así que…

—Pero usted ya tiene un préstamo. De hecho… tiene cuatro.

—Eso es imposible.

—Lo veo aquí, en la pantalla. —Blake se encoge de hombros y apoya las manos abiertas sobre su prominente barriga, como si quisiera proteger a su hijo nonato de mi fracaso económico. Como si lo patética que soy fuera contagioso.

—Debe haber algún error.

—Le puedo imprimir los registros.

Me froto los ojos. Últimamente no duermo bien; de hecho, desde la muerte de Gracie, hay muchas noches en las que no duermo nada. Aunque tuve una velada con un misterioso príncipe azul, fue en el depósito de cadáveres, y desde entonces mi vida parece la de Cenicienta.

El Shelton Savings & Loan está situado en las afueras de la ciudad y parece uno de esos simpáticos bancos en los que los animales de los libros ilustrados pueden guardar sus ahorros. A Gracie y a mí nos hizo sentir seguras hace tres años, cuando juntamos todos nuestros ahorros para el pago inicial de un pequeño edificio de uso mixto en Maple Drive.

Evidentemente, no es la mejor zona de la ciudad, pero teníamos bien planeado cómo íbamos a sacarle provecho. Utilizaríamos el piso de abajo para abrir la tienda de nuestros sueños, «Grace & Honor», donde venderíamos mantas para estar a gustito a un precio asequible, velas para crear ambiente y un elegante surtido de productos de baño y belleza. Si bien, eso sería solo la punta del iceberg. En la pared del fondo, pensábamos exponer discretamente lo que en realidad buscaban nuestros clientes: la colección de aceites y mascarillas, máscaras, plumeros y otros deliciosos juguetes para adultos. Un estimulador de clítoris recargable para llevar debajo de las bragas, un masajeador con Bluetooth para parejas, un *flogger* con borlas...

Gel para pezones.

Nuestra idea dio frutos. Al parecer, las mujeres de Shelton guardaban en secreto sus necesidades y aplaudieron tener un lugar donde poder comprarse máscaras y artilugios a pilas que guardar en las mesillas de noche sin tener que acudir a un *sexshop*. Por mi parte, me dediqué a husmear en Internet con mucho éxito y rastreé miles de páginas en busca de envoltorios discretos que pudieran pasar desapercibidos al cartero más fisgón, lo que se unía a las pistas que daba en Instagram para que nuestras compradoras supieran exactamente qué elegir sin tener que hacer preguntas.

Gracie y yo creamos nuestro hogar en el piso de arriba. Era un tanto particular, ya que lo decoramos sobre todo con productos que no habían tenido el éxito esperado en la tienda: una lámpara de pie con forma de pulpo, platos rosas impresos con las palabras *Mama Needs Rosé*, el sofá que rescatamos de la basura y retapizamos con la tela de mantel estampada con emojis de berenjenas y melocotones que nos habíamos tenido que quedar después de una despedida de soltera cancelada... Nos habría ido mejor si Gracie no hubiera llenado el inventario de artículos caros que quería para sí misma, como la bata de seda que «tomó prestada» y luego manchó con mantequilla de cacahuete. O si no hubiera cogido fondos para pagar las reparaciones del coche o si no hubiera pagado las rondas de bebidas cuando salía de fiesta con Troy.

Pero nos mantuvimos a flote también gracias a ella. Era una absoluta inútil con los impuestos, el inventario y las nóminas, pero podía vender arena en el desierto.

Las ventas han caído desde que no está. Todavía estoy intentando recuperarme del mes en el que fui incapaz de trabajar y dejé que mi única dependienta, Josie, se ocupara de la tienda a tiempo parcial. Me esforcé por mantenerla abierta durante las fiestas; una época muy traumática para mí, sobre todo en vísperas de Navidad.

Incluso ahora lucho contra el impulso de cerrar antes de tiempo. La semana pasada, Jo me llegó a decir que mi energía es tan triste que ahuyenta a los clientes.

Puede que tenga razón.

Blake sigue tecleando. Sus mejillas parecen hinchadas con una suficiencia que a mí me encoge el corazón.

«¿Cuatro préstamos? ¿Cómo es posible?».

Empieza a sonar la impresora detrás de su silla.

—La vida es dura —comenta mientras me entrega un montón de papeles recién impresos—. ¿Cuántos años tiene? ¿Veintidós? ¿Veintitrés?

—Veintiséis —la corrijo, y luego me doy una colleja mental. La pregunta era retórica. Blake me estaba menospreciando. Cree que soy inexperta y estúpida.

—Bueno, entonces, cariño, es lo suficientemente mayor para entender que, cuando se pide un préstamo, hay que devolverlo.

Me empiezo a enfadar. Menuda zorra. A mí nunca se me ha dado bien ser una cabrona. Gracie era la gemela explosiva de nuestro dúo dinámico; se encargaba de las confrontaciones mientras que yo era la pacificadora. Cuando se intenta sacar adelante una pequeña empresa, hay que encontrar el equilibrio perfecto, y Gracie y yo funcionábamos como las dos ruedas de una bicicleta.

Cuento hasta diez en silencio mientras miro el borrón de páginas impresas a un solo espacio.

—Sí. Entiendo perfectamente lo que es un préstamo —afirmo—. ¿Seguro que se trata del uno-uno…?

—Uno-uno-ocho Maple Drive. —Los ojos de Blake brillan de exasperación—. Está todo ahí. Le he impreso la hipoteca original, y luego la segunda y tercera hipotecas. Y el préstamo para la pequeña empresa.

—Pero yo no sé nada de… —Rebusco entre los papeles, con una nota de pánico en la voz.

Me mira con los ojos entrecerrados.

—Entonces, ¿no es usted Grace Stone?

Siento un vuelco en el estómago como si me hubiera caído al vacío.

—Soy su hermana. Soy Honor Stone. Gracie… ha muerto. —Sigue siendo difícil de decir—. No soy responsable de su deuda.

—Mire, usted también ha firmado el contrato. —Blake, la zorra, gira la pantalla para enseñármela y ahí está mi firma, Honor Sunday Stone—. También lo puede ver en la copia impresa. En la última página.

Miro el papel con incredulidad. «¡Joder!». Gracie falsificó mi firma y usó la dirección de Troy para enviar el papeleo. Por eso no sabía de su existencia.

Aunque no puedo describir lo mucho que quería a mi hermana, esta noticia me pasa por encima como un camión. Para Gracie, el dinero era un placer inocente, algo que sentía que no le estaba permitido conservar. Tampoco se sentía culpable por tener los dedos ligeros para sacar billetes de veinte de mi cartera y cambiarlos por maquillaje o aperitivos.

Estos préstamos eran dinero de mentira para ella, no una obligación legal real.

Pero, aun así, ¿ocultármelo todo?

«¿Cómo pudiste, Gracie?».

Casi me da miedo preguntar.

—¿Cuánto debo?

Ella enarca las cejas.

—Con los pagos atrasados y el interés mensual compuesto…

No oigo el resto. De repente, siento un zumbido fuerte y furioso en los oídos. Me quedo sin respiración, me siento enferma, asustada, furiosa… Envuelta en sentimientos que me consumen por completo. He perdido a Gracie, ¿de verdad voy a tener que renunciar también a la tienda? Ese apartamento es el único lugar en el que me he sentido lo suficientemente segura como para llamarlo hogar. Gracie y yo soñábamos con tener algo así desde que éramos niñas. Ha sido nuestro refugio.

Pienso en Strike, que me viene a la cabeza con demasiada frecuencia y en los momentos más extraños, normalmente los más sombríos. Y, por supuesto, cuando más ansiedad tengo. «Respira», recuerdo.

Esos ojos oscuros me hacen aferrarme a la sensación de que soy más fuerte de lo que creía.

Respiro hondo y me pregunto una vez más dónde estará, qué hará, si alguna vez piensa en mí.

❦

Unos minutos después, salgo del banco, aturdida y avergonzada.

Tengo el corazón destrozado ante la idea de que la tienda se vaya a la mierda. Dispongo de tres semanas para pagar los atrasos antes de que se inicie el procedimiento de ejecución hipotecaria.

Tres semanas.

Necesito una buena cantidad de dinero para ya y, simplemente, no la tengo. No veo ninguna solución. ¿Y si alquilo el dormitorio de Gracie? ¿O vendo sangre?

Intento que el aire frío de la primavera mejore mi estado de ánimo.

Tiene que haber una solución a este lío.

«Respira».

Me he aferrado a esa palabra desde aquella noche. Me ha ayudado, aunque el propio Strike haya desaparecido sin dejar rastro. Al principio, era optimista y creía que me lo encontraría en alguna parte, de alguna forma. Durante unas semanas, lo busqué en Internet todo lo que pude, aunque mis indagaciones nocturnas en la red no arrojaron casi ningún hallazgo. Aquella noche tenía la mente tan nublada que no pude, y sigo sin poder, recordar su apellido, y las búsquedas de «Strike millonario de treinta años de Shelton, Pensilvania» no me han conducido a ninguna parte. Tampoco hay constancia de que alguien llamado Strike asistiera al elegante evento del Game On en el Keystone, aunque sí me enteré de un conflicto laboral con el personal de cocina del lugar.

Poco a poco, a medida que pasó el tiempo y tuve claro que no podría localizar a Strike de ninguna manera, me obligué a intentar olvidarlo.

«Respira».

Justo cuando cruzo State con Main, sale de un edificio cercano un hombre de aspecto familiar, y me quedo paralizada por el terror. No.

No. No. NO.

Es él: Troy Simpson.

Un pequeño grito estrangulado me desgarra la garganta. He oído que se fue del pueblo hace meses. Pensaba que se había marchado. Que estaba a salvo de él.

¿Por qué está aquí? ¿Qué es lo que quiere?

Ya me ha quitado lo que más quería. Por un momento, me quedo paralizada, observando entre temblores el caminar desgarbado y firme de Troy, como si ese sádico fuera un juguete de cuerda. Solía andar igual por los pasillos del instituto, sin parar hasta asaltar a Gracie o a mí, fingiendo que no podía distinguirnos. Como si no tuviera importancia que fuéramos personas distintas.

Incluso antes de que Troy se colara en la vida de Gracie y se hiciera su novio, era un chico horrible.

En primaria, jugaba a pillar y besar a las chicas en el patio de recreo, apretando sus labios agrietados contra nuestras caras mientras nos inmovilizaba contra la valla metálica. En sexto, Troy encontró un nuevo entretenimiento: se subía al retrete del baño de chicas y se asomaba por encima de la pared de separación.

—Soy de la patrulla de la caca —le decía a todo el mundo cuando, triunfante, enumeraba los hábitos higiénicos de las chicas de clase: cuánto tardaban, si tiraban de la cadena más de una vez. Era horrible.

Por aquel entonces, a Gracie no parecía molestarle Troy. Pero yo lo despreciaba, sobre todo después del día que levanté la vista en el retrete del baño de las chicas y lo pillé mirándome entre gruñidos, sin duda masturbándose. No volví a ir al baño en el colegio.

Años más tarde, cuando Grace y yo trabajábamos como camareras en el Open Barrel, una cervecería a la que le gustaba presumir de tener cincuenta y dos clases de cervezas de barril diferentes, Troy empezó a venir a recoger a Gracie. Para entonces, ya me había graduado en el instituto, aunque Gracie no volvió a pisarlo después de décimo curso.

Al principio, su relación parecía inofensiva. Pero, pronto, Troy empezó a mostrarse celoso y gritaba si Gracie miraba a otro chico.

En algún momento, los gritos se convirtieron en puñetazos.

Hacia el final, siempre sabía cuando Gracie había pasado un fin de semana con Troy porque usaba prendas de manga larga y pantalones para cubrirse las marcas que le había dejado.

—Ya sabes que Troy tiene ese carácter impredecible —me recordaba ella mientras sostenía una bolsa de guisantes congelados sobre su ojo morado—. Pero luego siempre se siente mal por ello y se porta como un gatito. Además, ¿qué me dices del sexo de reconciliación? Es sublime. Y somos bruscos en la cama. No soy la única que acaba con moretones.

No era culpa de Gracie que nadie nos hubiera enseñado cómo era el amor. Así que no servía de nada que intentara hacerla entrar en razón diciéndole que Troy era su forma de revivir los peores patrones de nuestra infancia.

—Se te da mejor que a mí estar sola, Sunday —decía usando mi segundo nombre.

«Yo no estoy sola, porque te tengo a ti», pensaba yo.

Rompieron después de que Troy le fracturara una costilla. Aunque volvieron a estar juntos un año después, cuando él le declaró su amor con un collar que juraba que era de su abuela, pero que estoy segura de que había robado de la casa de algún jubilado mientras le arreglaba un inodoro atascado.

No tardaron en aparecerle nuevos moretones en los brazos, en el cuello.

Gracie sabía que yo estaba dispuesta a hacer cualquier cosa para liberarla de él. Me ofrecí a hacer las maletas e irme con ella a cualquier parte, cuando quisiera. Podríamos furgarnos en plena noche en busca de una nueva vida. Cuando le contaba mis planes, ella sonreía, aunque sus ojos se mostraban distantes.

—Qué buena eres. Pero tengo que quedarme aquí. Le quiero.

Troy era arenas movedizas, y perdí a Gracie porque se fue sumergiendo en él centímetro a centímetro, hasta que un día desapareció.

La policía ni siquiera me ha avisado de que Troy ha vuelto, figúrate.

Troy aún no me ha visto, y avanza como si fuera el dueño del pueblo. Sus ojos redondos me hacen pensar en cómo sería un Rugrat de adulto. Actúa como si la gente siguiera pensando que es mono y travieso, cuando en realidad es repugnante, un ser mimado por una vida en la que ha conseguido exactamente lo que quería. Por ejemplo, aunque apenas está cualificado para ser fontanero, nunca se quedará sin trabajo porque su padre es el dueño de la empresa.

Al momento siguiente, estoy casi segura de que Troy me tiene en su línea de visión, y siento que mis entrañas se bloquean como si se me hubieran activado todos los botones de pánico internos: «Corre, corre, corre».

Me agacho detrás de una madre que empuja un cochecito y me desvío por una calle lateral. Siento calambres en el estómago, pero no dejo que eso me frene y empiezo a correr. Intento imaginar que estoy en un videojuego, que soy la última superviviente de un apocalipsis zombi, aunque lo que realmente quiero hacer es dar la vuelta, seguirle la pista y aplastarle el cráneo. Destruirlo. Y Blake, la zorra del banco, también se merece un castigo.

Siento el corazón acelerado, el sudor hace que me piquen los ojos. Corro, pero con rabia, imaginándome que esprinto hacia delante.

Sin retroceder.

Aunque en realidad estoy huyendo… Y tan rápido como puedo.

¿Por qué siempre soy la presa?

5

STRIKE

Ahora

Chorraaaadas, amigo mío —gruñe Axe con su acento escocés mientras nos sentamos en extremos opuestos en la mesa de conferencias de sus oficinas en el centro de Shelton. Levanta el vaso—. Todo es cuestión de agua. Una gota hace destacar la turba. —En la sede de SynthoTech se respira una energía diferente que en la de mi empresa, DME. Para empezar, es un *loft* industrial: ventanas con marcos de aluminio, ladrillo visto y hormigón, y una nevera llena de Red Bull para los becarios.

Dirigimos dos tipos de barcos distintos: si DME es un yate, SynthoTech es un catamarán. DME está más consolidada, y la rama de videojuegos lleva diez años generando beneficios. Mientras que SynthoTech, con menos de un año de vida y especializada en aplicaciones de inteligencia artificial, es nueva y le queda todo por demostrar. Axe está preparado; no solo tiene cabeza para los negocios —vendió su última empresa tecnológica por ocho cifras—, además tiene agallas para ello.

Sin embargo, está totalmente equivocado sobre el whisky.

—Prefiero añadir *ketchup* a un filete que diluir un buen Macallan con agua del grifo —digo.

—Chorraaaadas, Strike. Chorraaaaadas.

Levanto una mano.

—He oído claramente el primer «chorradas», y lo siento por tus aburridas e ineptas papilas gustativas, que podrían lamer una fogata y llamarla malvavisco.

Axe se ríe al oír eso, es imposible que se sienta insultado. Nos conocemos y tratamos desde hace más de veinte años. Primero a través de Internet, cuando éramos adolescentes, unos *hackers* tontos que se pasaban la noche jugando en la *dark web*, y después al convertirnos en jóvenes reclutas de la CIA, donde mi especialidad eran las operaciones encubiertas, mientras que Axe se dedicaba a la ciberseguridad y la criptografía. Más tarde trabajamos juntos en la seguridad privada. Solía bromear diciendo que yo era el músculo de su cerebro, pero eso fue antes de que Axe cambiara las gafas pegadas con cinta adhesiva por una operación láser y se dedicara al *motocross* en todoterreno. Últimamente, el muy gilipollas se ha puesto las pilas en el gimnasio y puede que incluso esté más cachas que yo.

Además, seamos sinceros: yo también he sido siempre jodidamente inteligente.

A lo largo de los años hemos llevado nuestras carreras a la par, apoyándonos el uno al otro en la experiencia y disfrutando de la compañía del otro en los ratos libres. Esta tarde, tras una jornada de trabajo, ha decidido retomar una discusión —whisky: ¿diluido o sin diluir en agua?— que mantenemos desde hace años.

El hecho de que el muy cabrón sea escocés lo hace creerse un experto en el tema.

—Llámame *gentleman*, pero me gusta saborearlo solo —añado, solo para cabrearlo—. ¿Hemos terminado?

Axe da unos golpecitos al ejemplar de *El poder de la vulnerabilidad*, de Brené Brown, que hay junto a la botella de Macallan.

—La próxima elección.

Nos reunimos dos veces a la semana para leer y tomar whisky, en mi despacho o en el suyo. En los calendarios de ambos, esas citas están marcadas como NM (No Molestar) y nuestros asistentes saben que no deben tocarlas. Es una costumbre que empezó en Libia, en una misión de seguridad privada. Los dos estábamos leyendo *Un problema del infierno* y, desde entonces, Axe ha creado un intrincado algoritmo —que por supuesto ha patentado— para elegir nuestra próxima lectura entre una variada selección de libros.

Pero hoy estoy de muy mal humor. Ni siquiera necesito que Axe me lo diga. Hace meses que no duermo, y lo atribuyo a la noche en que conocí a Honor Stone. Tampoco es que suela descansar particularmente bien; uno no lleva el tipo de vida que yo he llevado disfrutando de ocho horas de sueño.

Aquella primera noche, ella se deslizó en mis sueños como una melodía, invadiendo mi mente dormida. Desde entonces he tocado el borde de su mejilla miles de veces. He recordado la curva de su cadera y sus límpidos ojos castaños, del mismo color que el whisky del fondo del vaso. He visto a Honor dos veces en persona desde aquella extraña noche, sin contar las veces que la he buscado en Google. Por supuesto, ella no me ha visto a mí. Tiene una tienda muy mona en una zona no tan mona de la ciudad y, en dos ocasiones diferentes, me he encontrado aparcando al otro lado de la calle para terminar con la vista clavada en el escaparate, como si estuviera bajo un hechizo hipnótico.

No he entrado nunca.

Es un impulso irracional. No tengo ni idea de qué me impulsa a perder tiempo de mi apretada agenda para permanecer sentado en el asiento delantero del coche, como un policía en una operación de vigilancia. He investigado a ese pedazo de mierda que es Troy Simpson, un tipo listo que al menos sabía que tenía que largarse de Shelton y que sentirá la ley de mis puños si vuelve a asomar la nariz por esa tienda.

En mi mente, estoy allí todo el tiempo. No puedo dejar de pensar en ella.

Y no es propio de mí.

Solo sé que es la mujer más hermosa que he visto, la más intrigante que he conocido y que, si hubiera estado en el depósito de cadáveres por una razón menos angustiosa que identificar a su hermana gemela, la habría inclinado sobre una de esas frías camillas de acero para follármela.

—¡Strike! —me llama Axe, y yo levanto la vista—. ¿Dónde estabas?

Me encontraba lejos, apretado contra un todoterreno, con las manos en los muslos de Honor.

—Lo siento. Aquí.

Entrecierra los ojos, pero no me presiona.

—Te decía que nadie de mi equipo quiere cambiarse ahora. Están demasiado entusiasmados con la inteligencia artificial. Es el futuro, viejo. Sube a bordo —comenta Axe.

—Que se joda la inteligencia artificial y que te jodan a ti también. Va a destruir a la humanidad.

—O a salvarla —esgrime Axe. Disfrutamos con esta discusión, y aunque yo hago de abogado del diablo al expresar una opinión totalmente contraria a la de él sobre la inteligencia artificial, sé cuál es mi posición y con qué puedo ganar más dinero.

—¿Has conseguido la información que necesitaba sobre Martínez? —pregunto.

—Por supuesto —se burla Axe—. ¿Sigue en pie lo de la última semana?

—Pregúntale a uno de tus sistemas de inteligencia artificial. Seguro que puede decírtelo.

—Lo hice, y me dijo: «Strike Madden es un gilipollas». —Axe desliza el expediente por la mesa. Lo abro y me quedo con la cara desencajada mientras lo leo. Axe siempre pone las fotos del cadáver en la primera página; lo hace a propósito, lo sé. Para provocarme.

—Domingo por la noche —digo.

Asiente con la cabeza.

—Lo programaré en consecuencia. Ten cuidado con este, Strike —avisa.

—Siempre tengo cuidado —replico, y luego tengo que unirme a él cuando se ríe en mi cara porque, por supuesto, eso es una *chorraaaada* bastante obvia.

6

HONOR

Ahora

No dejo de esprintar hasta que estoy a salvo en mi apartamento, con la espalda pegada a la puerta, jadeando. ¡Dios mío!

Mi cuerpo está cubierto de sudor y me arde la piel. Siento unos ojos en la nuca, como si me observaran.

¿De verdad no me ha visto Troy? ¿Me estaba siguiendo? Jadeo tanto que creo que me voy a desmayar. Bebo agua directamente del grifo de la cocina mientras el corazón me late como un tambor en los oídos.

Troy está de vuelta en Shelton.

¿Cómo he podido ser tan estúpida de pensar que estaba fuera de mi vida?

Una vez recuperado el aliento, vuelvo abajo para comprobar las cerraduras.

Por supuesto, con cuatro préstamos, puede que ni siquiera sea la dueña de la tienda el mes que viene.

¿Cómo se supone que voy a seguir adelante? ¿Cómo puedo vivir en un mundo en el que Gracie está muerta, pero Troy

Simpson podría estar acechándome a la vuelta de cada esquina? No tengo red de apoyo. No tengo familia. Existe la posibilidad real de que me encuentre sin hogar dentro de nada. ¿Qué será entonces de mí y de Keeper, el mejor gato calicó del universo, si perdiera el techo que gotea sobre nuestras cabezas?

Hace seis meses, cerré la puerta de la habitación de Gracie, incapaz siquiera de echar un vistazo. Hoy, cuando entro, la sensación es diferente. El aspecto es el mismo, por supuesto: paredes pintadas de lila con pósteres de Taylor Swift y Garth Brooks. Una cama rosa con volantes, donde reposa su colección de peluches de Pokémon perfectamente ordenada. Una habitación de niña para una mujer que nunca tuvo infancia.

—¡Maldita seas, Gracie! —Levanto a Pikachu, el muñeco favorito de mi hermana, y lo tiro contra la pared. Acaba cayendo con suavidad en el suelo.

La última vez que vi a mi hermana, llevaba colgada la mochila a los hombros; ya estaba preparada para ir de acampada con Troy. Se había recogido el pelo con un pañuelo azul y tenía una mancha de crema solar en la nariz. La envolvía una energía nerviosa mientras leía en el teléfono el siguiente mensaje de Troy conteniendo la respiración.

—¿Qué es tan gracioso? —le pregunté.

—Troy me dice que si quieres venir con nosotros —resumió, riendo de esa forma asustadiza que la embargaba cuando Troy la hacía sentir incómoda—. Dice que tú, él y yo deberíamos hacer un trío bajo las estrellas.

—¡Dios mío, qué asco! —Aunque no me sorprendió. Troy describía a todas horas cómo serían nuestros tríos, en especial cuando estaba borracho.

—Relájate. Es una broma. —No me miró mientras tecleaba en su teléfono.

—Gracie —dije, en tono de advertencia, con la piel erizada por el miedo y el asco que sentía cada vez que hablábamos de Troy—, ¿no ves lo completamente enfermizo que es? Te menosprecia con sus palabras. Está siendo repugnante y cruel, e intenta abrir una brecha entre nosotras. ¿Por qué no lo entiendes?

—¿Por qué no entiendes tú que solo estás celosa porque yo he encontrado a alguien que me quiere y tú no? —replicó ella—. Troy haría cualquier cosa por mí…, en serio. Siento que estés sola y abandonada, pero deja de echarle la culpa a Troy.

—Eso no es amor, Gracie. —Lo dije en voz baja, aunque no pude evitar la desesperación que me invadía. Sabía que esa acampada era una mala idea.

No podía salir nada bueno de que Troy y Gracie estuvieran solos en el bosque con un par de cajas de cerveza. Le sujeté la correa de la mochila y ella tiró con fuerza.

—Deja de intentar retenerme aquí —chilló, levantando la mano como un policía de tráfico—. ¡Y de arruinarlo todo!

—¿Crees que no quiero que seas feliz? Claro que sí. —Me puse a llorar—. Hemos perdido a toda nuestra familia, no soportaría perderte a ti también, y menos por él. Pero cada día te alejas un poco más de mí y no puedo…

—¡Sunday, esto no va de ti! Yo no te digo cómo vivir tu vida —estalló Gracie—. ¡No me digas cómo vivir la mía!

Sonó el claxon de un coche, largo, impaciente, y ella pegó un respingo.

—Por favor… —le supliqué con los ojos ardientes, la voz temblorosa, dejando de fingir—. Quédate conmigo este fin de semana. No vayas de acampada, por favor. ¡Por favor! Podemos hacer palomitas y ver películas y hacernos la pedicura y…

—¡Para! —gritó, con la voz chillona por la rabia, clavándome un dedo en el pecho—. ¡Para!

Y entonces Gracie salió por la puerta dando un portazo.

Esa fue la última palabra que Gracie me dijo: «Para».

Esa fue la última vez que vi a mi hermana con vida.

Me siento a los pies de su cama y me doblo de dolor. Tengo la cara empapada por las lágrimas. Cuando voy a buscar a Pikachu, veo una foto de las dos en el borde del espejo que hay sobre el tocador. Es de un verano en el lago Lackawanna cuando teníamos dieciséis años. Las dos sonreímos en bikini. Imágenes reflejas. Idénticas y opuestas.

«¡Oh, Gracie!». Estoy enfadadísima, pero no me permito estar enfadada con ella. Es difícil odiar a la única persona por la que harías cualquier cosa para devolverle la vida.

No suelo permitirme pensar que nunca tendré la oportunidad de despedirme como es debido. Si no pude evitar que se fuera de acampada, lo mínimo que podría haber hecho era abrazarla antes de que se marchara. Decirle que la quería. Recordarle que no podía vivir sin ella. Todavía no me puedo creer que no hubiera aprendido esa lección: nadie nos avisa antes del adiós definitivo.

Mi amor por ella llena la habitación, infinidad de risas compartidas y todos esos abrazos que nos dimos. Mi amor por ella me hace sentir un anhelo doloroso por estar una noche más juntas en el sofá.

Todo esto es un cruel error, ¿verdad? Estará en casa esta noche, diciendo mi nombre, engatusándome para que le haga una pizza.

«Gracie, vuelve conmigo».

Vivo en tanto silencio… En tanta soledad…

La única persona que me queda en la vida, la única con la que puedo hablar, es Josie.

Y mañana tengo que despedirla.

7

HONOR

Ahora

Me despierto antes del amanecer, me levanto de la cama y me llevo la taza de café instantáneo al taller para sentarme en lo que era un armario hasta que quitamos la puerta y clavamos un trozo de madera de pino en la parte trasera para convertirlo en un escritorio abatible.

Cuando reviso el buzón de voz de la línea de la tienda, la voz de Gracie llena el silencio, recordando a Jo que ya han llegado las nuevas cajas de bombas de baño *tutti frutti*. Es un ritual doloroso, un puñetazo diario en el estómago. No me atrevo a borrar su voz.

Una de las cosas más atroces de perder a la persona que amas es que los demás dejan de pronunciar su nombre. Todos siguen adelante. Todo continúa igual. No importa que haya una persona menos en el mundo.

«Gracie, Gracie, Gracie…, ¿qué debo hacer?».

Cada vez que me imagino despidiendo a Josie, me siento mal.

Miro el cuadro enmarcado que tengo sobre el escritorio. Los árboles arden como cerillas en color rojo rubí. Gracie siempre juraba que era uno de mis mejores cuadros.

—Honor, eres una puta artista —solía decir—. ¡Tenemos que vender tus cuadros en la tienda! Es un crimen desperdiciar tanto talento.

De repente, tengo la respuesta. Aunque soy demasiado tímida para vender mis cuadros en la tienda, así que quizá podría...

Tecleo la dirección de la página de Etsy y pulso *enter*.

Unas pocas indicaciones y ya tengo un perfil. Hasta ahora, ha sido más fácil de lo que pensaba. Pero cuando me pide un nombre para la tienda online, vacilo.

Quiero ser anónima. Lo necesito.

¡Luciérnaga! Sonrío al recordarlo. Sí, la tienda se llamará así en homenaje a uno de mis pasatiempos infantiles favoritos con Gracie.

Solíamos atrapar luciérnagas en frascos. Se convertían en pequeñas linternas para iluminar nuestras noches más oscuras.

«Esto te habría gustado, ¿verdad, Gracie?».

Cuando veo el botón para subir imágenes, voy corriendo al apartamento y saco un montón de lienzos del fondo del armario. Hago fotos de cada uno con el móvil.

Noto la cara caliente; me ruborizo al imaginarme a otras personas viéndolos. Una cosa es tener un rincón de la tienda dedicado a vender ropa interior comestible y lubricantes con aroma a cereza. Otra muy distinta es exponer al mundo estas pinturas tan sexuales.

Llevo toda la vida con un cuaderno de bocetos en la mano, pero no tengo formación académica. Lo más cerca que estuve de estudiar arte fue cuando Gracie encontró trabajo como modelo en el Círculo de Artistas de la ciudad.

Allí se reunían pintores y diseñadores locales para hablar de la última exposición de la galería Willis-Holmes. De vez en cuando me atrevía a visitarla y recorría silenciosa los rincones del sobrecogedor espacio blanco, temblando por el aire acondicionado, recreándome con las esculturas y las pinturas expuestas en lienzos tan grandes que no lograba imaginar una casa lo bastante amplia para colgarlas. Y siempre, siempre, me aferraba al sueño de que alguien me viera y creyera que yo también era una artista.

A lo largo de los años, con la ayuda de muchos tutoriales de YouTube, fui adquiriendo una sólida formación. Aunque una escuela de arte de verdad estaba fuera de mi alcance, se puede aprender mucho si te esfuerzas.

Sé que tengo buen ojo y habilidad para captar la forma femenina con óleo. He desarrollado mi propio estilo, que consiste en una forma personal de saturar los colores y exagerar las proporciones. Empecé plasmando hombres con músculos rugosos y venas marcadas e intencionadas. Y luego, con el tiempo, se juntaron en mi lienzo hombres y mujeres, hombres y hombres, mujeres y mujeres, en todas las combinaciones posibles. Mostraban sus cuerpos desnudos, enredados y extasiados.

Me muerdo el labio inferior hasta dejarlo en carne viva mientras veo cómo cada una de las seis imágenes que he seleccionado se carga en mi página de Etsy. Les pongo títulos y añado precios modestos.

Cuando termino, mi corazón no deja de palpitar. Luciérnaga tiene muy buen aspecto, pero ¿no habré perdido la cabeza al pretender que mi trabajo es algo más que el de un *amateur*? ¿No creerá la gente que soy una pervertida?

Al instante, pienso que perder la tienda y el apartamento sería peor. El riesgo supone una amenaza diferente cuando ya has perdido lo que más quieres.

El timbre de la tienda suena justo cuando añado los datos de mi cuenta bancaria.

—¡Hola! Buenos días. —Josie Greene es una de esas personas alegres y burbujeantes, capaces de encontrar un resquicio de esperanza incluso en un día de tormenta. Su aspecto también lo es: posee curvas muy atractivas, unas ondas de color rubio platino, algunas pecas y una sonrisa permanente en la cara. Nunca es fingida.

«Soy de ascendente Cáncer, pero mi luna está en Sagitario, lo que hace que siempre me sienta guay», informa con sinceridad a todo el mundo.

—¿Qué haces? —pregunta mientras deja una bolsa, estampada con erizos de dibujos animados y repleta de su suministro semanal de novelas de misterio de la Biblioteca Pública de Shelton.

—Números —respondo mientras salgo rápidamente de la página de Etsy. Adoro a Jo, y contratarla a tiempo parcial ha sido una de las mejores decisiones que he tomado en mi vida, pero no quiero que esté al tanto de que vendo mis cuadros. Me pediría verlos y, aunque Jo no es ninguna mojigata, no me imagino dejando que se asome a mi subconsciente privado.

—¿Te lo puedes creer? La insulina ha subido otros cincuenta dólares al mes. ¡Cincuenta! ¡Increíble! —Jo arruga la frente, es lo más cerca que está de fruncir el ceño—. Es decir, ¿qué coño les pasa? ¡Como si necesitáramos tener más claro que Mercurio está en retroceso! ¿Primero lo de la matrícula y ahora lo de la insulina? Me vería en aprietos sin mi pequeño sueldo. —Me sonríe agradecida.

Y me da un vuelco el corazón. Jo le quita importancia a la vida como puede, pero padece diabetes tipo 1 y utiliza una bomba de insulina. Por supuesto, la suya tiene cebras estampadas y es preciosa porque, según Jo: «Algo que me mantiene viva debería ser al menos la mitad de bonito que yo».

Si la tienda quebrara, yo encontraría la manera de vivir a base de M&M's y Happy Meals, pero Jo moriría literalmente sin su medicación.

No puedo despedirla y no lo haré.

—¿Estás bien? —pregunta—. Tienes una mirada preocupada.

Niego con la cabeza y fuerzo una sonrisa.

—Estoy bien. Tal vez tenga un poco de frío.

—Aquí tienes. Póntelo. —Jo abre el armario para los abrigos junto a la puerta, coge algo y me lanza lo que al principio creo que es una manta.

Sin embargo, es el abrigo de cachemira de Strike. Lo colgué con cuidado aquella primera noche, como si fuera la toga de coronación de un rey. Es demasiado bonito para usarlo, aunque a veces lo miro y le paso el dedo por la manga o huelo la tela. Ahora me viene todo a la cabeza; pienso en lo mucho que el abrigo se parece a él: es precioso, hecho a medida, perfectamente diseñado.

Imaginar al hombre que llevaba dentro me catapulta de vuelta a todas las sensaciones que tuve aquella extraña noche en el depósito de cadáveres. El atractivo de Strike es tan intenso en mi cabeza que casi puedo conjurarlo delante de mí. Cada detalle está grabado a fuego en mi mente. Por él, me he tocado entre las piernas más veces de las que puedo contar; mis manos toman el control cada vez que mi ensoñación se vuelve demasiado intensa.

En todas mis fantasías, no nos interrumpe aquel estúpido fotógrafo. En lugar de eso, Strike me folla allí mismo, en la calle, me lleva a un rincón oscuro y empuja mi cuerpo contra una dura pared de ladrillo.

No me permito pensar demasiado en ello. Pero ¿cómo es posible que el trauma de identificar el cuerpo de mi hermana se haya producido al mismo tiempo que un deseo tan ardiente?

Obviamente, hay algo mal en mí.

Aunque Strike se haya esfumado, Troy es demasiado real.

Y ahora mismo, me aterroriza contarle a Jo que lo he visto.

Envuelvo el abrigo a mi alrededor como un escudo para protegerme de Troy. Por un momento, me siento como si tuviera un superpoder, como si Strike me hubiera proporcionado algo que puedo usar como amortiguador entre yo y todo lo que me asusta.

—Gracias —susurro.

8

HONOR

Entonces
(6 años)

Las cerillas parecen inofensivas, como soldaditos metidos en sus camas. No nos han dicho nunca que no juguemos con ellas, igual que no nos han dicho nunca que no toquemos los fogones cuando están calientes ni metamos los dedos en los enchufes. En nuestra casa, las lecciones se aprenden por las malas, y si nos quedan cicatrices, que así sea.

Tal vez así sea mejor. Así nunca lo olvidaremos.

El año pasado, tuvimos dos accidentes. Gracie puso la mano directamente sobre el fogón. Yo me derramé agua hirviendo sobre los pies.

Conocemos el dolor en la carne.

Ahora ya tenemos seis años. Somos más listas, más cuidadosas. Menos propensas a los accidentes.

Gracie sostiene la caja de cerillas. Tiene la cubierta verde y brillante y el nombre de un bar escrito con letra elegante en la parte superior.

—Genial —digo. Estamos en el bosque, detrás de casa, lo bastante lejos como para no oír los gritos. Nos sentamos en el tronco de un árbol caído, con las rodillas juntas y los pies descalzos negros por la tierra y las hojas—. ¿Crees que el hechizo funcionará?

—No sé. Nos falta la parte de la vela —me recuerda Gracie, y se encoge de hombros.

—Como un niño más diga que tenemos pulgas, le voy a dar un puñetazo.

—Tenemos que arreglarlo.

Gracie y yo estamos cubiertas de pies a cabeza de picaduras hinchadas y no podemos evitar rascarnos hasta hacernos sangre. Ni siquiera marcarlas con las uñas nos ayuda a aliviar el picor. Los mosquitos se dan un festín con nosotras como si estuvieran hambrientos. Aun así, es mejor estar aquí fuera, juntas y solas, lejos del alcance de nuestros padres, que dentro y a su merced.

—Podemos intentarlo. —Le quito las cerillas de la mano y arranco una como he visto hacer a papá mil veces antes de encender su cigarrillo.

Doy la vuelta a la tapa, intercalo la cerilla entre las solapas y tiro. No pasa nada.

—Permíteme. —Gracie lo intenta también, pero no hay llama. Solo un leve olor a quemado—. Mierda.

Este año hemos empezado a decir palabras malsonantes, y salen de nuestros labios sin pensar. Es como si nuestra lengua por fin estuviera a la altura de nuestras vidas. Esas maldiciones nos hacen poderosas, como si fuéramos pequeñas brujas lanzando hechizos.

Vuelvo a coger las cerillas, saco otra y le doy un golpecito con su punta roja.

—¡Oíd, oíd! ¡Las cerillas se encenderán y los mosquitos se freirán! —Vuelvo a pasar la cerilla y su cabeza estalla hasta convertirse en una brillante llama naranja—. ¡Lo he conseguido! —chillo de emoción.

Inclino mi cerilla hacia la que Gracie sujeta entre las yemas de los dedos y también estalla.

—¿Y ahora qué? —pregunta Gracie, con una pizca de pánico en la voz—. Me va a quemar los dedos.

Por supuesto, tiene razón. No había pensado en eso. No había previsto la forma en que el fuego lamería rápidamente su camino por el palo.

—¡Suéltala! —grito, pero, cuando lo hace, prende fuego a un montón de hojas a sus pies.

—Joder, joder, joder —chilla cuando un trozo de ceniza le chamusca el dedo gordo del pie. Por suerte, el suelo está húmedo y el fuego se apaga con rapidez.

Sigo sosteniendo mi cerilla y veo cómo el fuego se acerca cada vez más a la punta de mis dedos. ¿Cuánto tiempo puedo aguantar antes de asustarme tanto como para dejarla caer? ¿En qué momento quemarme los dedos seguiría considerándose un «accidente»?

Gracie es la más arriesgada de las dos, la que no teme a los chicos del colegio, la que la semana pasada cogió una chocolatina del 7-Eleven y se la metió en el bolsillo, la que saca la lengua al profesor cuando está de espaldas.

Y, sin embargo, hay algo en el fuego, su feroz y a la vez tranquilizador resplandor anaranjado, que me habla. Pienso en lo bien que sienta ser quien enciende la cerilla, quien controla cómo arde.

Está muy cerca ahora, demasiado cerca. Gracie me grita que la suelte. No lo hago.

En vez de eso, soplo.

Observa cómo el viento eleva el humo hacia el cielo como una plegaria.

Vuelvo a guardar la caja de cerillas en el bolsillo para jugar con ella más tarde.

9

HONOR

Ahora

Todo sucede rápido. Demasiado rápido. ¿Sospechosamente rápido? Oigo sonar el ordenador y me apresuro a comprobarlo. Sí, ha llegado un e-mail a mi nueva cuenta de Luciérnaga, y un nuevo mensaje de «pgdelgado» titulado: «Tus cuadros».

Esas dos palabras juntas me parecen tan presuntuosas que me arde la cara. Además, ¿quién es pgdelgado? ¿Será una trampa? Mi página de Etsy solo tiene tres horas.

«Tus cuadros». Me asaltan pensamientos contradictorios: «¿Hay alguien interesado de verdad en mis cuadros?».

Me da vergüenza abrir el mensaje. ¿Y si es una nota airada sobre «Tus cuadros» que viola las normas de la comunidad?

Últimamente me parece que algo terrorífico se esconde detrás de cada puerta.

«Venga. Tú puedes hacerlo».

Tomo aire y hago clic.

«Hola, Luciérnaga:

Sus pinturas son vibrantes e hipnóticas. Quiero contratar a alguien como artista principal para mi estudio de diseño y, cuando me topé con su página, me di cuenta de que sería perfecta para el puesto.

¿Estaría dispuesta a hacer una entrevista? Según Etsy, su estudio se encuentra en Shelton; mis oficinas están a media hora. Espero tener noticias suyas muy pronto».

¡Vaya! ¡Qué flipe! Esto es increíble. Me aprieto las mejillas con los dedos al notar que me arden por la sorpresa. Miro un instante al cielo. Quizá Gracie esté en alguna parte, un ángel de la guarda cuidando de mí…, o sintiéndose culpable por el caos que ha dejado atrás.

¿Qué debo responder?

De ninguna manera pienso ir a una entrevista de trabajo. ¿Jefa de un estudio de diseño? Suena a estafa. Tendrá que comprar mis cuadros con dinero de verdad antes de que lo tome en serio.

Hago clic en las fotos de mis cuadros. No son los más gráficos, pero están bien. *Ritual vespertino* está protagonizado por una mujer desnuda, tumbada en un sofá en un caluroso día de verano, con la bata abierta, los ojos cerrados y las manos detrás de la cabeza. Otro cuadro, *Habitación azul*, lo pinté a partir de una foto mía, con el pecho desnudo y mirando por la ventana. Compartir mi arte me empuja fuera de mi zona de confort.

Gracie fue la única persona a la que enseñé mis piezas más atrevidas y alucinó.

«¡Son mis favoritas, Honor! Deberían estar en un museo».

No importa que, probablemente, Gracie nunca hubiera puesto un pie en un museo.

Los pocos cuadros que he pintado de Gracie vibran con energía. En uno, acaba de pasar el día en el lago y está recostada en la silla de la cocina, quemada por el sol, bebiendo una Bud Light. En otro, muestra un sujetador raído y un tanga mientras come de una bolsa de Cheetos en el porche trasero, con la luz de la tarde incidiendo en su cara y Keeper en su regazo. Cuando murió, guardé todos esos cuadros.

Gracie está *viva* en ellos. Me duele más verlos que mirar fotografías. Pero también afirman algo dentro de mí que sé que es cierto: tengo talento.

Cuando Josie sube al apartamento a prepararse otra taza de café, yo vuelvo a entrar en Etsy para responder a mi nuevo cliente por correspondencia.

«Hola. Inauguro una exposición en una galería dentro de nada y mis cuadros están muy solicitados. No obstante, si quiere comprar alguna pieza de mi colección, dígamelo y le indicaré a mi ayudante que se lo envíe. En cuanto a la oferta de entrevista de trabajo, gracias, pero me temo que debo rechazarla».

Pulso *enter* antes de acobardarme. Luego me quedo sentada, con las manos pegadas a las mejillas. ¿Se dará cuenta de que miento al decir que tengo en perspectiva una exposición? Aunque no puedo negar que sueño con colgar mi obra en la Galería Willis-Holmes desde la primera vez que pasé de puntillas por ella.

Apuesto a que pgdelgado ni siquiera es real. Estoy siendo muy pesimista, es algo que me pasa todo el tiempo. «Aplasta todas las esperanzas». Gracie solía decirme que apuntara más alto, lo que siempre me pareció irónico, ya que Gracie apuntaba muy bajo y aspiraba aún a menos que yo.

Agarro un trapo para frenar mis pensamientos exagerados. Limpio las palabras que había escrito en el polvo del escritorio. En cuanto suena el timbre de mi ordenador, vuelvo a mirar la pantalla a toda prisa.

«Dígame el precio de los seis cuadros».

He fijado el coste de cada pieza entre trescientos y cuatrocientos dólares, un precio justo, sobre todo porque todas son bastante pequeñas. Seis cuadros serían unos dos mil cuatrocientos dólares como máximo. Nunca he ganado tanto dinero en un solo día.

Necesito hasta mi última pizca de valentía para escribirlo.

«Dos mil quinientos dólares».

Lo envío justo cuando entra otro mensaje.

«La única pega es que tiene que hacer la entrevista de trabajo».

10

HONOR

Ahora

La entrevista? No puede ser. Me están troleando. Pillando. Engañando.
Mis dedos vuelan por el teclado.

Esto parece demasiado... fácil.
Si se trata de un elaborado plan para robarme la identidad, ya que estás, no dudes en pagar las deudas de mi tarjeta.

Menos de un minuto después, llega la respuesta.

Es muy graciosa, Luciérnaga.
Pero, en realidad, soy una persona de honor.
(¿He mencionado ya que soy un príncipe extranjero que necesita pagar una pequeña tasa para reclamar su legítima herencia?).

¿Honor? ¿Sabe quién soy? El chiste del príncipe es gracioso..., aunque podría ser una forma de engatusarme.

Si quiere comprarlos, hágamelo saber. Gracias.

Luego me desconecto y pongo el portátil en reposo.

Tintinea la campana de la puerta.

Son dos clientas habituales; una pareja que solemos ver a menudo por aquí. Una de ellas finge que viene a por una crema corporal de eucalipto para la dermatitis que padece, pero luego acaban en la sección del fondo mirando los juguetes que acaban de llegar.

Al final, se van con un gel de baño con aroma a manzana verde y un pequeño masajeador de clítoris que, según explica Jo como si tal cosa, «es excelente para cualquiera que tenga tendinitis en la muñeca. Así no tienes que preocuparte por el túnel carpiano cuando exploras… túneles».

Registro la venta con una sonrisa.

Unas cuantas caras nuevas entran en la tienda y compran menudencias: un llavero de cuero, tazas decorativas. Es el tipo de día de primavera en el que el tiempo es más cálido y atrae a los paseantes. Casi siento una oleada de optimismo. Pero antes de que pueda hacerlo, un pensamiento aterrador sale de repente de mi subconsciente.

«¿Y si el comprador anónimo no es un viejo inofensivo y solitario, sino Troy Simpson?».

No, estoy poniéndome paranoica. No es posible que Troy haya podido rastrear la página de Etsy hasta mí, mi nombre no aparece en ninguna parte y jamás ha visto ninguno de mis cuadros, por no mencionar que Troy no es de los que buscan arte y artesanía en Internet.

Ver a Troy en la calle me ha recordado que puede cruzarse en mi vida cuando quiera. Podría estar en la puerta la próxima vez que la abra para recepcionar un paquete. Podría esperarme junto al contenedor cuando saque la basura por la noche.

Que no lo haya hecho todavía no significa que no vaya a hacerlo. Cuando Gracie vivía, Troy a menudo se quedaba fuera de la tienda durante largos períodos. En ocasiones, cuando ella y yo salíamos a tomar un helado o al cine, sentía su presencia, como si estuviera oculto más allá de nuestra vista, escondido en las sombras, observándonos.

Y cuando Josie vuelve con el café, sé que tengo que comunicarle que Troy ha vuelto.

—Oye, Jo, antes de que empieces a cambiar el escaparate, necesito que sepas... —Un sonido de mi teléfono nos interrumpe.

Es el sonido de una transacción de Bizum.

Compruebo la notificación.

No es posible.

—¿Qué pasa? —Josie está a mi lado en un santiamén y estira el cuello por encima de mi hombro para ver el mensaje—. ¡Santo cielo! ¿Quién te ha enviado cinco mil dólares?

—Nadie... es una anulación de la tarjeta de crédito —miento de forma automática. Estoy en estado de shock. La venta está vinculada a mi cuenta de Luciérnaga. El corazón me late con fuerza. ¿Es real?

Suena el timbre y entra una mujer con un perro blanco y esponjoso que hace juego con su pelo. Jo se apresura a atenderla.

«Cinco mil dólares».

Es un ingreso inesperado. La tienda nunca ha vendido un artículo tan caro. Lo más caro en Grace & Honor es una manta *mojave* tejida a mano que tiene un precio de doscientos cincuenta dólares y que nadie ha comprado desde que abrió la tienda.

En cambio, voy a tener que reponer los masajeadores de clítoris de diecinueve dólares en forma de pintalabios, ya que la mujer de pelo blanco se los está llevando todos.

—Sororidad con mis hermanas —le dice a Jo con un guiño—. Nunca se es demasiado viejo para ser travieso. ¡Espero que no haya cámaras ocultas ahí detrás!

Una vez que la señora esponjosa y sus pintalabios se han marchado tan alegremente, Jo se vuelve hacia mí, muy seria.

—Hablando de cámaras, creo que necesitamos una cámara de seguridad en el frente.

Se me pone la piel de gallina.

—¿Tú crees?

—Estoy segura —dice Josie—. No me gusta decirte esto, pero ayer vi a Troy en el CVS. Me fui, no pude soportar encontrármelo.

—Yo también lo vi ayer en la ciudad —admito.

Una de mis principales motivaciones para crear Grace & Honor fue darle a mi hermana un lugar realmente seguro. Llevar sus intereses en una dirección diferente, lejos de Troy. Un sitio en el que dejarlo fuera y, sin embargo, Gracie acabó dándole a Troy la llave de repuesto.

Siempre estaba aquí, merodeando como un mal olor.

—Pensaba que se había mudado —digo.

—Ya —responde Josie, con una rara expresión de tristeza en el rostro—. Incluso antes de verlo, he tenido la extraña sensación de que podría estar... por aquí. —Se estremece—. Tal vez es trastorno de estrés postraumático. ¿Recuerdas el año pasado, cuando irrumpió aquí, puso a tu espalda y te agarró el culo sin que te dieras cuenta y luego fingió que creía que eras Gracie?

Asiento con la cabeza, con los labios apretados. No hace falta decir que Troy lleva tocándome el culo y las tetas desde la secundaria, ni que mi sexto sentido coincide con el de Josie.

—No sabemos cuál será su próximo movimiento —dice Jo—. Sobre todo si ya no pasa tan desapercibido. No quiero sentirme un blanco fácil ni presentar mis quejas a la Policía de Shelton.

Intercambiamos una mirada significativa. La familia Simpson —liderada por Charlie, el tío de Troy y jefe de Policía— tiene el tipo de poder que podría hacer que Shelton hiciera la vista gorda ante la vena violenta de Troy.

Las peleas de bar, los accidentes de tráfico, las multas por conducir ebrio... Troy tiene un largo historial, pero hasta que Gracie fue asesinada no me di cuenta de lo poderoso que había sido su escudo.

Josie estaba allí la mañana en que Charlie vino en persona a casa para notificarme que habían encontrado el cadáver de mi hermana. Lo atribuyó a «una de esas tragedias extrañas». Pero yo sé que no fue así. Y Josie también.

Y lo que es más importante, también lo sabe Troy.

Charlie ni siquiera podía mirarme a los ojos ese día. Actuó como si fuera algo natural que las mujeres desechables como mi hermana se cayeran por los acantilados.

—Conseguiré las cámaras —digo, aunque no sé cómo las pagaremos—. Y ya tenemos cerraduras nuevas y el sistema de alarma.

—Sí, te lo agradezco mucho. —Jo suelta el aire—. Porque si Troy empieza a merodear como solía hacerlo…

—Troy solo venía aquí por Gracie. Y ahora ella no está, ¿por qué va a volver? —Mi voz es estridente por la ansiedad.

—Porque eres su gemela idéntica —me recuerda Jo en voz baja.

La verdad es más afilada que una cuchilla.

—Me ocuparé de ello —digo finalmente—. Conseguir esas cámaras será mi máxima prioridad.

—Gracias, Honor. —Jo deja flotar sus brazos, relajándose—. ¡Muy bien! Voy a cambiar los nuevos aromas de primavera. ¿Y tal vez deberías usar un poco de ese aceite calmante de limoncillo en las muñecas? Estás emitiendo algo de estrés… —Hace un gesto con la mano mientras se dirige a la entrada de la tienda.

Una vez que ha desaparecido, vuelvo a sentarme en mi escritorio y echo un vistazo al cuadro que hay encima. *Fuego*. Mis fosas nasales se inflaman con el humo negro y la ceniza ardiente. Una pared de calor, el escozor del humo en mis ojos, el lento lamer de una llama.

Aunque le encantaba, Gracie solía decir que daba mal karma colgar ese cuadro en un lugar donde yo lo viera todos los días.

¿Debería cambiarlo por un cuadro de Gracie?

También eso sería doloroso.

Cuando suena el timbre de la tienda, estoy tan perdida en mis recuerdos que ni siquiera me doy la vuelta. Debería saber que no debo estar de espaldas a la puerta.

11

HONOR

**Entonces
(10 años)**

*P*arece peor de lo que es —le digo a Gracie cuando ve la sangre que me cae de la nariz. Nos adentramos en la espesura que hay detrás de nuestra casa. A este lugar, que parece estar a kilómetros de distancia de las destructivas secuelas de la última juerga de nuestro padre, lo llamamos «Naturaleza»—. No la tengo rota, solo es un golpe.

He metido pañuelos de papel en cada fosa nasal para contener la sangre, mientras Gracie camina hacia nuestro árbol favorito. Es un viejo roble con la base hueca, donde nos acurrucamos como si fuéramos animalitos. Hemos pasado muchas noches abrazadas en su vientre, conscientes de que nadie sabrá si estamos vivas o muertas.

Mi hermana parece frágil bajo la luz filtrada del sol, con la cara tan moteada por las sombras que no puedo distinguir qué es sombra y qué es negro y azul.

—Almacena dentro demasiada energía cuando está entre dos trabajos. —Entrecierro los ojos—. Y me parece que tu ojo es el que ha recibido lo peor —digo.

—¿Alguna vez has pensado que papá podría hacernos daño? —pregunta.

Me río. Señalo su cara y la mía.

—Ya lo hace.

—No, quiero decir… de verdad.

—No… Papá es duro con nosotras —comento—, pero sabe cuándo parar. —Estoy diciendo tonterías. El puñetazo que me ha dado hace unos minutos me ha hecho ver las estrellas. Cuando me he caído al suelo, aullando de dolor, la única respuesta de nuestro padre ha sido: «Deja de llorar, te he pegado más otras veces. Tienes suerte de que no esté en forma estos días».

—¿Crees que Rusty está bien? —pregunta.

—Estará bien mientras se quede con TJ —afirmo. Nuestro hermano pequeño esquiva lo que pasa en casa quedándose con los Brewer, calle abajo. La madre de TJ sirve a sus cinco hijos tres comidas completas más tentempiés, y a los Brewer no parece importarles que haya una boca más que alimentar. A Rusty se le da bien colarse en su casa.

Por nuestra parte, tenemos suerte si hay algo más que restos de McDonald's en la nevera. Gracias a Dios, en el colegio tenemos comida gratis. A veces, nuestro padre trae a casa una bolsa grande de comida, sobre todo para él, pero luego está tan colocado que cabecea antes de poder terminársela. Gracie y yo llamamos a eso «Noches McQueen», ya que comemos como reinas.

No tengo ni idea de lo que come mamá. Vive a base de cigarrillos y pastillitas verdes y se pasa el día tumbada en la cama viendo episodios de **Belleza y poder**.

—Podríamos huir —propone Gracie—. Hacer autostop hasta Filadelfia o Baltimore.

—Claro —replico. Los pañuelos están ahora empapados de sangre, así que me enjuago con la manga. Lo que es una mierda, porque me gusta mucho esta sudadera—. Si no fuera por la parte en la que caemos en manos de los servicios sociales o nos venden a una red de esclavitud infantil.

—Lees demasiado, Honor.

—Somos niñas. Nadie ayuda a las niñas —digo. Gracie asiente con la cabeza.

En el colegio, los profesores son estrictos y se muestran nerviosos con nosotras, como si fuéramos bestias sin domesticar en un zoo. Siendo sincera, en cierto modo lo somos. Los ojos desenfocados, el pelo enmarañado y la ropa manchada y pasada de moda nos hacen parecer salvajes. Cuando nos quedamos dormidas encima de los pupitres —porque las peleas de nuestros padres no nos han dejado dormir en toda la noche o porque nuestro padre pone la tele a todo volumen— se enfadan por nuestra falta de respeto.

Cuando llegamos al colegio con moretones, hacen la vista gorda. Nadie garantiza que los niños de acogida lo pasen mejor, y nadie quiere ser responsable de romper una familia, ni siquiera una tan caótica como la nuestra.

Nadie quiere hacer suyos nuestros problemas.

—Rusty debería irse a vivir con TJ para siempre. La señora Brewer es tan amable que no le importaría —comenta Gracie—. Entonces tú y yo podríamos huir, los dos solas. Podemos resolver lo que surja sobre la marcha, y no tendríamos que cuidar de un bebé.

Rusty ya no es un bebé, tiene cuatro años, pero éramos nosotras las que lo acunábamos cuando lloraba y las que le dábamos el biberón. Éramos nosotras las que escondíamos leche de fórmula debajo de la camiseta en el supermercado cuando no había dinero para pagarla. Lo protegíamos con nuestro cuerpo cuando nuestro padre sacaba el cinturón. Nuestra madre apenas puede levantarse de la cama y acordarse de lavarse los dientes antes del anochecer. No era de ayuda con un bebé.

Ahora Rusty se ata los zapatos y se sirve su propia leche, pero siempre será nuestro bebé.

Aunque, con diez años, Gracie y yo no podemos considerarnos mayores.

—¿A dónde, Gracie? ¿A dónde crees que podemos huir? —pregunto, frustrada. Compruebo mi nariz. La hemorragia ha cesado—. ¡No tenemos a dónde ir!

Es curioso que, cuando eres niño, el mundo pueda ser tan pequeño como te lleven tus piernas. Este lugar, en las olvidadas afueras de Shelton, a veces parece estar rodeado de alambre de espino y nosotras somos demasiado pequeñas para escalarlo.

—Entonces juguemos a Rapunzel —dice Gracie. En días como este, cuando el miedo remite, pensar en nuestra supervivencia a largo plazo no parece merecer la pena. Un poco de ilusión y teatro pueden ser toda la evasión que necesitamos.

Deberíamos idear un plan en los momentos en que estamos más convencidas de que lo necesitamos. Como ahora. Porque no lo haremos los días buenos, como cuando nuestra madre nos deja entrar en su habitación y nos peina y nos llama con motes cariñosos o cuando nuestro padre comparte sus patatas fritas de buena gana.

Pero cuando hemos huido a Naturaleza para lamernos las heridas, no podemos evitar ser niñas. Jugamos a fingir que somos princesas atrapadas en un jardín encantado o encerradas en una torre de marfil.

Aunque, incluso en nuestro juego imaginativo, estamos atrapadas.

12

STRIKE

Ahora

Me gusta —comento mientras entro en Grace & Honor y observo la pequeña tienda. Veo que Honor Stone se da la vuelta y pega un brinco en la silla ante el escritorio como un ciervo asustado—. Y también huele bien.

El local no parece gran cosa desde fuera, una caja de cerillas de dos pisos en el culo del mundo, pero dentro está limpio, el ambiente es acogedor y extrañamente hogareño.

—Es lavanda —me dice sonriente la dependienta de pelo rizado que está cerca de la puerta apilando mantas. Me dedica una sonrisa aún más exagerada. Mi expediente dice que se llama Josie Greene, tiene veinticinco años y lleva dieciocho meses trabajando aquí—. La vela lleva el nombre de «En el jardín» y está de oferta a mitad de precio. La tiene ahí.

—Me llevaré tres —le digo a la mujer, aunque mi mirada apenas se aparta del rostro de Honor. Verla de cerca después de tantos meses me revuelve las tripas. De alguna manera, está exactamente igual y aún más hermosa de lo que recordaba. Parece un poco más cautelosa, tal vez.

Me dije que no vendría aquí. O que no entraría, al menos. Lo que siento es demasiado intenso, demasiado complicado, demasiado peligroso.

Sé que es una idea jodidamente mala. Y, sin embargo, hoy me he encontrado aparcado enfrente. Otra vez.

En los últimos meses, he intentado enterrarme en el trabajo.

He tenido reuniones para DME por Asia, Europa y Oriente Medio y, aun así, los recuerdos de los pocos minutos que pasé con esta mujer me han perseguido por todo el globo. En una cervecería de Berlín, estuve seguro de haber oído su risa. A medianoche, en una esquina de París, creí percibir el aroma de su piel, ligero y limpio, a jabón con un toque de madreselva. En Londres, a otra cita olvidable que me concertó mi ayudante Paula le pregunté sin pensar qué opinaba de *Solo en casa 5*.

No estoy orgulloso de mi obsesión. Desprecio el hecho de que diez minutos en el depósito de cadáveres me hayan afectado tanto. Y al verla ahora, no tengo ni idea de qué demonios estoy haciendo aquí. Axe se partiría de risa si lo supiera… y luego me llamaría colgado hijo de puta.

No se equivocaría. Y no quiero tener nada que ver con esta mujer.

Y, sin embargo, aquí estoy.

—Hola —dice Honor, mientras recorre medio camino para reunirse conmigo, con los brazos cruzados.

—Hola. —Lleva un jersey verde moteado y unos vaqueros rotos y descoloridos que se abrazan a sus curvas. La recorro con ojos hambrientos—. Pensaba que nos volveríamos a encontrar en una casa encantada o en una funeraria.

—Pero me has encontrado aquí. —Noto que intenta hacerse la interesante, aunque me doy cuenta de que solo la he puesto nerviosa.

—Bueno, sí. Con el tiempo y gracias a Yelp —digo—. Parece que tu tienda tiene unas críticas excelentes. Así que se me ocurrió que, cuando tuviera oportunidad, vendría a comprobarlo por mí mismo. ¿Cómo te ha ido?

Mantengo un tono informal, aunque mi mente está llena de recuerdos de aquella noche. Rememoro mis manos sobre su cuerpo frío y tembloroso.

—Estoy... bien. —Inclina la cabeza a un lado y por fin me ofrece una sonrisa vacilante—. ¿En qué puedo ayudarte?

Estoy en su tienda, donde se venden artículos para mujeres y juguetes sexuales, en el tipo de barrio por el que nunca pasaría accidentalmente. Sí, no es un lugar extraño para un hombre soltero de treinta y cinco años, qué va... He pasado años formándome en operaciones antiterroristas, de vigilancia, en misiones de reconocimiento y, aun así, no se me ha ocurrido pensar en una tapadera antes de entrar. ¿Qué coño me pasa?

—Necesito un regalo para mi hermana —improviso.

Su expresión transmite decepción incluso mientras sonríe.

—¡Por supuesto!

—Tenemos muchos regalos —interviene la dependienta—. ¡Echa un vistazo! Siéntete libre como un pájaro.

—Esta es Josie —dice Honor.

—Ajá. —No me molesto en apartar la mirada de Honor.

¿En su cerebro también nos reproduce en una interminable amalgama de bocas, manos, piel, tacto? ¿Recuerda esa hambre súbita que todo lo abarca?

—Tenemos batas de franela, ¿verdad, Jo? Siempre son un buen regalo.

—Claro —dice Josie. Aunque no hace ningún movimiento para traerme nada.

En lugar de eso, se queda de pie, observándonos como si tuviera asientos de primera fila en Wimbledon.

—Josie. ¿Las batas? —señala Honor.

—De acuerdo —dice Josie, y empieza a moverse—. ¿Sabes?, estoy sintiendo muy buenas vibraciones.

Honor tiene dos manchas de rubor en las mejillas, pero se mantiene fría, casi distante.

Quizá debería haber llamado primero. Pero ¿qué habría dicho?

«Hola, Honor. Soy Strike. Siento mucho lo de tu hermana, aunque me gustaría haberte follado allí mismo, en el depósito de cadáveres. ¿Quedamos?».

—La tienda merece cinco estrellas, te lo prometo. Tómate tu tiempo y avísame si necesitas ayuda —dice Honor.

—Genial. —Me pongo a recorrer el local eligiendo algunos artículos; en pocos minutos tengo un montón junto a la caja registradora.

—La manta *mojave* es uno de mis artículos favoritos —dice—. Tu hermana tiene suerte.

Ah, sí. Mi «hermana». Asiento con la cabeza.

—Sí.

Cuando vuelve Jo, cojo el suave montón de batas que lleva en los brazos y las añado al resto.

—¿Es un cumpleaños especial? —pregunta Honor.

—Mmm… sí. Treinta. —Lo digo porque ese fue el último cumpleaños que celebré, hace cinco años—. Llaman a los treinta el final de la juventud, ¿verdad? Unos cuantos regalos suavizarán el golpe.

—¿El final de la juventud? —Se ríe—. Eso me parece un poco dramático.

—Estoy de acuerdo. Creo que envejecer es genial. —Inspecciono una estantería de curiosidades: damajuanas de agua, relojes de bolsillo, una navaja suiza con mango de nácar. Podría estar equivocado sobre este lugar. No todo lo que veo es para chicas. Me gusta la navaja—. Hay ciertas ventajas positivas. Te conoces mejor a ti mismo. Sabes lo que te gusta y lo que no te va…

—Los viajes —dice—. La limonada fría. Las hojas de otoño…

Dejo la navaja con un poco de pesar y me vuelvo hacia ella.

—Los coches antiguos. El tacto de la seda. Un tono exacto de verde…

Me refiero a su jersey. ¿Es ahora cuando añado «tus ojos suaves, tu boca de caramelo»?

Otra vez, ¿qué coño me pasa?

Nos miramos como si hubiéramos inventado los pensamientos sucios. ¡Hostia puta! ¿Qué tiene esta chica? ¿Cómo consigue que el aire entre nosotros empiece a vibrar cuando ni siquiera nos hemos tocado?

—Mmm, ¿crees que tu hermana necesita varias tallas de la misma bata?

—No estoy seguro de cuál usa. He pensado que así no me puedo equivocar. —Empiezo a husmear de nuevo, recogiendo marcos de fotos, cuencos de cerámica, algo de cristal del color del mar. Una bonita estrella de mar que sostengo ante ella, interrogante.

—Jo la encontró en la playa y le puse una etiqueta con el precio, ¿por qué no?

Asiento con la cabeza.

—Me la llevo. —Con cada vuelta, añado más artículos al montón que aguarda junto a la caja registradora. Cada cosa que toco es algo que ella eligió, un trocito de Honor. Selecciono otro hallazgo de la playa, una concha con gemas falsas y lentejuelas.

—Ah… —digo—. He buscado esto por todas partes. Es muy rara, la Barbie Concha.

—Es una edición única de Ariel de Atlántida —me dice, y luego baja la voz—. En realidad, es obra de Jo. Fue a un curso de manualidades este verano y no me atreví a tirarla a la basura. Estaba muy orgullosa. Por favor, hagas lo que hagas, no le preguntes por el curso de fabricación de velas.

Me río.

—Eres justo el tipo de jefa que me imaginaba. Supongo que también es la autora intelectual de los marcos brillantes.

Me dedica una sonrisa culpable.

—Quince por ciento de descuento con el código #todobrillo.

Veo algo que me llama la atención. Medio oculto por una estantería alta, hay un lienzo que representa a una niña de pie sobre la hierba; tiene la cabeza levantada como si quisiera disfrutar de un rayo de sol vespertino.

—Es precioso. —Me giro para captar la mirada de Honor—. ¿Lo has pintado tú?

—Sí.

—Dime que está en venta.

Se muerde el labio.

—No estoy segura —replica con cara de asombro—. Quiero decir que no está aquí por eso.

—Es Gracie, ¿verdad? —adivino.

—Sí. —Se pone a morderse las cutículas, con las lágrimas brillando en sus ojos—. Por eso no sé si quiero venderlo. Era feliz cuando estaba en la naturaleza. Allí solíamos perseguir luciérnagas. —Suspira y se aclara la garganta—. Supongo que hablar de Gracie será más fácil con el tiempo. Pero por ahora parece algo muy lejano.

—Si no me lo vendes a mí, deberías colocarlo en algún sitio donde la gente pueda verla. A ella. A la hermosa persona que amabas. Es una pintura preciosa, está mal que la escondas.

Sus ojos se cruzan con los míos.

—¿Tú crees?

—Sí.

—Entonces es tuya. Considéralo un regalo por haberme ayudado. Por tu amabilidad con una extraña. —Suelta una risa suave y nerviosa—. Últimamente estoy tratando de salir adelante con mis pinturas.

—Me alegro. Pero necesito comprártelo. Si no apoyamos a los artistas, el mundo nunca tendrá suficiente arte. Y este mundo necesita mucho arte. —Oigo la vehemencia en mi voz, lo que me sorprende incluso a mí mismo.

Jo nos mira confusa. No la culpo. Algo extraño está ocurriendo entre Honor y yo, no son solo las bromas o incluso este apacible momento de dolor, sino que también hay tensión. Una vez tuve la misma sensación durante un entrenamiento de paracaidismo psicoterapéutico en Langley.

De pie en el borde del avión, con el corazón acelerado, listo para saltar a lo desconocido, todo volvía a mí con un rugido de incertidumbre y adrenalina. Estar aquí es una idea jodidamente mala y, sin embargo, siento que lo estoy alargando. Lleno el mostrador con docenas de artículos de la tienda, incluso añado la concha cursi.

—Por favor, envuélvelo todo para regalo —le digo a Jo amablemente con autoridad.

—Ya lo creo —replica, prestándome toda su atención.

Honor hace la cuenta de las compras con rapidez mientras Jo busca papel de seda, cajas y cordeles en el armario inferior.

Cuando le entrego la tarjeta, Honor parece sorprendida.

—¿Pasa algo?

—Oh, es que... Nunca he visto una tarjeta American Express Black. —Se ríe con nerviosismo—. ¿Es cosa mía o se siente diferente en la mano? Como un ladrillo de oro con números. El ticket mágico de Willy Wonka.

—Está hecha de titanio, la verdad. —Intento reprimir una sonrisa.

Demuestra su inocencia sin tapujos. Y, sin embargo, dirige esta tienda como una experimentada negocianta.

Mientras hace el recuento, miro el escaparate.

Este lugar tiene un gran problema de seguridad. Es una maldita pecera. No es seguro. Mientras recorro el perímetro, me subo las mangas del jersey hasta los codos y noto que Honor, no demasiado sutilmente, intenta echar un vistazo a los tatuajes que dejo medio expuestos.

—La curiosidad mató al gato —me burlo con un guiño cuando vuelvo al frente.

Ella agacha la cabeza, mortificada.

—Esto es tuyo —dice, devolviéndome la tarjeta—. Y muchas gracias por haber venido hoy. Por favor, desea a tu hermana un feliz cumpleaños de mi parte. ¿Vas a hacer algo especial?

—¿Mi hermana? —Una sonrisa me estira los labios—. Me he expresado mal. Soy hijo único. —Observar su confusión me deleita. Me siento como un niño a punto de hundir el dedo en un pastel. La vibración se incrementa y se convierte en un cosquilleo que me recorre todo el cuerpo.

—Espera, ¿qué? —Se le escapa una carcajada—. Pero, entonces, ¿para quién es todo esto?

—Para gente que lo necesita, por supuesto —digo crípticamente—. Me alegro de que te vaya bien. Y prometo cuidar de tu cuadro.

Le tiendo la mano por encima del mostrador para que me la estreche, un gesto formal a la altura de mi promesa, pero disfruto atrapando su mano suave y pequeña en la mía. Es como un animal en una trampa. Imagino de nuevo mis manos sobre sus hombros. Rodeando su cintura. Sin que me lo proponga, me asaltan otros pensamientos. No me gusta desearla tanto. Me disgusta haber venido aquí para asegurarme de que está fuera de mi sistema y descubrir que ella es lo único que podría devolverme la fe de que en este puto mundo queda algo bueno, puro y real.

—Gracias —dice en voz baja.

—Tienes el don de dejar una impresión duradera. —Aprieto sus dedos entre los míos. Quizá con demasiada fuerza. Pero ella me lo permite. Sus ojos están llenos de palabras no dichas.

Antes de irme, me encuentro acercándome a la pared más alejada para admirar otro cuadro, semioculto en la zona trasera donde guardan los productos más picantes. Echo un vistazo a la imagen y mi polla se estremece.

—Otro tesoro escondido. Estás llena de sorpresas, ¿verdad?

—Es uno de mis favoritos.

—¿Y, sin embargo, es tan personal que lo guardas solo para tus ojos?

—Algo así. Gracie solía preguntarme por qué me molestaba en dedicar tanto tiempo al arte solo para terminar ocultándolo.

—Tenía razón, ¿no? —pregunto.

Honor sale de detrás del mostrador y se pone a mi lado. Se toma un momento para pensar antes de hablar.

—El arte es mi diario —explica—. Una forma de explorar los rincones de mí que nunca supe que existían.

—En tu mente —adivino—, donde las reglas no se aplican.

El cuadro es extremadamente erótico, aunque no hay ninguna parte erógena del cuerpo expuesta, ni miembros enredados. Es un único pie, solo la insinuación de una pierna, pero los dedos son el centro de atención. Bien curvados, con las uñas pintadas de rojo.

Es un momento privado, captado justo antes de la liberación.

Vuelve a la caja registradora, aunque la noto echar miradas rápidas con los párpados bajos. Es extrañamente sensual ver cómo me observa mientras yo miro su cuadro. Porque los dos sabemos lo que ha pintado. Me acerco más.

Trazo con el índice el arco del pie sin llegar a tocarlo.

Luego, con un gesto suave y decidido, lo descuelgo de la pared y se lo llevo a la caja registradora.

—Lo quiero —digo—. Por favor.

—No está en venta —dice.

—¿Porque es Gracie?

—No, porque…

Los dos sabemos que es ella. En medio de un orgasmo. Se me seca la boca.

—¿Dónde lo colgarías?

—Tengo espacio en casa. —Me inclino sobre la encimera para que estemos a escasos centímetros. Quiero presionar las yemas de los dedos contra sus labios suaves—. Porque la cuestión es… —digo con firmeza. Mi voz, grave, se vuelve ronca— que necesito este cuadro.

—No —susurra, pero percibo su nerviosismo, veo el sutil aumento de color en sus mejillas cuando se inclina ligeramente hacia mí.

—No hagas eso —susurro.

—¿Hacer qué? —musita ella.

Muevo un dedo a milímetros de sus labios. La anticipación por tocarla vuelve a ponerme la polla tiesa. Al presionar lentamente y luego rozar con la punta del dedo su labio inferior, siento el temblor en su piel. Un largo escalofrío. El momento es fugaz, tan rápido como un destello, pero la intensidad de la sensación perdura y me deja con ganas de más.

—No me hagas rogar —murmuro, inclinándome para susurrarle las palabras al oído.

—¿Para qué lo quieres?

—No lo quiero. Lo necesito. ¿Cuánto?

—No lo sé… —dice—. Primero tienes que decirme si vas a abrir una tienda al lado de la mía y abastecerla con mi inventario. ¿Para quién es todo esto? —Levanta una botella de aceite de masaje del mostrador y la agita, tímida, coqueta.

Justo entonces aparece Jo, con los brazos cargados de papel de seda y cintas de regalo. Honor deja el aceite de masaje con una risita avergonzada. El hechizo se ha roto. No sé si estoy agradecido o furioso.

—Te voy a contar la verdad —le digo—. ¿Conoces Turning Point?

—Claro que lo conozco —interviene Jo alegremente mientras se acerca a coger el dispensador de cinta adhesiva—. Es el refugio de Greenpoint para mujeres con hijos que han sufrido maltrato doméstico.

Asiento.

—Suelo donar dinero. Pero siempre hay cumpleaños, aniversarios de sobriedad…, días que merece la pena celebrar. Y un regalo puede arrancar una sonrisa, ¿sabes?

—Espera…, ¿así que le vas a dar todo esto a Turning Point? Es increíblemente amable de tu parte. —Honor se lleva una mano al corazón—. Gracie y yo estábamos muy agradecidas a Turning Point cuando éramos pequeñas. Allí nos proporcionaban zapatos para el colegio, chubasqueros y también los vestidos para la graduación de sexto curso. Ese lugar nos salvó. O salvó nuestro orgullo.

Adopta una pose incómoda, con los brazos en alto, como una concursante de un certamen de belleza mostrando el giro de bastón.

—Incluso nos pagaron el dentista. —No parece una niña a la que sus padres no hayan llevado al dentista. Pero sé lo fácil que es ocultar un trauma detrás de unas carillas blancas como perlas.

—Compro todo el contenido de la tienda. No hace falta envolver nada más. —Vuelvo a sacar la cartera—. Todo.

—¿Todo? —Honor chilla como un ratón.

—Para Turning Point. Así, todo el mundo encontrará un poco de consuelo. Y de eso trata ese lugar, ¿verdad?

—Guau —comenta Josie—. ¿Eres sagitario? Esto es…, cómo diría…, un intenso impacto social. ¡Quiero llamar al *Shelton Herald*!

—Escorpio —la corrijo—. Y será mejor que estés bromeando sobre llamar al *Herald*.

—Así que escorpio —dice Josie—. Interesante.

A Honor le brillan los ojos.

—Es realmente generoso por tu parte.

—Ah, no creo que sea del todo desinteresado. —Bajo la voz—. El cuadro… —le recuerdo.

—¿El cuadro?

—Sí. El de *tu* pie. —Sonrío. Podría haberle arrancado la ropa por lo sorprendida y expuesta que parece—. Es para mí.

13

HONOR

Ahora

Después de que Strike se vaya, todo mi cuerpo sigue vibrando por la impresión.

Después de meses fantaseando con un reencuentro, es aquí donde me tropiezo con él, en el último lugar que esperaría. Puede que no esté preparada para una cita —ni siquiera para una cita normal—, pero al menos ya no me siento destrozada por la pena. El propio Strike ha sido en general como lo recordaba. Esa aura embriagadora y llena de misterio, la línea de la mandíbula..., aunque también me ha encantado descubrir una capa más profunda de su personalidad, sobre todo cuando ha hablado de mi arte y de Turning Point.

Cuando Jo vuelve por fin del almacén, nos ponemos a bailar alrededor de la tienda casi vacía, felices por el cambio de suerte. Ha hecho una lista de las existencias que faltan para reponerlas todas, haciendo hincapié en los artículos de primera necesidad que Strike (y el equipo que ha enviado) han hecho desaparecer..., junto con algunos problemas muy reales.

Como que puedo aplazar la ejecución hipotecaria. Como que no es necesario que despida a Jo.

—Ese tío estaba buenísimo —comenta Jo cuando dejamos de saltar y empezamos a sacar de la trastienda unas cajas con tazas y sudaderas con el lema *Welcome to Shelton*, artículos que una agencia de viajes encargó al por mayor en la tienda para una convención que acabó cancelándose.

—¿Tú crees?

—¡Honor! ¿Has visto eso? Ha entrado aquí como si fuera Superman. En realidad no, Superman es demasiado serio. Ese tipo estaba a la altura de Batman. Y tan oscuro y misterioso y esa American Express Black. ¡Joder, y te has fijado en su mandíbula! —Josie se abanica la cara—. Eres fría como un carámbano si ese tipo no ha provocado ni un ronroneo en tus bragas.

—¡Josie! —Me río, consciente de mí misma—. Vamos a ver cómo adecentamos estas estanterías vacías.

Mi cerebro está repitiendo en bucle cada momento de nuestra interacción: la atracción magnética de Strike, su dedo trazando el arco de mi pie, ese tatuaje al que solo he podido echar un vistazo. Era una serie de líneas, como un código de barras.

Strike es como un puzle de mil piezas, y yo solo tengo las esquinas.

Ahora también posee dos de mis cuadros. Ojalá me hubiera contestado cuando le he preguntado dónde pensaba colgarlos.

—Tierra llamando a Honor. —Jo me pincha con el extremo de una percha—. ¿Dónde estabas? —Sus ojos brillan, cómplices.

—En ninguna parte. —No hace falta mencionar que estaba recordando la boca de Strike cuando ha dicho «No me hagas rogar», la sensación de su aliento en mi oreja y el hambre deliciosa que escondían sus palabras.

—Lo único que sé —añade Jo— es que tus líneas de amor y las de Strike estaban fraguando una tormenta eléctrica. Creo que nunca había sentido tanta energía. —Se detiene para inspeccionar nuestro trabajo—. Bien. Me voy a casa. Y creo que tú deberías…

—No. No voy a llamar a tu amigo, el tío del *reiki* virtual, para que me dé un masaje —protesto.

—De acuerdo. Entonces coge uno de nuestros maravillosos «masajeadores», sube al apartamento y alivia un poco la tensión sexual que está flotando en el aire.

—¡Jo! ¡Para!

—Porque mañana, cuando vuelva, será mejor que el aire esté un poco menos…

Me cruzo de brazos y la miro con intensidad.

—¿Menos qué?

—Menos… húmedo —se burla, y sale por la puerta. La oigo reírse de camino al coche.

Ya arriba, Keeper salta a mis brazos y se frota contra mí, recordándome que le dé de comer. Después abro una botella de vino blanco barato que he enfriado en la nevera, me sirvo un buen trago, me siento frente al portátil y saco el recibo de Strike del bolsillo de los vaqueros.

Quiero saberlo todo sobre este hombre.

Strike Madden. DME LLC.

Para empezar, ¿por qué un nombre comercial tan vago y extraño?

Los resultados de buscar DME me llevan a un par de fotos de archivo de Getty Images en las que aparece Strike en sendas alfombras rojas; una es en la Vets Gala, la otra una foto de la noche en que nos conocimos. En ninguna de ellas va con acompañante.

Tampoco obtengo resultados cuando escribo DME con el nombre de Strike. Al parecer, DME también son las siglas del compuesto químico orgánico 1,2-dimetoxietano, pero algo me dice que eso no está relacionado con el trabajo de Strike.

Su identidad está borrada. Me pregunto por qué.

¿Por qué no supone una sorpresa? Porque basta con mirar a Strike para darse cuenta de que no deja que nadie se entere de nada más de lo que le interesa mostrar.

Me conecto a mi cuenta de Luciérnaga.

Ah…

Alivio y puro placer me recorren al ver de nuevo ese ingreso de cinco mil dólares.

¡Es mejor que un masaje *reiki*!

«Gracias, P. G. Delgado, por comprar mis cuadros, aunque seas un viejo solitario...».

Me siento con la espalda recta y casi me atraganto con el trago de vino.

¿Podría ser P.G. un alias de Strike? Es raro que los dos se hicieran notar el mismo día, ¿verdad?

Mis dedos vuelan sobre el teclado. Busco los nombres Peter, Paul y Paolo Delgado. Patrick, Phillip, Preston, Palmer...

Delgado. Madden.

No, no, no.

Ping.

Estoy mirando la pantalla cuando suena la notificación de los mensajes de Etsy.

Ping.

Es pgdelgado.

Estoy deseando llenar mi casa con su arte.

Mi favorita es *Chica en un día lluvioso*.

Guau. Eso no me lo esperaba. Pinté a Gracie el año pasado, cuando padeció un ataque realmente doloroso de estreptococos vaginales, fue peor que las infecciones urinarias habituales que la aquejaban. Nunca se cuidaba, sino que esperaba a curarse sola, y yo era la que corría al Walgreen's a por antibióticos y litros de zumo de arándanos. En esta pintura, Gracie está tendida en el sofá con su peluche de Pikachu en la mano. También es uno de mis favoritos.

¿Qué le gusta de él?

Por un momento me siento patética por pedir cumplidos a un comprador cualquiera.

«Magullado». Ha usado la palabra magullado.

Delgado tiene buen ojo si ha captado la tenue mancha verde azulada del antebrazo y del cuello. Moretones que le hizo Troy. Al parecer, a Troy le gusta el sexo duro. Gracie me dijo que solía fingir que le gustaba, pero se trataba sobre todo de que mientras lo satisfacía con su cuerpo, se disociaba. Dejaba su mente a la deriva.

—¡Gracie! La razón de ser del sexo es encontrar placer en tu cuerpo —le dije—. Sentir el mayor placer posible. —Aunque tampoco es que hubiera encontrado una pareja particularmente hábil para eso.

—Con Troy y conmigo no ocurre así —había respondido sin más, como si no fuera la frase más triste jamás pronunciada.

Ping.

Ja. No voy a explicarle que no estoy cualificada para…
Ping.

Dios mío. Lo dice en serio.
Escribo rápido para adelantarme a las dudas.

Y entonces cierro de golpe el portátil.

Conozco Shelton como la palma de mi mano. Si la dirección resulta ser un motel de mala muerte, puedo bloquear al remitente, asumir que he vendido mis cuadros a un pervertido y considerarlo una victoria agridulce. El pago de cinco mil dólares por mis pinturas va a cambiar mi vida de una manera palpable. Mientras tanto, estoy cansada, ha oscurecido y Keeper debe de haberse escabullido mientras sacaba la basura. Lo llamo, doy palmadas y siseo. Es el típico gato de interior y exterior, que no viene corriendo.

—¡Keeper!

Me rindo cuando estoy segura de que Keep ignora deliberadamente mi llamada y ha elegido merodear esa noche.

Entro en el chat de Etsy por última vez. Delgado me ha enviado la dirección de un estudio llamado Ashburn, además de la hora: me espera mañana a las diez de la mañana.

La dirección está en un código postal muy bueno.

Y Ashburn aparece en Wikipedia y en Google Maps justo como lo que dice Delgado que es: un estudio de animación y producción artística. No hay más detalles, solo la imagen de un edificio moderno, de acero, cristal y paneles solares.

Todo ha ocurrido a la velocidad del rayo.

Aun así, una pequeña parte de mí me susurra por qué no va a pasarme a mí.

«La fortuna favorece a los audaces. Y como tú no tienes fortuna, ¿qué puedes perder?».

Con el corazón palpitante, le digo que allí estaré, que lo estoy deseando, y en cuanto me desconecto, el cansancio me pasa por encima como un camión. El dinero, la visita de Strike…, es alucinante. En cuanto mi cabeza toca la almohada, me duermo soñando con Strike mirando mi cuadro.

Tantos meses, y ha elegido hoy para resurgir.

Cuando me sobresalta un sonido, estoy tan aturdida que creo que es Strike. Estaba soñando con él profundamente… Un sueño en el que volvemos al Keystone, solo que ahora estoy vestida y Strike se inclina hacia mí para susurrarme algo al oído, aunque también oigo música. Está demasiado alta y no oigo lo que Strike me dice…

Escucho un tintineo. Es mi teléfono.

Abro los ojos y lo busco a tientas en la oscuridad.

Tal vez sea Delgado, cambiando la hora o anulando la reunión.

Las palabras están borrosas y parpadeo.

Por un momento me quedo mirando, como si me hubieran disparado un dardo tranquilizante.

El miedo me inunda como un torrente. Me incorporo.

La echo de menos.

Es el maldito Troy Simpson.

Mi corazón es un martillo neumático. Cada vello de mi cuerpo está erizado.

Le contesto con los dedos helados.

No te atrevas a decirme eso. No te atrevas.

Pero Troy no es el tipo de hombre que se achante ante una pelea. Y advertirle «que no se atreva» probablemente le excite.

Me doy cuenta demasiado tarde. Su respuesta es rápida.

Su muerte fue un ACCIDENTE. Tienes que creerme. ¡Como todo el mundo! Pero cuando te vi en la calle, pensé que Grace estaba de vuelta. Quise agarrarla y besarla en la boca… llevarla a casa… y cuando me di cuenta de que eras tú, mi corazón se detuvo.

Qué putada, ¿verdad? Ella me hizo jodidamente feliz. Cuando te vi fue la primera vez que me sentí bien desde que murió mi preciosa chica.

Gracie no querría que estuviera tan jodido… Ella no querría tampoco que estuviera solo. Nos querría…

No, no, no. Troy, cabrón malvado y manipulador.

Apago el teléfono, con el corazón en la garganta. El terror me invade como un maremoto. Mis pensamientos se aceleran. Tanteo con la mano, siguiendo el impulso instintivo de acercar a Keeper… pero, por supuesto, no está a los pies de la cama.

No ha venido.

Al instante, bajo, abro la puerta y me pongo a gritar.

—Ven, gatito. ¡Vamos, Keep! Vuelve conmigo, guisantito.

Mi voz es suplicante.

No hay respuesta. Solo negrura. Solo silencio.

Un profundo escalofrío me recorre desde los dedos de los pies hasta el cuero cabelludo. Troy está ahí fuera, en alguna parte, esperándome. Con los ojos clavados en su próximo e idéntico premio. Es probable que esté empalmado ante la perspectiva de acorralarme, poseerme, atacarme de la misma forma en que asaltaba y dominaba a Gracie. Para él somos lo mismo; yo solo lucho más, eso es todo.

En la mente de Troy, apuesto a que eso se llama preliminares.

Troy es más fuerte que Gracie y yo juntas. No le costaría nada entrar aquí y atacarme. Gracie me contó demasiadas historias sobre él. Las recuerdo ahora, son como el susurro de un fantasma. Advirtiéndome.

No puedo quedarme aquí con la puerta abierta.

Esta noche dormiré con un oído atento por si oigo los maullidos de Keep. Pero mientras tanto, cierro la puerta con fuerza, echo el cerrojo, compruebo las cerraduras y vuelvo a mi dormitorio, con los ojos muy abiertos, presa de una ineludible sensación de terror.

14

HONOR

Ahora

A la mañana siguiente, sigo sin saber nada de Keep. Le dejo el desayuno en la puerta de atrás, me ducho y me seco el pelo, y luego me pongo delante de mi escaso guardarropa. Cojo un jersey negro, mi favorito, y recuerdo que es el que me puse el día que Gracie no volvió a casa. Ante el dolor que siento en el corazón, lo convierto en un ovillo y lo escondo en el fondo del armario.

En algún momento, lo donaré al Ejército de Salvación.

Mejor aún, lo quemaré.

Según el GPS, el estudio está a unos veinticinco minutos, junto al club de golf Elmhurst, en la parte elegante de la ciudad, donde reinan las mansiones con jardines verdes y puertas con intercomunicadores. El lado de Shelton que no parece una promesa rota.

Jo me manda un mensaje diciendo que llegará en diez minutos en el coche.

Al cerrar la puerta, siento los primeros atisbos de esperanza...

—Buenos días, preciosa.

Un suave grito escapa de mis labios mientras pego un brinco y me giro.

Troy Simpson, con unos vaqueros manchados de grasa, una camiseta fina y una gorra de camionero, está de pie en el último escalón, con una botella de Longneck en la mano y una bolsa de papel en la otra. Sus ojos no parpadean de lujuria.

—No deberías estar aquí. —Oigo el latido de la sangre en mis oídos—. Tienes que irte. Ahora mismo. Lo digo en serio, Troy. Sal de mi propiedad. Y deja de mandarme putos mensajes.

—Dios, Honor. ¿Qué te pasa? Estaba recogiendo y encontré un montón de cosas de Gracie; solo he venido a traértelas. —Levanta la bolsa y la deja caer en el escalón que hay entre nosotros.

—Podrías habérmelo enviado por correo.

Se encoge de hombros.

—Me apetecía ver tu cara bonita. Que también es su cara bonita, ¿sabes?

—Qué ironía —digo—, teniendo en cuenta lo mucho que te gustaba darle puñetazos.

La ira es una chispa repentina en sus ojos, aunque mantiene la sonrisa fácil.

—Ay, Honor. Tienes que dejar de culparme. Pregúntale a la Policía. Fue ella la que se fue esa noche. Sabía que los bosques eran peligrosos. Yo estaba profundamente dormido en la tienda.

Permanezco en silencio. Cada molécula de mi ser desea que se vaya.

Troy mueve los músculos de la cara para esbozar lo que considera que es una sonrisa simpática, pese a que, en realidad, solo lo hace parecer más trastornado.

—Lo entiendo. Estás de luto. Yo también. Pero deberíamos llorar juntos, ¿no crees? ¿Quieres que venga a verte alguna vez? Te traeré flores. Peonías. Las favoritas de Gracie. —Su pulgar y su índice se abren como pinzas para apresarme la barbilla.

—No me toques —digo, pero me tiene bien agarrada.

—Solo te estoy mirando. Absorbiéndote. Tus ojos… iguales pero diferentes. Tienes que dejar atrás tus complejos, Honor. Lo quieres… mira todos esos artilugios de zorra que vendes en la tienda. ¿Alguna vez has pensado en lo que se siente cuando un hombre de verdad toma el mando con una fusta? Podría hacerte cosas que aprenderías a disfrutar. Igual que Grace.

—Troy, no creo que esto tenga gracia.

—Eso es porque no estoy bromeando. ¿No estás preparada para el látigo? No hay problema. Podemos ir poco a poco. Empezar con pinzas para pezones. Las vendes, ¿verdad? La próxima vez que vuelva, tal vez te traiga algo especial de mi colección personal.

—No, gracias —grito. Siento su aliento caliente en la cara. ¡Qué asco! Quiero decirle que no habrá una próxima vez. Que no quiero volver a verlo. Que le deseo la muerte.

—Siempre has sido más estirada que tu hermana. Como si lo que fue suficientemente bueno para ella no pudiera serlo para ti.

Guardo silencio. Las manos de Troy huelen a tabaco y gasolina. Son las manos que mataron a Gracie. No me suelta. Me aprieta la barbilla con tanta fuerza como unas pinzas, y me imagino que me pasaré el resto de la semana poniéndome corrector sobre los dos pequeños moretones, como comas, que está dejando en mi piel.

Como no hablo, Troy me suelta la barbilla y lanza un escupitajo sobre mis zapatos negros.

—Siempre fuiste una zorra, Honor. Tan engreída… ¿Sabes lo que necesitas? —No puedo responder. Estoy temblando tanto que me castañetean los dientes—. Necesitas que alguien entre ahí y saque el palo que tienes clavado en ese culo tuyo tan prieto y sexy.

Y entonces gira sobre sus talones y cruza el césped a grandes zancadas, aplastando matojos verdes, antes de meterse en su camioneta.

Me lleva todo el trayecto recuperar el aliento, y noto las palmas de las manos húmedas contra el volante del Volkswagen

Escarabajo de Jo, un cacharro antiguo con un montón de pegatinas descoloridas. Encuentro por fin la carretera privada que ni siquiera pudo geolocalizar el GPS.

De alguna manera, en el momento en que subo por el sinuoso camino —tan empinado como la escalera de un castillo— que marca la entrada a Ashburn, consigo apartar de mi mente a Troy Simpson. Puede que sea la encarnación del diablo, pero su contacto telefónico y su visita no me arruinarán la entrevista. No voy a darle la satisfacción de dirigir mi vida. Ya me ha quitado demasiado.

«Respira».

Una última curva.

¡Guau! No es el edificio corporativo que aparece en la foto de Wikipedia. Es una residencia privada. Una mansión enorme.

Con nombre propio. Otra primicia para mí.

«Eres una verdadera artista, Honor. Eres una verdadera artista, Honor».

El camino privado tiene al menos cuatrocientos metros de largo y está bordeado de fresnos blancos. Por el trayecto, vislumbro otros edificios —un establo, un garaje— mientras la magnífica mansión de piedra se acerca.

Hay una bifurcación en el sendero por la que podría llegar hasta la entrada, pero me quedo a la izquierda, lo que me lleva a lo que parece el aparcamiento del personal, y es entonces cuando veo el moderno edificio de acero y cristal, conectado a la casa por un extenso prado verde y caminos de hormigón que se entrecruzan, casi como un campus de ingeniería o tecnología.

Sea lo que sea lo que me depare esta entrevista, tengo que mantener la compostura. Aunque no sea la persona adecuada para el puesto, Delgado se ha sentido lo bastante impresionado por mi arte como para que pueda establecer una conexión profesional estratégica.

—Tenemos mucha gracia y honor —solía decir Gracie—. Pero no demasiadas oportunidades.

«Ni que lo digas, Gracie. Pero mírame ahora. Aprovechando al máximo esta oportunidad… por las dos».

La repulsiva presencia de Troy —el calor de su aliento y el hedor de sus dedos— perdura en mi memoria, pero sé cómo controlar el pánico. Cuando la vida se vuelve real, me tranquilizo. Como si pudiera clonarme y dejar que una Honor más zen se hiciera cargo. Es mi instinto de supervivencia, el que perfeccioné por las malas cuando era niña. Mi infancia fue una mierda, aunque puedo agradecer a mis padres una cosa: aplomo bajo presión.

Me aliso la falda y el pelo y vuelvo a comprobarme el carmín por última vez en el espejo. Milagrosamente, no me ha aparecido ningún moretón en la barbilla por culpa de Troy.

Tengo media hora para causar una buena impresión.

—Es tu momento, Honor —declaro a mi reflejo en la polvera.

Por mucho que lo dude en secreto.

15

HONOR

Ahora

Llamo al timbre con los hombros tensos y la espalda recta, como preparada para el impacto. No sé qué esperar.

La fachada de la casa es imponente, con grandes ventanales y una puerta enorme adornada con tallas y flanqueada por gruesas columnas de piedra. El timbre es un videoportero que emite sonidos de campanadas. Entrecierro los ojos y retrocedo. Imagino a Delgado, quienquiera que sea, mirando la pantalla y metiéndose en mis narices.

En cuanto se abre la puerta, me quedo sorprendida.

—Paula Delgado —dice la elegante mujer de pelo plateado que aparece—. Encantada de conocerte de forma oficial, Honor Stone. —Me tiende la mano.

Mmm…, definitivamente no es como me imaginaba. Además, va vestida de manera impecable, con uno de esos trajes empoderados que llevan las abogadas en televisión y con los que parece imposible sentarse.

—Hola. —Le estrecho la mano, haciendo lo posible por canalizar mi confianza en mí misma, y luego la sigo al interior.

—¿Puedo ofrecerte algo? ¿Agua? ¿Una taza de café? —Apenas la oigo por lo nerviosa que estoy. Quiero impresionar a esta señora, aunque su aspecto se parezca al que tendrá la zorra del banco cuando envejezca. Es como si supiera que tiene mi futuro en sus manos.

—No, gracias —respondo educada.

—Entonces, sígueme —me ordena de forma enérgica e impersonal.

Estamos solo en la entrada y ya me siento abrumada. Es como aquella vez que fuimos de excursión al capitolio del estado, que parecía hecho para gigantes. Sigo en silencio su brillante melena plateada. Cuando levanto la vista, me quedo boquiabierta ante la gigantesca lámpara de araña, tan hermosa como aterradora, montada con cristales afilados como la punta de un cuchillo, dispuestos en círculos concéntricos hacia abajo.

Si se cayera, me cortaría en rodajas.

Paula me vuelve a mirar.

—Es una maravilla, ¿verdad? Strike la encargó a medida. —Su voz refleja admiración.

«Strike».

¿Acaba de decir Strike? Mierda, mierda, mierda…

Estoy en casa de Strike Madden.

¿Qué coño pasa?

—Sí, es preciosa —digo, intentando que no me tiemble la voz—. ¿Esto también es Ashburn?

Asiente.

—Sí, y de vez en cuando hace las primeras entrevistas en la biblioteca. —Sonríe—. La gente siente mucha curiosidad por esta residencia porque posee historia y carácter. A Strike también le gusta dar la sensación de ser accesible.

—Bien. —¿Cómo he podido ser tan estúpida? ¿Cómo he podido no darme cuenta de que estoy a punto de ser entrevistada por Strike Madden en su gigantesca casa/corporación?

Me ha preparado una encerrona. Quiero reír y gritar.

Y, sobre todo, quiero salir corriendo. Es horriblemente injusto que te pillen de sorpresa.

«Basta, Sunday. Este trabajo podría ser la oportunidad de tu vida».

Si fuera la vida de cualquier otra persona, asumiría que Gracie tenía razón. Pero, al igual que mi gemela, soy un imán para el caos. Echo un último vistazo a la araña…, ahora solo me parece un arma.

«Si es que existe realmente un trabajo».

Paula me conduce por un largo pasillo tras otro. Hay habitaciones a ambos lados. Todas las puertas están cerradas. Por mucho que quiera salir corriendo, no puedo evitar tener curiosidad por echar un vistazo a la vida de Strike.

«La curiosidad mató al gato», recuerdo que dijo Strike ayer cuando intentaba descifrar las misteriosas líneas de su tatuaje.

Nunca he estado en ninguna de las grandes casas de Elmhurst, aunque Gracie salió brevemente con un hombre que vivía por aquí. Él le regaló un reloj y, cuando se enteró de que estaba casado, lo vendió en eBay y utilizó el dinero para marcharnos a Atlantic City, donde jugamos a las tragaperras y bebimos chupitos de limoncello hasta que la sala empezó a dar vueltas y se acabó el dinero. Fue una juerga muy al estilo Gracie, convirtiendo limones en limoncello y rematando la noche con los bolsillos vacíos.

—Puedes esperar en la biblioteca. Strike está gestionando una chapuza de última hora de los de producción —me comenta Paula—. ¿Estás segura de que no quieres un café?

Cualquier duda que tuviera de que no hubiera dicho «Strike» queda disipada. Por un segundo, intento convencerme de que se trata de otro hombre con el mismo nombre, pero es imposible que haya dos Strike.

—Ya estoy bastante nerviosa —confieso. Ella arquea una ceja finamente perfilada.

—Todo irá bien. El hecho de que estés aquí ya es prometedor. Strike no pierde el tiempo con candidatos que no le convencen.

Entonces, Paula abre la puerta de una habitación que parece sacada de *La Bella y la Bestia*. Estanterías altas, sofás de cuero y lámparas de cristal. Texturas valiosas por todas partes. Me dan ganas de revolcarme en ella como hacen los niños en la nieve.

Pero entonces, recuerdo a Strike paseándose por mi tienda, comprando todas las zapatillas de peluche del *stock*, felicitándome por mis dulces baratijas medio inútiles cuando ¡vive en este palacio! Me arden las mejillas.

Hay un tablero de ajedrez de marfil de gran tamaño sobre una mesita auxiliar. Cuando levanto el caballo, pesa tanto como las mancuernas que uso para los entrenamientos que sigo en YouTube y es el doble de grande. Hay una vitrina llena de hermosos objetos antiguos que parecen haber sido propiedad de gente tipo Charles Darwin o el rey de Inglaterra.

Humidificadores para puros, lupas con mango de marfil, un globo terráqueo antiguo. No estaba tan lejos cuando me lo imaginé como invitado a la Gala del Met.

La habitación me recuerda a la película *Clue*.

«Fue Strike en la biblioteca con el obispo».

—Por favor, siéntate —invita Paula, como advirtiéndome que no fisgonee. Señala uno de los sofás cerca de un ventanal gigante. Me siento, pero inmediatamente me doy cuenta de que se me sube el tanga, tengo el estómago encogido y mis palmas de las manos están resbaladizas de sudor. Aun así, con los ojos de Paula clavados en mí, me siento más recta y cruzo las piernas con más fuerza.

Necesitaré pinzas para quitarme la ropa interior.

Soy una profesional. Esto es una entrevista de verdad (tal vez). Aunque puede que me haya hecho un poco de pis. En cuanto Paula se ha ido, me levanto de un salto.

¿Qué demonios es este lugar? Muevo la pesada cortina para admirar el terreno: los caminos y las dependencias, la sede de la empresa, las colinas en el horizonte. ¿Es un lago lo que se ve a lo lejos? No parece del todo real. Más bien aparenta haber sido sacado de uno de esos programas británicos de la PBS.

¿Y quiénes son las personas que entran y salen a grandes zancadas del edificio principal de oficinas, cruzan el prado o se apiñan en los bancos? Parecen de fiar, como si estuvieran yendo a trabajar con los papeles bajo el brazo.

Vuelvo mi atención a la habitación. La personalidad de Strike impregna cada rincón. En la masculinidad segura y sensual, en la opulencia discreta, incluso en el olor: a humo amaderado rico y embriagador.

Una vez leí en *Us Weekly* que los ricos contratan a interioristas para decorar sus bibliotecas. Pero no parece ser el caso.

Las estanterías del suelo al techo están abarrotadas y, obviamente, se utilizan con frecuencia. Libros de bolsillo y de tapa dura de todos los géneros, aunque Strike tiene incluso un montón de novelas de suspense de las que venden en las grandes superficies.

Un par de estanterías están dedicadas a todo lo relacionado con la comida, desde libros de cocina de estilo *vintage* a lustrosos libros de sobremesa escritos por nuevos chefs famosos. Hay un libro titulado *Guía del carnicero casero: cómo cortar cualquier animal para cocinar.* Hay libros sobre caminos y ruinas medievales, mitos griegos y deportes, además de clásicos. Y una estantería entera dedicada al arte. Viejos maestros. Impresionistas. Surrealistas. Warhol. *Anime* japonés. Cómics.

También hay una estantería completa de libros de anatomía.

Es todo sumamente fascinante. Me paseo despacio, leyendo los lomos como si fueran las cartas del tarot de Jo, en busca de ideas. Pero la colección de Strike es demasiado variada, a la vez que amplia y aleatoriamente hiperespecífica. En una estantería dedicada a la medicina y la curación, tanto tradicional como alternativa, hay un libro titulado *El colon mide metro y medio.*

Vaya, cada día se aprende algo nuevo. Cojo el libro de la estantería.

—Honor Stone —dice una voz a mi espalda.

16

STRIKE

Ahora

Cuando el libro se le cae de las manos, no puedo evitar reírme.

—Lo siento —digo, aunque no lo lamento lo más mínimo: no me ha visto colarme en la biblioteca, y ha sido tan cautivador verla examinar la sala durante varios minutos como divertido verla sonrojada y con la guardia baja. Recojo el libro del suelo—. He pensado en llamar a la puerta. Pero luego he recordado que es mi casa.

—¿Qué demonios significa esto, Strike? ¡Por favor, explícame qué estoy haciendo aquí!

Ignoro su enfado, que, para ser sinceros, me parece adorable.

—De toda mi biblioteca, ¿eliges *El colon mide metro y medio*? —pregunto, intentando arrancarle una sonrisa. No contesta. En lugar de eso, se cruza de brazos—. Supongo que es mejor esto a que encuentres *Crepúsculo*. —Como sigue sin reírse, añado—: Vale, no pareces especialmente emocionada de verme.

—¿Cómo he podido ser tan crédula? —pregunta Honor, cerrando los puños a los lados—. No puedo creer que haya llegado a pensar que algo de esto era real. Espero que esta broma te haya divertido. Pensaba que…

Se le entrecorta la voz, la energía de la habitación cambia y, por un segundo, me aterroriza que vaya a ponerse a llorar. Mierda. No era esto lo que quería. Puedo manejar la ira. Las lágrimas son mi kriptonita.

—Espera. No, te equivocas. Esto no es una broma. —Doy un paso hacia ella, y ella da uno atrás. Luego otro.

—Entonces, ¿podrías explicármelo? Porque no lo entiendo. ¿A qué estás jugando? Porque no me has explicado las reglas.

—Esto no es un juego. Obviamente, podrías haberte ido en el momento en que Paula mencionó mi nombre de forma deliberada. —Mantengo la voz neutra, calmada. Profesional.

—¡Casi lo hago!

—Sin embargo, aquí estás —replico.

—¿Por qué has hecho que me invitara? ¿De qué va esto? —Noto un ligero temblor en su voz. ¿Podría estar realmente asustada? ¿De mí?

La única preocupación de Honor Stone debería ser el asesino de su hermana, y si quiere estar a salvo, debería quedarse conmigo. Aquí puedo protegerla de cualquier cosa que se le ocurra a ese psicópata.

—Se me ocurrió que hablar por Internet era la mejor forma de tener una conversación sin que interfiriera nada de esto —admito, indicando con una mano el espacio que hay entre nosotros. Me gustaría ser lo más sincero posible con ella. Quiero reconocer abiertamente el innegable magnetismo que existe entre nosotros cada vez que nos encontramos, una fuerza poderosa que me resulta tan extraña como nueva, y también dejar claro que nunca, nunca, existirá un nosotros. Contratar a Honor Stone es la forma más rápida e inteligente que se me ocurre de tomar el control de esta situación: acabaré así con este encandilamiento, la mantendré fuera de peligro, acabaré con una amenaza local para la comunidad y, además, conseguiré que DME cuente con la mejor artista figurativa del momento.

Será un activo para la empresa, y que sea mi empleada pondrá fin de inmediato a esta locura. No se me ocurre forma mejor de matar dos pájaros de un tiro.

—Mi idea era conocerte en un espacio neutral —explico—. No puedo evitar sentir curiosidad por ti. Tu talento es increíble y me fascina, y este trabajo es real y está disponible.

Todo esto es verdad al cien por cien.

Quiero contratarla. *Necesito* contratarla.

—¿Cómo puede ser esto un espacio neutral? —pregunta Honor. Sigue de pie y ojalá no estuviera tan cerca de la puerta.

—Ya, de acuerdo. Tal vez no sea neutral, es mi casa. Pero está conectada a mi espacio de trabajo y a la sede corporativa de DME. Y, ahora mismo, en la propiedad, entre personal, artistas y administración, tengo unas doscientas cincuenta personas en nómina. Y ya que has venido hasta aquí, te agradecería que me escucharas.

Me siento en el borde del sofá de cuero con las manos cruzadas. A pesar de lo mucho que me gusta ese bonito y enfadado pliegue entre sus cejas, no quiero que se vaya. Tenemos asuntos de los que ocuparnos. Por fin he encontrado a la artista que buscaba. No voy a dejar que se vaya.

—He tenido que salir en horario de trabajo, pedir prestado un coche…, así que si esto solo es un pretexto para hacerme saber que tienes un extraño fetiche por mi afición a la pintura, entonces sí que me has hecho perder el tiempo —dice.

—No.

—¿No?

—Lo siento. ¿Afición? ¿Así es como lo llamas? Por Dios. La gente mataría por tener tu talento. Esto es una entrevista de verdad —protesto, relajándome en el sofá. Trato de parecer lo más inofensivo posible, lo cual no es fácil, teniendo en cuenta que mido uno noventa—. Siéntate. Lo digo en serio. Por favor —añado en un tono más suave al ver que vacila.

Se sienta en la silla frente a mí, pero mantiene las manos en el regazo y la postura rígida.

—Enfundemos las armas y empecemos de nuevo. Hola, soy Strike Madden, fundador y CEO de Dark Matter Entertainment, también conocida como DME, una empresa internacional de videojuegos y multimedia que fundé hace diez años. Gracias por venir a esta entrevista. Por lo que he visto en tus pinturas, creo que trabajaríamos bien juntos.

No se vuelve a presentar, pero tampoco se va. Me lo tomo como una victoria. Inclina la cabeza a un lado y noto un leve atisbo de curiosidad. Doy las gracias a un Dios en el que definitivamente no creo.

—¿Trabajar juntos? ¿Cómo? Además, para que lo sepas, le he dado a Jo esta dirección. Se la dije antes de venir.

Su voz suena tensa. Está asustada de verdad.

Bueno, tal vez no sea tan sorprendente. Nos conocimos en el depósito de cadáveres. Compré sus cuadros y luego casi todo el *stock* de su tienda… Y ella probablemente considera esa suma de dinero una pequeña fortuna.

De repente, me siento como un auténtico gilipollas. Lo cual, para ser justos, no es una sensación nueva, pero no me gusta nada.

—Mira, si te hace sentir más segura, le diré a Paula que venga y se quede con nosotros.

—No. —Niega con la cabeza—. Estoy bien. Te escucho.

Nuestras miradas se cruzan. Puedo sentir cuánto desea que todo tenga sentido.

—Cuando te vi aquella primera noche, sentí una gran curiosidad por ti. Así que hice algunas averiguaciones…

—Acoso. Eso es acoso —me interrumpe.

Arqueó una ceja. Un desafío.

—¿Acaso tú no intentaste dar conmigo? —pregunto, y ella no puede ocultar su expresión de culpa—. Encontré tu tienda y la cuenta de Etsy conectada a ella. Luciérnaga también está conectada a esa cuenta. No fue difícil. Si soy un acosador, soy un acosador de pacotilla.

—No. Mi cuenta de Etsy está separada de la tienda —dice.

—Tienes dos escaparates virtuales distintos, pero con el mismo propietario. Se cambia enseguida —le explico con calma—. Aquella noche me pareciste sensible y a la vez valiente y, por supuesto, hermosa. Lo mismo que tus cuadros. No podía apartar la mirada. —No me reprimo y la observo, ella sacude la cabeza.

Vuelvo a lo mío. Es demasiado fácil perderse en ella—. Deberías trabajar para mí.

—¿Debería?

—*Quiero* que trabajes para mí —replico—. Por favor. Y lo digo de la forma menos acosadora posible. —He dicho «por favor» más veces en esta conversación que en todo el año. Quizá que en toda mi vida. ¿Qué me pasa con esta mujer?

—Le doy dos estrellas a esta explicación. Le falta claridad.

—Entonces que quede claro. Necesito a alguien que sea capaz de dirigir el equipo de diseño y guion gráfico en el departamento de producción de videojuegos de la empresa. Y creo que ese alguien eres tú. De hecho, sé que es así.

—¿Por qué yo? —pregunta.

—Porque tu trabajo encaja con la sensibilidad de mi nueva producción. Porque eres jodidamente buena en lo que haces, Honor.

Nuestros ojos se encuentran un momento.

«Porque si eres mi empleada, no puedo tocarte».

—Me gustaría ver el estudio —dice finalmente, y el alivio recorre todo mi cuerpo—. Me toca a mí ver si eres de verdad.

—Genial. —Me levanto. Cuando estoy a punto de ofrecerle la mano, me lo pienso mejor y voy hacia la puerta—. Sígueme.

17

HONOR

Ahora

Estoy temblando mientras Strike me conduce fuera de la biblioteca y me lleva escaleras arriba. Me da algunos datos sobre la casa mientras avanzamos. Perteneció a un antiguo barón del ferrocarril, y la compró hace unos años porque era una «ganga», signifique eso lo que signifique en lenguaje millonario.

La casa es increíble. Entre las alfombras de seda, el papel pintado a mano y, sobre todo, los impresionantes cuadros que cuelgan de las paredes, no sé dónde posar los ojos. Al igual que la biblioteca de Strike, las piezas de arte comprenden una amplia gama, pero cada una parece elegida en persona, no escogida por un diseñador para que combine con los colores de la habitación. Strike sabe exactamente lo que le gusta.

Al subir las escaleras, me tiemblan las rodillas y me agarro a la barandilla. Estoy en la mansión de Strike Madden, que me entrevista para un trabajo para el que no estoy cualificada.

«¡Contrólate, Sunday! —susurra Gracie—. ¡Finge hasta que lo consigas! Si realmente es una entrevista de trabajo de verdad, tienes que comportarte como si lo fuera, joder. Además, es más que probable que sea millonario».

Oigo mi voz, mucho más calmada de lo que me siento, cuando le pregunto a Strike cómo se metió en el mundo de los videojuegos.

«¿Te has expandido internacionalmente?». Sí, es una marca global.

«¿Quieres sacar la empresa a bolsa?». Este año no.

No me atrevo a llamarlo señor Madden.

Puedo notar la aprobación de Gracie, lo que me hace sentir una confianza extra.

Strike se muestra respetuoso con mis preguntas. Sus respuestas son impresionantes. Me sorprende cómo organizó todo el plan después de leer un montón de libros sobre iniciativa empresarial, y los detalles sobre cómo reunió capital y encontró inversores. Irradia tal serenidad que su éxito parece una conclusión inevitable.

Volvemos a bajar las escaleras por el otro lado de la casa y salimos por una puerta lateral al exterior, por allí atajamos por el prado hacia la sede de la empresa. Todavía sigo perdida en un número de *Elle Decor*, pero hemos pasado de la *Edad Dorada* a la jornada laboral de un criptomillonario de Silicon Valley.

El vestíbulo es gigantesco, inundado de luz solar y elegante, con pantallas táctiles digitales que muestran anuncios y actualizaciones de datos de DME.

De alguna manera, eso me tranquiliza más.

—La empresa parece como Frankenstein, pero en el mejor sentido —comento.

—¿Qué quieres decir? —Strike me lanza una mirada burlona—. ¿Sobredimensionado y sin corazón?

Sonrío, negando con la cabeza.

—Solo quería decir que tiene muchos componentes. Quiero saborear una taza de chocolate caliente junto al fuego de tu acogedora biblioteca. Los pasillos de la residencia parecen una galería de arte de Nueva York. —No es que lo sepa—. Mientras que esto… —abro los brazos para abarcar la inmensidad de ese espacio— parece futurista.

Strike asiente.

—Hace cien años, cuando Shelton prosperaba, había cacerías de zorros en esta propiedad. Pero cuando compré el lugar, sin duda no necesitaba todo ese terreno. Me pareció mejor levantar aquí las oficinas. —Me guiña un ojo—. Además de que me queda al lado y no tengo que desplazarme, me gustó proyectarlo todo a mi medida.

—Gracie solía decir que si alguna vez construía una mansión, instalaría cuatro hornos y una máquina de Skittles. Algo que, si la hubieras conocido, sabrías que era muy de Gracie.

—Eso me gusta. Una casa puede ser muchas cosas —comenta Strike. Salimos del vestíbulo por un pasillo con paredes de cristal y subimos unas escaleras.

—También una persona.

Strike esboza una sonrisa. Creo que se alegra de que me haya fijado en él.

—Apuesto algo a que tú elegiste hasta el último cuadro y los muebles.

Su sonrisa se hace más grande.

—Cierto otra vez. No contraté ningún decorador. Ya hemos llegado a la sala de proyección del estudio. —En la segunda planta, recorremos otro pasillo con claraboyas y nos detenemos ante una puerta de doble hoja.

Strike introduce un código en un pequeño panel y oigo un chasquido cuando se abre.

No puedo evitarlo. Suelto un jadeo.

El estudio multimedia es una enorme obra maestra de la tecnología, con mobiliario ergonómico, puestos de trabajo flexibles e iluminación inteligente integrada. Y lo que es aún más sorprendente, las paredes están hechas de pantallas.

En una de ellas se proyecta lo que parece ser el trabajo en curso de un artista gráfico.

Parpadeo. Tardo un segundo en procesar la imagen en sí.

Una joven —dibujada a mano, con botas y una larga espada envainada en su cadera desnuda— se sienta a horcajadas sobre el hombre que se ha arrodillado entre sus piernas.

—Está muy muy desnuda —suelto.

—Explícame, ¿cómo puede uno estar «muy muy desnudo»? ¿No es como estar embarazada? —Strike cruza los brazos sobre el pecho—. Lo estás o no lo estás.

—No lo sé, pero sin duda está totalmente desnuda. —Me río nerviosa. No es real. Es solo un dibujo picante.

Nunca me sonrojo cuando estoy delante de uno de mis cuadros, pero esto es diferente. Me caen gotas de sudor por las sienes.

—Esto no es lo que esperaba —admito.

—Esta es mi especialidad —explica Strike. Pulsa un mando a distancia. La imagen cambia. La mujer besa ahora a otra mujer mientras el hombre las observa. La desnudez ha sido sustituida por una lencería de encaje apenas visible que cubre unos pechos increíblemente grandes—. ¿Ves? Ya no está desnuda.

—Pero esto es… —Se me corta la voz. ¿Qué es exactamente? Me siento paralizada y un poco avergonzada por el hormigueo que me recorre todo el cuerpo: las imágenes en movimiento son sensuales y eróticas. No se parecen a nada que haya visto antes. Sí, son animaciones; sin embargo, también son hermosas y nada inocentes. Algo nuevo para mí.

—Las imágenes son atrevidas. Y fascinantes —admito en voz alta mientras me acerco a una de las pantallas para verlas mejor.

—¿Verdad? —La voz de Strike es amable. Mientras vemos cómo cambian los dibujos, noto las mejillas ardiendo y me sorprende sentir humedad entre las piernas… por un *dibujo sexy*. O quizá sea por la proximidad de Strike. Si soy sincera, ambas cosas son igual de tentadoras. Cada vez que estoy cerca de este hombre, el fondo se desvanece y mis inhibiciones se esfuman. Pero no quiero abandonarme a mí misma ni a mis límites, que suelen ser tan fuertes que puedo sentirme como si estuviera detrás de un muro de piedra. Esto me parece grave y peligroso. Nada ha derribado ese muro nunca.

Strike, y considerar esta posible oferta de trabajo, podría ser la peor idea que he tenido.

—¿Qué estoy viendo aquí exactamente? —Mantengo la voz neutra.

—Es una mezcla. Una pizca de erotismo, una cucharada de *hentai*, importado de Japón. Se traduce como «perversión sexual». Aunque, por supuesto, esto tampoco es exactamente eso. El *anime* está creciendo con rapidez entre el público estadounidense, sobre todo entre la llamada Generación Z, que se ha criado con la animación y los videojuegos. Así que era cuestión de tiempo combinar chocolate y mantequilla de cacahuete para hacer algo diferente y sabroso. —La palabra «sabroso», en boca de Strike, hace que me suba un cosquilleo por la nuca—. Podemos llegar a cualquier parte con los juegos eróticos. Siempre y cuando no lo hagamos…

—¿Demasiado explícito? —pregunto. Se ríe.

—Ja, todo es explícito. Quería decir misógino. En los juegos y la animación puedes hacer lo que quieras. No estás restringido por los límites de los actores. Pero tiende a inclinarse mucho hacia las fantasías masculinas. —Frunce el ceño, pensativo, mientras se acerca medio paso a mí para que podamos mirar juntos la pantalla. El aroma de su piel hace que me inunden recuerdos de la noche en que nos conocimos, y me siento débil. Cuando Strike me mira, soy consciente de mis pezones, puntitos erectos bajo la ropa. Si se da cuenta, no lo demuestra—. Mis competidores quieren explorar los rincones más oscuros de estas fantasías.

En la pantalla, una morena con brillantes tacones de aguja rosas y el cuerpo bañado en aceite se presenta ante un público formado por hombres y mujeres apenas vestidos. Me pregunto si los tacones la hacen parecer menos desnuda.

¿O el aceite la hace parecer más desnuda?

Está claro que soy incapaz de pensar racionalmente con Strike al lado.

—Pero ¿es eso lo que quieres? —pregunto.

—No, en absoluto. Mis fantasías… Quiero decir, en DME —se retracta al instante—, las imágenes están diseñadas para ser excitantes, claro. Pero también bellas. Quiero que este estudio se centre en el juego erótico como narración de una forma sexualmente positiva.

—Juegos eróticos feministas —resumo.

—Sí. Exacto. Quiero que nos centramos en el placer de las mujeres. Y he demostrado que puede ser rentable. Mantén la vista en la pantalla.

Ante mí se desarrolla una historia. Una joven es perseguida por un hombre; al principio parece que él es el cazador y ella la presa, hasta que vemos que ella le ha estado guiando todo el tiempo. Se encuentran en una casa de baños con azulejos llena de luz solar, donde hay varias mujeres, de todas las formas y tamaños, que lo dominan. No sé dónde poner los ojos de tantas bocas, manos y dedos curiosos que se retuercen en la imagen. Mientras el agua cae en cascada sobre el cuerpo del hombre, las mujeres le quitan los restos de la ropa, tiran de él y lo doblan en todas las posturas imaginables. Mientras él toma a una mujer por detrás, besa a otra, luego a otra…

Dejo escapar un suspiro tembloroso.

—Es… delicioso. —Estoy realmente asombrada—. Es un cambio de roles en el paraíso. Me encanta. —Me hormiguean los dedos con el mismo picor que siento cuando estoy a punto de crear arte. Es un poco pervertido, pero también nuevo y emocionante.

Gracie está en mi cabeza otra vez.

«¿Por qué eres tan buena con el pincel y tan mojigata en la vida real?».

«No soy una mojigata. Soy… cuidadosa», replico.

¿Podría hacerlo? Me siento muy sorprendida. Quiero lanzarme y ver lo que puedo crear.

—Así que este es el epicentro creativo, Honor. Esta es la nueva rama de desarrollo de DME. Empezamos con los videojuegos clásicos. Tiradores. Apocalipsis zombi. Cosas de psicología militar —explica—. Y nos hicimos de oro enseguida con ese tipo de juegos porque pude aprovechar mi experiencia militar personal. Ahora estoy llevando la empresa en una dirección totalmente nueva.

—¿Aventuras gráficas eróticas centradas en la mujer? —No puedo evitar pensar que si yo dibujara lo que veo en pantalla, añadiría otro hombre. Hay demasiadas mujeres poniendo a prueba la resistencia de uno solo.

Desde luego, esa no es mi fantasía.

—Sí. Quiero lo contrario de la violencia —resume—. No más gore. No más guerra. Quiero llevar a los juegos el arte, la lujuria… de todas las formas que deseemos.

Miro las imágenes en movimiento. Veo por qué Strike piensa que yo podría encajar en este proyecto. Hay algo suave y femenino. Como en mi cuadro del pie. Proporciones exageradas. Casi como una caricatura.

—Y yo que pensaba que venía a hacer una entrevista para un estudio que podía querer que dibujara un geco. —Me río.

—¿Como el muñequito de los seguros Geico? —Se ríe, y me encanta ganarme ese estallido de alegría de él, como un sol repentino en su cara—. Sí, somos un poco más picantes que los reptiles —dice—. Ahora mismo, eres una extraña en este mundo. Eso ayuda. Quiero que imagines personajes y argumentos originales. La tecnología ya la ponemos nosotros. Después, pasamos a la realidad virtual.

—El metaverso erótico —medito—. Es emocionante —añado, y siento que mis mejillas se sonrojan cuando los labios de Strike se curvan en una sonrisa.

—La mayoría del sexo digital parece una mala cita con derecho a roce, así que alguien tiene que mejorarlo. Y no van a ser hombres, necesitamos mujeres. Creo que serías jodidamente buena.

Por mucho que me guste la forma en que Strike dice las palabrotas —ahora que lo pienso, Strike diciéndome palabrotas sería un juego al que me apuntaría—, también me parece demasiado.

Me da un vuelco el corazón y aprieto los muslos.

«No, no, no. No puedo trabajar con este hombre. Hay demasiadas cosas que no sé sobre él. Ya estoy comprometida por su dinero. No puede comprarme. No puedo hacerlo. De ninguna manera».

Doy un paso atrás, ampliando el espacio que nos separa. La magnética atracción que hay entre nosotros es demasiado fuerte para que pueda mantener la lucidez. Esto es raro, sí. Pero también… ¿hermoso? Es una oportunidad de trabajo en potencia.

No hay posibilidad de que la acepte, ¿verdad? Y, aun así, sigo aquí.

—¿Por qué crees que podría hacerlo?

Entrecierra los ojos mientras levanta la barbilla. Es dominante por instinto. Me doy cuenta de que sería un jefe exigente.

—Cuando vi la pintura de tu pie, supe que habías pintado a una mujer en pleno orgasmo.

—Bueno…, no…, no fue…

Pero claro que tiene razón. Aunque no pueda reconocerlo. En lugar de eso, me miro los pies, que, gracias a Dios, están protegidos por unos zapatos. Mis dedos se curvan de deseo.

—¿O qué me dices de *Chica en la cama*? —me presiona Strike—. Puedes sentirlo todo en ese cuadro. La lluvia en el exterior. Que quizá esté esperando a que su pareja vuelva con ella, ya que vemos una mano alrededor de su tobillo. ¿Y qué me dices de *Snack nocturno*, esa pareja desnuda en la cocina, en la que ella le muerde el hombro a él? Pintas el deseo mejor que nadie, Honor. Puede que ni siquiera lo reconozcas conscientemente, pero ya estás representando historias completas.

—Pinto imágenes sueltas —protesto—. No películas enteras ni animaciones.

—Los poetas suelen ser grandes novelistas. Aportan su conocimiento de lo específico a un lienzo más grande. Necesitamos una visión femenina provocativa. —Strike se encoge de hombros—. Te dejaría rienda suelta. Harías las horas que necesites. Contribuirías con tus conceptos. Tenemos guionistas, dibujantes para los entintados e incluso impresoras 3D para dar cuerpo a tu visión. Por así decirlo.

Le sonrío; la sonrisa que me devuelve es tan devastadora que duele. Necesito que volvamos a terreno neutral, aunque asumo al cien por cien la responsabilidad de este desvío.

—Aunque pudiera conseguirlo, no estoy segura de querer hacerlo —confieso.

Me mira con intensidad, sin pestañear. Me doy cuenta de que Strike hace esto siempre que está procesando información.

—¿Por qué? —pregunta.

—Siento que mis cuadros... —Hago una pausa para ordenar mis pensamientos—. Siento que mis cuadros son como... un yo secreto. —Me río, nerviosa—. Supongo que me siento un poco tímida.

—No lo hagas —dice Strike—. No debemos ocultar nuestro verdadero yo. ¿Y cómo puede ser secreto si has colgado dos cuadros en tu tienda? —Me mira otra vez—. Sal de la sombra. Entra en la luz. Sabes que quieres hacerlo.

Tiene razón. No me gusta sentir vergüenza por mis cuadros. En cambio, cuando me lo permito, siento exactamente lo contrario: orgullo.

Se me hace un nudo en las manos. En realidad, no sé si estoy a punto de dejar pasar una oportunidad única en la vida —y mi oportunidad de salvar la tienda— o si estoy escapando de algún tipo de trampa elaborada.

—Siento mucho haberte hecho perder el tiempo —digo—, pero creo que debo irme.

Strike levanta un dedo.

—Prometiste visitar también el estudio de arte. Insisto en que lo veas. Como insistiría para que lo viera cualquier candidato.

Su comportamiento profesional se ha vuelto férreo. Como si apenas nos conociéramos, algo que, por supuesto, es verdad.

Y, sin embargo, abandonar... sería completamente irracional. Con este trabajo podría pagar mis deudas y ser libre de una manera que con los ingresos de la tienda no podría nunca. El recuerdo de la visita de Troy me produce un escalofrío nauseabundo.

Este trabajo sería una protección contra ese acosador. Porque solo me puedo proteger con dinero.

Asiento con la cabeza.

—Claro, por supuesto —cedo—. Me encantaría ver el estudio.

18

HONOR

Ahora

Salimos de la sala de medios para continuar por el pasillo.

—Ah, qué bien. Tendremos algo de privacidad. Parece que el equipo ha salido a almorzar —dice mientras teclea la clave para abrir una gran puerta blanca.

Y entonces me enfrento a otro momento bestial.

Ante nosotros se abre un espacio amplio, bañado por la luz del sol, tan grande como una pista de tenis y repleto de herramientas y equipamiento. Aquí dentro hay todo lo que puedas imaginar. Es como si estuviera mirando directamente mi perfil favorito de Instagram. Lo que Gracie solía llamar mi «frikiporno para el arte».

Solía salivar con las fotos que veía en #ArtStudio y #ArtistsOn Instagram.

Es el paraíso para un artista. Todo lo que podría necesitar está aquí, además de algunas cosas con las que no sabría qué hacer.

Como un horno de cerámica.

Incluso hay una máquina de café.

Recorro la habitación aturdida, miro embelesada los estantes y armarios llenos de pinceles y pinturas; hay óleos, acrílicos, acuarelas. Tubos y cajas de pintura, pasteles y carboncillos. Recorro con el dedo los bordes de los caballetes y los lienzos tensos. Miro con franca admiración la estantería de blocs de dibujo ordenados por grosor y textura del papel, desde el papel de croquis hasta el más grueso para acuarela.

Incluso huele como me imaginaba: a cítricos alimonados con un toque de trementina. Es el paraíso de los suministros. Siento que mi energía creativa tira de mí. Que desea que me quede.

Aquí no hay monstruos de mi pasado. No hay pesadillas, no hay maldad.

Este lugar, y su puro potencial creativo, enciende una cerilla en mi alma.

¡Oh, no! Me he enamorado… de esta habitación.

«Vaya, vaya, vaya, ¿quién iba a decir que serías la Picasso del porno?», oigo bromear a Gracie.

—¿Qué te parece? —La voz de Strike es casi un gruñido que rompe mi ensoñación. Tengo que contenerme físicamente para no estirar la mano y hacer girar un pincel entre mis dedos.

—Creo que… —Me aclaro la garganta, que se me ha vuelto ronca por la emoción. Cuando era adolescente, soñaba con ser una Honor Stone muy diferente, una rebelde feliz con botas de Dr. Martens y el pelo teñido de rosa que provenía de una familia que podía llevarme a todas partes, en sentido figurado y literal. Una chica que recorría Europa, museos, que asistía a la escuela de arte. Una chica que había recibido infinitas ayudas de amor y apoyo y, sí, que disponía de material artístico—. Creo que es el espacio de mis sueños.

—Entonces, ¿aceptas el trabajo?

Ahora que he visto este lugar, no hay forma de no hacerlo. Me froto la piel porque la tengo de gallina.

—Como artista, esta es mi fantasía más salvaje.

—Tu fantasía más salvaje, ¿eh? —dice en tono de broma. Antes de pensármelo dos veces, le doy un golpe en el brazo. Con el contacto, siento el hormigueo en los dedos y entre las piernas.

No, no lo volveré a hacer.

—En serio, no puedo creer que exista este lugar. No puedo ni imaginarme tener el privilegio de trabajar en esta sala todos los días —confieso.

—Bienvenida al negocio de la fantasía —me dice Strike mientras su sonrisa parece dibujar la luz del sol en su rostro—. Le diré a Paula que te envíe el contrato.

—¿El contrato?

—Es estándar. Seguro médico, salario, días de vacaciones, formularios de impuestos.

—Ah, claro. —Asiento, como si fuera alguien que firma contratos todo el día. Por dentro estoy dando volteretas. Me siento tan mareada que no quiero plantear ninguna de las dudas que me corroen el cerebro. La semana pasada tuve que reprimir las lágrimas en el banco. Hoy, este hombre extraño y estimulante me ofrece lo que podría ser la solución a todos mis problemas financieros.

¿No será demasiado extraño? ¿Strike me ve como un caso de caridad?

¿Creerá que tiene que ser mi salvador? ¿Es esa la parte de la historia que me falta?

—Aún no me has dicho qué hacías en el depósito aquella noche —le digo.

—Identificaba el cuerpo de una mujer, Esperanza Martínez —explica—. Llegó a Turning Point por un caso de malos tratos usando otro nombre. Teníamos planeado llevarla a una casa de acogida, pero su marido la encontró primero.

—Ah… —No me esperaba esa respuesta. Pensaba que su conexión con Turning Point empezaba y terminaba con las donaciones.

—Lo siento.

—No la conocía bien, aunque paso mucho tiempo en el Point. Pero es la misma jodida historia de siempre. Como ya sabes.

—Así que obviamente eres un tipo generoso y caritativo. Y me has visto en mis momentos más bajos. —Subo y dejo caer los hombros de forma consciente—. Siento que estás haciendo algo bueno por mí porque eres una buena persona; pero puedo cuidar de mí misma.

Mientras parece reflexionar sobre ello, los pensamientos que se esconden detrás de sus ojos grises son tan enigmáticos como un cielo invernal.

—Nadie me ha definido nunca como una buena persona, Honor —me aclara—. Porque no lo soy. Ni mucho menos. Es algo que deberías saber cuanto antes. Pero soy bueno reconociendo el talento, y tengo muy claro el tuyo. Si puedes aceptarlo y consideras el contrato, entonces espero que lleguemos a un acuerdo.

—Necesito tiempo para pensar —explico—. Será un gran cambio.

—Si aceptas el trabajo, por favor, trae el resto de tus cuadros. Imagino que tienes un montón —me dice. En mi fuero interno, doy un respingo. ¿Cómo puede saberlo? ¿Tiene Strike algún tipo de dossier sobre mí con todo tipo de información? ¿Sabrá también que guardo todo el material en el horno?

—Puede que tenga algunos —admito.

—Genial. Los guionistas y animadores necesitan saber lo que haces. Nos gusta mantener un estilo definido, y quiero que marques la pauta.

—No tengo formación académica —advierto—. Tu equipo no me respetará. —Me resulta muy difícil decirlo en voz alta. Pero si no confieso uno de mis peores temores sobre este trabajo en este momento, nunca lo haré.

Strike parece un poco impaciente. Vuelve a ser el hombre de negocios firme que hace caso omiso de mis preocupaciones.

—Claro que te respetarán. Por supuesto, todos tienen experiencia en animación y codificación y están capacitados para crear a partir de una imagen. La que tú darás. Eres el contenido original por excelencia. —Se interrumpe, como si sopesara si debe continuar o no, pero luego sigue en voz baja—: Eres lo que he estado buscando.

—De acuerdo —acepto después de una pausa.

—¿De acuerdo?

Asiento con la cabeza.

—Envíame el contrato. —Mi corazón late como un martillo neumático.

—Paula se pondrá a ello ya —dice—. También te enviará un set de realidad virtual y las contraseñas. Estamos probando un juego. Me gustaría conocer tu opinión.

—Genial. —Le tiendo la mano para estrechársela, tratando de proyectar la confianza que me ofrece como jefe; pero, en cuanto nuestra piel entra en contacto, vuelvo a sentir esa descarga eléctrica que se dispara directamente a mis partes bajas. En lo más recóndito de mi memoria, se oye alto y claro el comentario de Grace.

«¡Abróchate el cinturón, Sunday! Trabajar con Strike Madden va a ser un viaje salvaje».

19

HONOR

Ahora

Sola en el coche, me froto los ojos con las manos.

«Respira».

He vivido muchas cosas. He recibido innumerables golpes sin dejar que nadie viera mi dolor. Normalmente soy capaz de mantener mis emociones bajo control.

Pero esta inesperada confianza de Strike en mi talento me ha hecho llorar.

Su amabilidad. Eso es lo que me está destrozando.

Ojalá estuviera aquí Gracie para poder contárselo todo.

—Seguro médico, Gracie —digo en voz alta—. Figúrate. Una revisión médica en condiciones, sin que sea en Urgencias, por primera vez en toda mi vida.

«Yo pensaría en cosas más prácticas —me dice Gracie—. Tía, ¿has visto la máquina de café y la nevera de bebidas? Café con leche y La Croix gratis todo el día».

Hemos intercambiado los números de teléfono y las direcciones de correo, y el contrato, de treinta y una páginas, llega a mi bandeja de entrada antes que yo a casa, y es aún más generoso de lo que imaginaba con optimismo.

Me quedo sentada en el coche y abro el correo; cuatrocientos mil dólares anuales. Dios mío, voy a cuadruplicar mis ingresos. No veo nada en el contrato que pueda ser un problema. Si tuviera dinero, contrataría a un abogado para que lo revisara con lupa, pero como no lo tengo, lo releeré detenidamente el fin de semana. Me aseguraré de no vender mi alma en la letra pequeña.

No hay que precipitarse.

Según el contrato, Strike quiere que trabaje solo tres tardes a la semana. Yo elegiré los días. Técnicamente será a tiempo parcial.

Y cuento con seguro médico.

«Tengo a más de mil personas en nómina en todo el mundo —me ha respondido cuando le he preguntado si era un error tipográfico—. Eres un error de redondeo, señorita Luciérnaga».

—¡Lo has conseguido! —Jo ya da saltos cuando entro en la tienda—. ¿Has aceptado el trabajo?

—Puede que sí —digo—. Pero… hay algo que… ¿Recuerdas a Strike Madden, de DME? ¿El señor American Express Black?

—Por supuesto. —Jo me mira con los ojos muy abiertos y la cabeza inclinada a un lado como un dibujo animado.

—Trabajaría en su compañía. Dark Matter Entertainment. Quiere que trabaje como diseñadora.

—¡La hostia! —grita Jo—. Es lo mejor que he oído en toda la semana. Ese tipo es como Thor hecho carne. Es tan…

—También es muy difícil encontrar algo sobre él en Internet —la interrumpo—. ¿Podrías hacer una pequeña investigación online sobre él antes de que diga que sí?

—Sabes que me encanta ponerme en plan Nancy Drew.

—Si todo está en regla y acepto, me encantaría darte unas horas más en la tienda, ¿querrías?

Jo sonríe.

—¡Lo sabía! Sabía que mi suerte estaba cambiando. Cuando esta mañana he sacado la Rueda de la Fortuna, he sentido un cosquilleo y se lo he dicho a Bryan: «Algo va a mejorar». Pensaba que estaría relacionado con un nuevo hogar, ¡pero esto es aún mejor! —Jo vive con su novio en el altillo del garaje detrás de la casa de su madre, y está deseando mudarse. Se pasa la mitad del tiempo al teléfono planeando su teórica boda y la otra mitad mirando casas diminutas.

—Primero estaré a prueba —advierto. Pero así podré pagar al banco y veré a Strike tres veces por semana. Empiezo a asimilarlo. Resoplo.

«Concéntrate en el seguro médico, Honor. No en el inalcanzable jefe buenorro».

—Por la forma en la que sonríes, tengo la sensación de que te vas a dejar la piel para que se convierta en algo permanente —adivina Jo.

Toco madera. Si puedo hacer que todo funcione, las dos ganamos.

—Eso espero.

—Por cierto, cuando puedas, mira los enlaces que te he enviado sobre ideas para bodas en granjas, ¿vale? —Suspira—. Bryan se casaría en una pista de hockey, así que necesito tu opinión.

—¿Te das cuenta de que aún no estás comprometida oficialmente? —digo con suavidad.

Bryan me cae tan mal como Josie bien, aunque nunca me he atrevido a decírselo. No es el peor hombre del mundo, sin duda no es Troy…, pero es un vago y un pusilánime, y Josie, que es dulce, amable y leal, se merece a alguien que la ame de todo corazón. Bryan parece pensar que ella está… bien. Mientras tanto, el chico —aunque tiene veinticuatro años, Bryan es definitivamente un chico a mis ojos— no tiene trabajo y se pasa la mayor parte del día en el sofá de Jo viendo repeticiones de partidos de sus queridos Philadelphia Flyers, a pesar de que nunca ha sido nada en el hockey sobre hielo y se pasó todo el tiempo en el banquillo.

—Las cartas no mienten, amiga mía —dice Josie, tan optimista como siempre.

En cuanto se va, vuelvo a mirar el teléfono, ojeando el contrato con membrete de DME.

Más de mil empleados.

Strike habla en serio. Realmente cree que podría…

Levanto la cabeza.

Reconocería el sonido de esas botas en cualquier parte.

La misma forma de pisar de mi padre.

Me levanto de la silla en un segundo y corro a apretar el cerrojo.

Pero resbalo en el camino y me despellejo la rodilla contra una mesa de exposición.

Llego demasiado tarde.

Troy abre la puerta dando un puñetazo. Gracias a Dios que Jo se ha ido y no tengo que preocuparme por las dos. Tiemblo de miedo.

—He estado pensando en lo de esta mañana. Lo he hecho todo mal —anuncia Troy mientras entra en la tienda. Se ha puesto una de sus camisas hawaianas «buenas» y lleva en la mano una caja de bombones con forma de corazón. De marca barata, con una pegatina de oferta.

—Largo de aqu… —Pero Troy me interrumpe apretando el dedo contra mis labios. Estamos tan cerca que puedo oler el aroma de Aqua Velva en su piel.

—Creo que necesitas que te corteje, Honor. Así que eso es lo que he venido a hacer. —Retira el dedo; quiero limpiarme la boca. Me dan arcadas—. Después de todo, ya sé cómo eres desnuda, más o menos.

—Por el amor de Dios, Troy, no…

—Perdona, perdona. Entiendo que eres remilgada. Un poco diferente a Gracie. —Su sonrisa es tan cómplice que quiero arrancársela de la cara—. Recuerdo eso de ti. En el instituto solías llevar una diadema rosa con flores.

Sus ojos no me dejan apartar la mirada.

—Todo lo que vengo a decir es que puedo ser educado contigo si eso es lo que quieres. Sin ataduras y elegante. ¿Te gustaría cenar conmigo en Wagon Wheel Grille este sábado por la noche? Por nuestra Gracie.

«Nuestra Gracie».

La bilis me sube por la garganta.

Quiero gritarle muchas cosas a Troy: que es un monstruo, que convirtió la vida de Gracie en un infierno, que le clavaría un cuchillo en el pecho antes de ir a ningún sitio con él. Pero incluso su sonrisa es peligrosa, como una pizca de veneno sobre una taza de azúcar. Me obligo a reprimir todas esas palabras, a ahogarlas en un puño y comprimirlas como carbón.

Gritar no ha funcionado esta mañana. Tengo que usar una nueva estrategia.

—Me gustaría…, mmm…, pensarlo, Troy —digo en tono neutro con un toque de dulzura—. Por respeto a mi hermana y todo eso. Necesito algo de tiempo. Creo que Gracie no querría que ninguno de los dos pasáramos página tan rápido, ¿sabes?

Odio mi tono apaciguador. No me gusta estar actuando así por miedo. Obviamente, preferiría romperle los sesos con un bate de béisbol, pero si lo rechazo, ¿quién sabe qué sería capaz de tramar su ego magullado?

—Yo conocía a Gracie mejor que tú —dice con la misma voz cómplice—. Querría que fueras feliz. Y como yo la hice feliz…

Troy se mueve para ofrecerme la caja de bombones. Está demasiado cerca. Alargo la mano y la dejo rápidamente sobre la encimera.

—¿Me dejas que te haga el mismo favor? Soy un buen tipo. Te lo prometo.

Su voz suplicante de «buen chico» me hace rechinar los dientes. Es casi un quejido. Apuesto a que tiene un punto blando en la nuca; un golpe ahí y su cerebro se doblaría sobre sí mismo como un suflé. El palo de hockey que guardo debajo de la cama está arriba, demasiado lejos. Si no, lo usaría y lo llamaría defensa propia.

—Gracias, Troy. —He dado un paso detrás del mostrador mientras me obligo a decir esas palabras. Espero que no vea que cierro los puños con tanta fuerza que me clavo las uñas en las palmas.

—Pasa algo de tiempo conmigo y tendrás muchas más golosinas como esa. —Cuando se sube los vaqueros y se recoloca, me asquea ver un bulto delator en su entrepierna. Me pilla mirando y me guiña un ojo—. Ahora voy a pensar en ti, señorita Stone. Imagino que captas lo que quiero decir.

Asiento, deseando de todo corazón poder agarrarlo por el cuello y lanzarlo a la calle. Cuando sale, corro a la puerta, la cierro con llave y lanzo los bombones en el contenedor de atrás, desde donde llamo una última vez a Keeper: ¿dónde demonios se ha metido ese gato?

De nuevo dentro, corro frenéticamente, compruebo las cerraduras de todas las ventanas y, por si fuera poco, bajo las persianas.

Solo entonces dejo de temblar lo suficiente como para llamar a la Policía.

—Con el jefe Simpson, por favor —digo a la recepcionista que contesta el teléfono—. Es urgente.

Dieciséis minutos más tarde, cuando el jefe de Policía de Shelton me atiende, me invade una furia glacial totalmente distinta.

—Cielo… —Es demasiado amistoso y familiar, como si me conociera de toda la vida; aunque, para ser justos, así es.

—Charlie. —Empiezo así a propósito, ya que no le gusta que lo llamen de otra forma que no sea «jefe» en el trabajo.

—No me faltes al respeto, Honor —replica Charlie en tono de advertencia. Como si no hubiera crecido viéndolo tropezar borracho y vomitar en la parte trasera de su barco después de demasiadas Natty Lights—. Sabes que hago todo lo que puedo por ti.

—A diferencia del tiempo que he estado en espera, yo seré rápida. Su sobrino, Troy, a quien su departamento decidió no acusar de asesinato…

—Honor, lo que le pasó a Grace fue una tragedia y un accidente, y cortaré la llamada en este mismo minuto si sigues lanzando bulos…

—… ahora me está acosando en el trabajo. Así que me gustaría pedir una orden de alejamiento.

Por teléfono, oigo que Charlie suelta un resoplido.

—De acuerdo. Te escucho. ¿Qué ha hecho?

—Se ha presentado en la tienda con una caja de bombones de mierda que tuve que aceptar y trató de coaccionarme para que saliera a cenar con él. —No añado lo de la erección de Troy. No necesito que Charlie haga ninguna broma estúpida o rechace mi llamada diciendo que fue producto de mi imaginación.

—¿Bombones y una cita con un amigo que también está de luto? ¿Ahora se le llama acoso?

El viejo policía se ríe, una de esas carcajadas retumbantes y felices que son habituales en las barbacoas de los Simpson a las que me obligó a asistir Gracie a lo largo de los años.

—Creo que Nancy estaría encantada si la acosara así después de treinta y tres años de relación.

—No me está escuchando. Quiero una orden de alejamiento.

—¿Con qué motivos? ¿Pizza y una película?

—Troy debe rendir cuentas ante la ley, y usted lo sabe. Sabe que tiene un historial violento. Vino a mi lugar de trabajo, y es totalmente injusto que esté por encima de la ley solo porque es un puto Simpson. —Me siento tan frustrada que me resulta casi imposible contener la ira en mi voz—. Estoy muy asustada.

—Honor, ese lenguaje no es la mejor manera de presentar una queja. —Luego la voz de Charlie se suaviza—. No hay motivos para una orden de alejamiento, pero hablaré con él, ¿vale? Le diré que te deje un poco de espacio.

Esta vez me toca a mí reír, aunque me sale un chasquido amargo. Ya he oído antes lo de «hablaré con él». Como la primera vez que llamé a Charlie después de que Gracie llegara a casa con un ojo morado.

—Bien. Gracias, *jefe*, por su habitual… lo que sea. —Termino la llamada antes de perder completamente los estribos. Pero hiervo en silencio.

Se oye un maullido en la puerta.

—¡Keeper! —Se me saltan las lágrimas al abrir la puerta y cogerlo en brazos—. Mi queridísimo amigo, ¡estaba preocupada por ti! ¿Por qué estoy siendo tan paranoica, Keep? Siempre vuelves a casa, ¿verdad, cariño?

Luego me acurruco en el sofá y dejo que mis lágrimas caigan sobre su pelaje.

Ha habido algo en el intercambio con Troy y la inútil conversación con el jefe Charlie que ha roto mis contenciones. Me daré cinco minutos para llorar, pero no más. Gracie y yo inventamos esa regla como una forma de enfrentarnos a nuestros peores días con nuestro padre.

Llorar resulta menos abrumador si sabes que no tienes más remedio que parar.

Pero nada duele más que llorar a solas.

—Hola, amigo. ¿Por qué hueles a atún? —Vuelvo a oler el pelaje de Keeper. Sí, huele a pescado—. ¿Alguien te ha dado comida otra vez?

En respuesta, Keeper se acurruca en mi codo y ronronea de placer. Me limpio la cara con la manga del pijama y respiro un par de veces para tranquilizarme… y entonces recuerdo el set de realidad virtual que Paula me entregó cuando me marchaba de Ashburn.

Está en la silla de la cocina, justo donde lo dejé.

Desembalo la caja y un pequeño escalofrío me recorre la espina dorsal cuando veo la portada del folleto de instrucciones que hay dentro:

«Propiedad de DME. No apto para uso comercial».

Las ventanas están cerradas y la única luz procede de la cocina, pero compruebo una vez más si hay monstruos en el armario y debajo de la cama antes de asegurar los auriculares con la correa y coger los mandos. El juego parece bastante autoexplicativo. Introduzco los códigos y diseño un avatar que se parezca a mí. Lo llamo PlayerXX.

Al pulsar un botón, me encuentro en una sala de espera.

Hay un ascensor.

Dentro del ascensor hay varias opciones. Me siento como una titiritera eligiendo un decorado. Opto por «Pantalla 3: Coche negro», que resulta ser justo lo que dice, el interior afelpado de un gran coche negro. Es interesante que exista esta opción. Sobre todo por lo mucho que deseé aquella primera noche que Strike se subiera al coche conmigo.

Cuando el juego me pide que cree otro jugador para el asiento de al lado, diseño a mi coprotagonista y, veinte minutos después, estoy mirando a… Strike. He captado todos los detalles. La onda de su pelo oscuro, la sugerente curvatura de sus labios, la tensión de su mandíbula.

Cuando incluyo las medias lunas grises en sus ojos, siento que he encendido su alma. Lo llamo PlayerXY.

Mi avatar es el conductor, y pronto estaremos en una gran ciudad: Las Vegas, quizá.

Ellos —¿nosotros?— pueden ir a cualquier parte. Elijo la terraza del Wynn.

Ahora tienen toda la ciudad a sus pies, y al momento siguiente están desnudos, sus cuerpos reflejando el resplandor de neón del Strip. Ojalá pudiera recrear las sensaciones. Estar en lo alto, con el viento en la cara, desnuda en una terraza…, ¿podría inventarse la forma de sentir? No se trata de la intensidad de la experiencia exterior, sino de cuánto puedes sentir la intimidad.

¿Quizá sea esa la visión que pueda aportar en la próxima reunión con Strike?

Mientras tanto, dejo que PlayerXY ponga las manos sobre mis hombros.

Recreo esa noche. PlayerXY me besa. Un beso largo, desesperado, con la boca abierta. Se me revuelve el estómago de deseo.

De repente, me doy cuenta de lo que debo de parecer: una mujer en pijama y con un casco de realidad virtual besándose con el aire. Me arde la cara, suelto los mandos y me quito el casco.

Gracie solía decir que lo que más le gustaba de mí era mi optimismo.

«No puedes evitar ser la chica del vaso medio lleno, Honor. No importa cuántas veces te tiren el agua a la cara».

A pesar de lo tonta que me siento, el juego ha hecho que la realidad parezca un poco más brillante.

—Gracias por una cita divertida, Strike Madden —susurro—, dondequiera que estés.

20

HONOR

Ahora

Jo me manda un mensaje el domingo: «Comprobación de Strike Madden. Te envío un PDF».

El archivo es escaso, pero tiene la información que necesito. Strike Madden se mantiene lejos de los medios porque DME es un *holding* liderado por Ashburn. Paula Delgado es la portavoz *de facto* y parece encargarse de las preguntas de la prensa. Puede que Strike esté entre bastidores, pero no se esconde allí.

Así que el lunes por la mañana, vestida con una camisa blanca y una falda azul marino que planché anoche, junto con unos zapatos negros de Josie —que calza un número más que yo—, me subo al Uber botando por la emoción. Me siento escandalosamente feliz: hoy voy a ver a Strike.

Por una vez, no me pillará desprevenida.

Paula me abre la puerta.

—Hola, Paula. —Levanto mi portafolio—. Strike me pidió que trajera más.

—Sí, claro —responde con voz neutra, mientras lo deja sobre la mesa del recibidor. Su frialdad me baja los humos.

—Por aquí. Me ha dado instrucciones para que te instales. —Hace una pausa—. ¿Quieres un café antes de empezar?

—No, gracias. —Ya estoy demasiado nerviosa—. ¿No está Strike? —pregunto con el corazón desbocado, mientras intento, sin éxito, que no se note la decepción en mi voz. Paula me lanza una mirada de reojo y noto que me pongo roja.

Strike es mi jefe. Necesito recordarlo.

—Strike tiene una semana muy ocupada. Pero dejó una lista de tareas para ti. —La sigo por el vestíbulo.

—¿Es…? —Me detengo un momento ante un enorme óleo oscuro, lleno de grumos, remolinos rojos y cobres oscuros.

—Sí —dice Paula—. Una nueva adquisición. Llegó ayer de Amberes.

La imagen que aparece ante mis ojos representa una mujer con el pelo negro y suelto, los ojos entrecerrados, los labios separados, la piel cubierta de gasa oscura y… ¿sangre? La cabeza cortada de un hombre está bajo su brazo y casi completamente fuera del encuadre.

Ella es la vencedora. Él es su trofeo.

—Es del Antiguo Testamento —me informa Paula—. *Judith matando a Holofernes.*

—No conozco esa historia —confieso. Nunca intento ocultar mi falta de educación. No tiene sentido. Me crie sin religión, sin apenas ir a la escuela y, desde luego, sin deportes ni actividades extraescolares más allá de vigilar a la Policía mientras Grace trabajaba en el 7-Eleven, robando todas las cajas de Toaster Strudels que le cabían bajo la camiseta.

Fingir solo me hace quedar peor. Es mejor admitir mi ignorancia y utilizarla como una oportunidad de aprendizaje.

—Es una parábola —me explica Paula, y me alegro de que no haya juicio en su voz—. Holofernes era un general militar, un enemigo de Judith, que invadió y tomó posesión de su casa. Entonces ella y su sirvienta lo decapitaron. A lo largo de los siglos, muchos artistas se han inspirado en esos temas tan… justos.

—Y violentos —añado, mirando el rostro de Judith. Veo angustia, triunfo, agotamiento. Una gran dosis de venganza. Me gusta esta chica.

Apuesto a que guarda algo más mortífero que un palo de hockey bajo su cama.

Paula se queda mirando el cuadro.

—Me encanta —dice en voz baja, y tengo la extraña sensación de que hay un pasado que no cuenta.

Siento los ojos de Judith siguiéndome todo el camino escaleras arriba.

El estudio es grande, claro y limpio. Como un lienzo en blanco, tiene mucho potencial. El nuevo comienzo que necesito.

—Se han quedado un par de diseñadores, pero la mayoría no volverá hasta después de comer. Strike te quiere aquí —indica Paula, señalando una de las mesas de dibujo; están tan alejadas unas de otras que parece un expositor de Apple Store.

Es abierto y, al mismo tiempo, privado.

—Ponte cómoda. —Me da un vuelco el estómago con sus palabras.

«Strike te quiere aquí».

Una vez que Paula se ha ido, me siento a la mesa, donde veo una pequeña nota con letras mayúsculas escrita a mano.

LA TAREA DE HOY PARA LA SEÑORITA LUCIÉRNAGA:
DIBUJA TU FANTASÍA.
ESPERO GRANDES COSAS.
SOLO RECUERDA QUE ESTÁS TRABAJANDO.

Sonrío para mis adentros. Tiene razón, por supuesto. Por mucho que me atraiga Strike, acepté este trabajo para hacer arte… y ganar dinero.

—De acuerdo, jefe —digo en voz baja mientras selecciono un lápiz.

Se avecinan grandes cosas.

21

STRIKE

Ahora

Está aquí. Lo sé. Puedo sentirla.

He vuelto a Ashburn en secreto de madrugada, he llegado justo antes del amanecer, e incluso ahora, horas después, sigo tumbado en la cama sin dormir, donde mi cuerpo sigue bombeando adrenalina. Aparto las sábanas de un tirón para ir desnudo al cuarto de baño y, más allá, al *spa* privado.

Olor a eucalipto, piedras calientes… Las ráfagas de calor seco y vapor golpean mi cuerpo cansado. La noche regresa a mí como fragmentos de cristal roto atravesando mi cerebro. ¿Lo disfruté? En el momento, tal vez.

He nacido para ello. Es un subidón único, la emoción suprema. Todos mis sentidos están a flor de piel.

Como todo yonqui, no es hasta después que me siento golpeado por el *shock*. Y entonces es cuando pienso que no es tanto que yo haya nacido para esto, sino que muchas otras personas nunca podrían hacer lo que yo hago.

Disfruto de una sesión en la cámara de crioterapia y termino con un baño de hielo en la piscina de inmersión. Mi cuerpo está acostumbrado a estos rituales extremos. Pero lo que sé por experiencia es que el tiempo es la mejor manera de sacarse cualquier cosa de encima.

Junto con una visita a Axe para repasar cada detalle y cerrar el expediente Martínez.

No hay que dejar cabos sueltos, ni asuntos pendientes.

Con la cintura envuelta en una toalla, me inclino hacia el espejo y me afeito. Las paredes están insonorizadas, así que me resulta imposible oír la voz de Honor.

Pero siento un profundo conocimiento, la sensación de una llama gemela que nunca he experimentado antes.

Ella está subiendo por la escalera central. Habla con Paula… y, con suerte, si recuerda que en el estudio le espera una máquina mejor, declinará la oferta de tomar un café de mierda.

Está nerviosa —los nervios del primer día de trabajo—, pero también emocionada.

¡Joder! No contaba con esta sensación. Es como una trampa inesperada. Me he dicho mil veces que no tenía motivos para verla. He dejado una nota con el propósito explícito de asegurarle que, aunque no estaría con ella en su primer día, pudiera sentirse libre en el trabajo.

Necesito mantener un ambiente profesional.

Está aquí para hacer arte. Punto.

«No necesita verte hoy, amigo. Ni siquiera entra en tus planes».

Pero incluso mientras busco un traje en el armario de cedro —otra parte de mi ritual del día siguiente es ponerme un traje: limpiar, pasar página y todo eso— siento que mi determinación se desvanece.

Honor Stone está en mi propiedad. Está aquí.

Los mejores planes… Cierro los ojos. «No metas la pata».

El control siempre ha sido mi mejor baza. Es mi ancla mental más firme, algo que aprendí en mis días de operaciones especiales y que valoro profundamente. Potencia mis mejores dotes de liderazgo.

Axe me manda un mensaje preguntándome a qué hora llegaré. Es la única persona de mi órbita que entiende lo que me costó anoche, y siempre me despeja el día. Es parte de nuestro ritual.

Tan pronto como respondo el mensaje, siento que pierdo el control. Por el amor de Dios. ¿De verdad estoy haciendo esto?

Nunca me he escaqueado de una reunión con Axe. Es una violación muy irregular del protocolo, y sé que lo está notando.

Pero sí. Estoy seguro. Tengo que verla hoy. Aunque solo sea un par de minutos. Necesito saber cómo está.

Puede que mi control sea extremo, pero mi curiosidad es jodidamente insaciable.

Dejo el móvil boca abajo en la cómoda y busco los gemelos de la suerte.

22

HONOR

Ahora

El tiempo se consume mientras me siento a mirar la nota de Strike, analizando su letra.

No elijo ningún cuaderno de la estantería.

Ni siquiera lo considero.

Tampoco me presento a un par de compañeros de trabajo que entran y salen de la sala. Los sigo con la mirada perdida de la tímida compañera nueva, que es lo que soy.

«Dibuja tu fantasía».

He pasado años partiéndome los cuernos para poner en marcha Grace & Honor. Y, antes de eso, me movía por puro instinto de supervivencia.

Esos reflejos nunca desaparecerán. Viven en lo más profundo de mí, hibernan en mi ser.

Voy a dibujar mi fantasía para cobrar un sueldo.

Cojo los lápices de colores y cierro los ojos. Veo la cara de Strike, su cuerpo esbelto y atlético en la noche. Vuelvo a la realidad virtual en Las Vegas. Es una fantasía excelente.

La presión de su cuerpo contra el mío. No, no es una fantasía. Eso ha ocurrido de verdad.

Otra vez la cara de Strike. Por impulso, esbozo a Paula a su lado.

Mirándolo.

Joder, no. Mi fantasía no es así.

«Vale, ¿y si te imaginas mirándolo todo desde fuera?».

Desplazo el lápiz por el papel con trazos suaves. Creo un avatar pleno y exuberante. Mis pechos no pueden ser contenidos por la camiseta, mis pezones están erizados, llevo el pelo recogido en dos bonitos moños en lo alto de la cabeza y algunos mechones sueltos enmarcan mi cara. Soy yo, pero no.

Es divertido.

En unos minutos, he captado como fondo la imagen de la biblioteca donde Strike me entrevistó. Desprende un tentador aroma a madera, cuero, libros y lámparas encendidas.

Vuelvo a sentarme. Se me acelera el corazón. Cojo un portátil de la estantería y descargo todas las imágenes que he realizado en uno de los programas de diseño de animación. Visto a mi avatar con un camisón de seda rosa. Cuando éramos pequeñas, Gracie y yo solíamos enredarnos campanillas en el pelo, así que añado una corona. Incluyo también un portal a un bosque denso, que toma mi avatar. A lo lejos, se alzan pinos y abetos detrás de una casa de campo. Todo es hermoso y seguro aquí, está muy lejos de los recuerdos brutales de los escondites a los que recurríamos Grace y yo.

Ahora aparece mi apuesto héroe, sus músculos se flexionan y cobra vida. Bajo la suave luz de la luna, nuestros personajes se juntan y se mezclan en un abrazo ardiente, explorando la boca del otro mientras recorre con pericia mis partes más sensibles.

Ejem… *Sus* partes sensibles. Las del avatar.

Me incorporo, respirando con dificultad.

«¿A quién quiero engañar? Los protagonistas de este juego somos Strike y yo».

Vale, ¿y ahora qué? Me estoy perdiendo en lo que he dibujado porque es bueno. Los muros se derrumban. Mi lujuria sube como un maremoto. Todo mi cuerpo anhela caricias. Nunca me había excitado tanto con mi propio arte. Nunca había sentido tanto.

Por otra parte, nadie me había dicho: «Dibuja tu fantasía».

Pienso en que Gracie solía disociarse cuando estaba con Troy. Este sentimiento mío es justo lo contrario. Estoy totalmente integrada con mi cerebro, mi cuerpo, mi deseo por este hombre.

Paro un momento para tomar la naranja que me he traído de casa. Está madura y tiene un aroma intenso que flota en el aire cuando la pelo para comérmela. Saboreo las dulces y jugosas ráfagas de sabor. Mis sentidos se agudizan. Este es sin duda el trabajo más alocado que he hecho nunca, incluyendo cuando estaba en el instituto y me disfrazaba con látex y lentejuelas los sábados para amenizar fiestas de cumpleaños infantiles. Una semana era un Power Ranger rosa y la siguiente Minnie Mouse (tenía que llevar talco de bebé en el bolso para las rozaduras).

Cuando me termino la naranja, esbozo algunas ideas más y las subo.

Los dos personajes siguientes llevan pantalones y chalecos de cuero y van peinados con crestas arcoíris. ¿Quizá pueda ambientar este nivel en un mundo de músicos? Estrellas de *rock* eróticas con todos los complementos habituales: jet privado, autobús de gira, estadio.

En unos minutos, he esbozado a un canoso y cincelado cantante principal.

Me remuevo en el asiento, esperando sentir un poco de fricción y alivio. Vaya…, no, no puedo hacer esto aquí. Hace tiempo que se han ido las pocas personas que entraban y salían. Estoy sola y le tengo ganas a un tío bueno que es prácticamente igual que mi jefe. Aunque no lo pienso borrar.

Estoy dibujando mi fantasía.

Hago una serie de esbozos en miniatura: miembros lánguidos, bocas abiertas y enredos ardientes. No soy consciente de la boca que está junto a mi oreja en la vida real.

—Dios, Honor —susurra Strike, y su voz es tan lujuriosa como un rasguño en la espalda, tan sexy como una lengua en la piel. Aunque me sobresalto, casi gimo en voz alta—. Cuatro estrellas y media en tu primer día —añade—. Es todo un récord.

23

HONOR

Ahora

Strike lleva traje, aunque se ha quitado la chaqueta y se ha aflojado la corbata.

Se ríe cuando me ve tan nerviosa.

—Lo siento. Debería haberme aclarado la garganta o algo. Pero, joder, has dado en el clavo. Sin datos previos ni nada. —Strike parece satisfecho cuando mira las imágenes inclinado sobre mí, y coge el bloc para hojear mis bocetos, deteniéndose para asentir o señalar algo que le gusta.

Si se imagina en algún momento quién ha inspirado ese resultado, junto con algunos de los escenarios, me ahorra la vergüenza de decirlo en voz alta.

En lugar de eso, saca el móvil y envía un mensaje rápido. Paula llega un minuto después. A pesar de lo comedida que es, siento que bajo ella se esconde el alma de un pitbull. Me pregunto cómo acabó trabajando para Strike.

—Aquí hay cosas muy buenas, Paula, ¿no crees? —Está claro que Strike quiere que Paula esté de acuerdo, pero ella se toma su tiempo. Me sudan las palmas de las manos mientras espero su juicio.

—Interesante —dice finalmente, y me mira de reojo. Con una mirada me doy cuenta de que lo ve claro como el agua: Strike es mi inspiración. Su jefe, nuestro jefe, es mi fantasía.

Strike se equivocó el otro día; hay desnudos y hay desnudos. Y en este momento, me siento muy muy desnuda.

—Un tipo de realismo diferente al que hemos estado haciendo —comenta, con voz neutra—. Pero es un comienzo.

—Es más que un comienzo, Paula, y lo sabes. —La voz de Strike se eleva a medida que profundiza—. Mira qué detalle. Puedo sentir la textura de esta historia. La precisión formal. La naturaleza indómita del bosque.

Se agacha y frota el dedo sobre el cuadro, y no puedo evitarlo. Me estremezco.

—Su… apetito.

—Se trata de miedo y deseo —explico—. El lobo en la puerta estimula un tipo de adrenalina. Pero entonces ella mata al lobo, y…

—Reclama al príncipe como recompensa. —Strike se ríe—. Está bien.

—Gracias —respondo. Mi voz se quiebra de alivio.

—Quizá te vendría bien un refresco —sugiere Paula.

Asiento con la cabeza; mi sesión de fantasía me ha dejado sedienta en muchos sentidos.

Espero que no se me note en la mirada, aunque Strike sabe leer en mí tan bien que agacho la cabeza.

—Comeremos en el jardín, Paula —dice Strike—. Honor y yo a solas.

Parece sorprendida. ¿Quizá he estropeado algún plan? Pero no dice nada y se va.

Apago el portátil, y cuando empiezo a guardar los lápices de colores, Strike me detiene cerrando su mano en torno a mi muñeca.

—Tenemos personal para eso —explica dando la vuelta a mi brazo. Cuando ve las cicatrices que tengo en la muñeca, me las cubro con la mano.

Pero siento su curiosidad.

—Hace buen día —comenta ante mi silencio—. Vamos a tomar el aire.

El paisaje de Ashburn es salvaje pero no está descuidado, se ven señales de la primavera en cada brote verde y esponjoso y en cada hoja. Strike me guía por un sendero serpenteante bordeado por un denso tapiz de árboles, algunos altos y muy viejos, otros jóvenes y esbeltos, que llega hasta el lago que vi desde la biblioteca durante la primera visita.

—¿Cuántos acres tienes aquí? —Jadeo un poco para seguirle el ritmo. Sus piernas son muy largas.

—Doscientos —responde—. Aunque la mayoría son bosques. Dejo que las granjas Ritter, cuyas tierras lindan con las mías, usen mis campos para que pasten sus vacas a cambio de leche y queso.

—Es muy generoso por tu parte —digo. Estoy tentada a volver corriendo al estudio cuando una imagen florece en mi mente: Strike como granjero, con mono de trabajo, arando mi campo.

—Más bien práctico. —Se encoge de hombros. Ha vuelto a cambiar de humor; el calor que había entre nosotros en el estudio se ha enfriado. ¿O quizá he interpretado mal la situación? Tal vez el propio Strike es inmune al arte erótico y está utilizando Dark Matter Entertainment como un negocio para crear los productos con los que obtener el máximo beneficio. Quizá todo se reduzca a un negocio para él. Como debería ser para mí.

Atravesamos un cenador y bajamos los escalones de piedra hasta un inmenso jardín de flores. En un rincón nos espera una mesa preparada para el almuerzo.

—Vaya, qué elegante. ¿Eso es langosta? —Entrecierro los ojos. Nunca había visto langosta en un plato, ofrecida como comida. Parece depredador.

—¿Prefieres un filete?

—No, tiene muy buen aspecto. —Estoy mintiendo. Esa langosta me mira mal. Me siento y despliego la servilleta—. Donde yo crecí, el almuerzo significaba Taco Bell o KFC si teníamos suerte.

—No soy un detractor de la comida rápida. Un cubo de KFC está bien para una noche en familia.

Sonrío, sorprendida. ¿Qué sabe Strike de alimentar a una familia? Me cuesta verlo con una cerveza en una mano y una pata de pollo frito crujiente en la otra. Más difícil todavía me resulta imaginármelo con niños pequeños a sus pies, aunque me gusta la fantasía. Apuesto a que tendrían sus ojos.

Se nota que posee una genética poderosa.

Miro fijamente mi cubierto. ¿Cómo se supone que voy a comerme esta… cucaracha roja hervida? ¿Con dos tenedores, dos cuchillos, una cuchara diminuta y un gran cascanueces?

—¿Cómo se come esto? —pregunto. Nunca he sentido vergüenza por mi falta de dinero, ni siquiera cuando Gracie y yo teníamos derecho a comer gratis en el colegio. ¿Por qué debería? Siempre he sido sincera al respecto, igual que lo soy con mi falta de educación.

—Obsérvame. —Strike utiliza el cascanueces para quitarle las pinzas a su propia langosta y, con un tenedor diminuto, sumerge la carne blanca en un plato de mantequilla—. La próxima vez, KFC —dice casi sonriendo.

—Cuando era pequeña, lo que más nos gustaba a Gracie y a mí era tomar tortitas de canela de Denny's el día de nuestro cumpleaños —digo—. Denny's es el mejor restaurante de la ciudad.

—¿En serio?

—Sí. —Me encojo de hombros y tomo mi cascanueces para empezar a imitar la forma en que Strike lo ha manejado—. Pero la langosta es… también… estupenda. —Nunca la he probado. En mi segundo intento, un trozo de pinza sale disparado desde la mesa.

Le da a Strike.

—¡Uy! Lo siento —digo—. No puedes llevarme a ninguna parte con estos modales en la mesa.

—Manazas. —Me lanza una sonrisa socarrona que siento en lo más profundo de mis entrañas—. Es lo que se considera un chiste de padres, ¿verdad?

Su expresión es tan cálida como una de las batas de franela de la tienda, y siento que se me acelera el corazón.

No estoy segura de cómo sobreviviré trabajando en DME teniendo a este hombre embriagador como jefe, cuando a cada minuto nuestra relación parece inclinarse hacia algo más profundo.

—Háblame de ti, Honor. —Me indica que le pase el plato y empieza a despiezar mi langosta con precisión quirúrgica—. ¿Quién eres? Además de una artista increíble.

Siento el golpeteo de los nervios en el estómago.

—¿Quieres que te cuente la historia de mi vida?

—Solo lo básico. ¿Naciste aquí? ¿Tienes más hermanos? ¿Abuelos? ¿Quién forma tu familia después de la muerte de Grace?

Sus ojos, ahora más de color pedernal que humo, me observan mientras me devuelve el plato con un montón de carne de langosta. Parece un poco asquerosa.

—No me queda familia. —De repente se me seca la garganta. Cojo el vaso de agua. Si lo que Strike quiere es saber quién era yo antes de convertirme en quien soy ahora, no va a conseguirlo—. Has estado en mi tienda —explico, manteniendo un tono cuidadosamente informal—. Has visto mis cuadros. Sabes lo de mi hermana. Probablemente me conoces tanto como cualquier otra persona de mi círculo. Tengo un gato llamado Keeper, es mi persona favorita del mundo.

—Los gatos no son personas.

—Oh, gracias. No me había dado cuenta. —De forma juguetona hago una bola con mi servilleta y apunto para golpearlo. De nuevo, él es rápido y la atrapa a medio camino en el aire—. Keep es como una persona para mí. Si puedes tener un alma gemela gatuna, él es la mía.

—¿Y Josie?

—Es la mejor, te lo aseguro. —Asiento con la cabeza—. Quiero decir que somos amigas y todo eso. A veces salimos juntas. Pero supongo que tiendo… a ser reservada.

—Yo también —conviene—. Bueno, salvo con Paula. Es mi confidente.

Me encanta que su mejor amiga sea una mujer de unos sesenta años que revolotea a su alrededor como una gallina clueca.

—La gente puede ser complicada —añado—. Las mascotas son mucho mejores.

Parece pensativo.

—La gente es complicada. Pero a veces eso es lo que la hace valiosa.

—Sí —estoy de acuerdo—. Gracie era ambas cosas —añado—. Aunque ahora me ha dejado con el corazón roto.

—No sé si te lo he dicho alguna vez…, y soy consciente de que las palabras no cuentan mucho —dice—, pero sé exactamente cómo te sientes. Conozco la sensación de pérdida.

—Gracias. —La expresión de Strike es tan compasiva que no dudo de él ni un segundo. ¿Quién es este hombre de rasgos sorprendentemente suaves y expresión empática? Quiero preguntarle a quién ha perdido, pero no es el momento.

—Háblame de ti. ¿Cuando te levantas dices: «Joder, soy rico», y luego te echas la siesta sobre un montón de billetes de cien dólares? ¿Coges tu dinero y lo lanzas al aire para verlo caer?

—Cuando no lo estoy usando como papel higiénico.

—Si tuviera otra servilleta, te la tiraría.

Su sonrisa persiste, luego se desvanece lentamente mientras inclina la cabeza a un lado como si buscara algo en mi cara. No sé muy bien qué.

—El dinero no consigue que nadie sea más interesante. Pero eso ya lo sabes, ¿verdad? —pregunta más serio—. Al contrario, te vuelve aburrido. Hace que la vida sea demasiado fácil. Si quieres, puedes esquivar toda la mierda que se cruza en tu camino y no tienes que limpiar lo que ensucias.

—Es agradable tener ese problema —comento.

—No estés tan segura. —Su tono es un poco más cortante, y me muerdo el labio. Quizá sea de tan mala educación hablar de dinero con gente que tiene demasiado como hacer volar las pinzas de langosta por la mesa. Mi vida no suele coincidir con la de ningún millonario, ni siquiera con la de los ricos más básicos.

Pero algunos clientes habituales de la tienda llegan en Teslas o Mercedes, y la curiosidad me ha hecho observarlos.

—Lo más importante que he aprendido de los ricos que pasan por la tienda es que les gustan las muestras gratis tanto como a los demás. —Miro a Strike—. Y no quieren que les engañen. Les gusta pensar que están haciendo un buen trato. Así que son más parecidos que diferentes al resto de los mortales. Pero sigo sin querer que tu personal limpie el material artístico que uso. —Arqueo una ceja, esperando poder descongelar a Strike y volver a disfrutar de mi versión favorita de él. Esa en la que parece que intenta reprimir una sonrisa.

Bingo.

—Me parece bien —acepta—. Aunque creo que te merecías ese pequeño lujo en tu primer día de trabajo. Y no olvides que tú eres la artista con talento. —Se reclina con los brazos cruzados y me mira con esa sonrisa burlona que me gusta—. Cuando el juego se venda, te pondrás en plan diva conmigo, ¿no? Será mejor que empiece a acostumbrarme.

—Sí, así soy yo. Una superdiva. Llegaré en helicóptero y, para el almuerzo, tendrás que darme de comer… caviar.

—Ni siquiera puedes decirlo sin hacer una mueca.

—Es que el caviar es asqueroso.

—¿Es posible que si te lo doy yo, personalmente, mejore su sabor?

—Tal vez. —Nuestro silencio se convierte en algo más profundo, más intenso. Sus ojos arden. La tensión palpita entre nosotros.

Strike me coge la mano y me la gira como si quisiera tocar la tierna piel que hay debajo.

Intento apartarme instintivamente, pero Strike me sujeta con firme seguridad y acuna mi muñeca entre las yemas de sus dedos, inspeccionándola como si fuera un mapa que contiene la clave de un tesoro enterrado. Con el dedo índice, traza suavemente las cicatrices circulares, pálidas y con ronchas que forman una tenue constelación en la palma de mi mano. No esperaba que se fijara en ellas. Tampoco esperaba que su contacto provocara sensaciones tan diferentes a cuando Gracie y yo nos tocábamos las distintas marcas de la piel.

El tacto de Strike es maravilloso, como si ofreciera algo especial a mi cuerpo. Algo único, excitante y mío. Tengo que cruzar las piernas.

¿Cómo puede hacerme sentir excitada por mis cicatrices? Es tan desconcertante y tabú que cuando Strike me pregunta qué me ha pasado con un suave susurro, mi respuesta es encogerme de hombros y echar el brazo hacia atrás, negando con la cabeza.

En respuesta, Strike se pone en pie de golpe.

—¿Has terminado? —pregunto.

—Sí. Tengo una reunión. Pero, por favor, quédate. Disfruta de la comida. Te lo has ganado.

Lo miro, insegura, no sé si debo insistir en marcharme con él.

La situación me resulta insoportable y confusa. Me agota sentirme fuera de lugar. Y no puedo evitar pensar que se va porque tiene la sensación de que se ha sobrepasado y le gustaría volver a trazar nuevos límites.

—Yo también debería volver al trabajo…

—No. Quédate, de verdad. Relájate. Como te he dicho, te lo has ganado. —Lo repite de una manera que no me deja opción para negarme, así que no lo hago. Por no mencionar que aquí fuera se está de maravilla, y me vendrá bien disponer de un momento para serenarme.

—Gracias.

—Pensaré en los dibujos que has hecho durante mucho mucho tiempo, Honor Stone —se despide, antes de dejarme a solas con mi langosta… y sus pinzas.

24

HONOR

Entonces
(12 años)

La primera vez que mi padre me quema la palma de la mano con un cigarrillo, me dice que si lloro demasiado fuerte me quemará la otra para que queden a juego. Me guiña un ojo mientras lo dice. A veces, lo que más miedo me da de él es que es capaz de encontrar graciosa cualquier cosa, incluso la tortura.

Pero, a pesar de eso, sé que lo dice en serio.

Me chisporrotea la piel. Aprieto los labios y doy saltitos en círculo.

El dolor es tan intenso que me parece que me voy a desmayar. Busco miel en la despensa, he leído en alguna parte que es buena para las quemaduras, pero, por supuesto, no hay miel en casa. Ni siquiera paquetes de mostaza con miel de McDonald's.

—¡Miracle Whip! —dice Gracie—. He oído que funciona con las quemaduras solares.

Está delante de la nevera abierta y casi lo único que hay es un bote de Miracle Whip. Sigo dando saltitos por la casa, descalza, en camisón. Siento el dolor como un grito que, partiendo de la base de la mano, me sube por el brazo y llega por el hombro hasta el cuello. Lo único que he hecho ha sido abrir la puerta principal para ver si había empezado a nevar. Quería saborear los copos con la lengua.

Pero, sin querer, he dejado entrar el frío del invierno. Mi padre, que dormía la mona en el sofá, se ha despertado furioso. Mi madre, que flotaba demasiado arriba para que su cerebro se preocupara de nada más que de permanecer quieta en la cama, lo ha escuchado y ha gritado desde la otra habitación que debería tener más cuidado la próxima vez.

—Ven aquí, Honor. Quédate quieta un momento y dime si esto te ayuda. —Gracie utiliza un cuchillo de plástico para untar las quemaduras con la espesa, cremosa y blanca pasta para sándwiches—. Está caducada, pero no creo que importe.

—Puto Miracle Whip —murmura mi padre, ahora medio dormido y ya tranquilo, negando con la cabeza—. No sé cuál de vosotras es más estúpida. Será mejor que os quedéis calladitas el resto de la mañana y me dejéis en paz.

O soy muy optimista o el Miracle Whip me está ayudando, pues el dolor disminuye un poco. Me arrastro hasta mi habitación y me duermo. Cuando me despierto, ya es de noche, la casa está a oscuras y no hay nadie.

—¡Gracie! —grito. No está. ¿Dónde se ha metido? El hambre me araña el estómago vacío y las marcas de las quemaduras se han hinchado como si tuviera sarampión o paperas. Salgo corriendo por la puerta trasera hacia nuestro escondite. Gracie tampoco está allí. Empieza a nevar y me he dejado en casa el abrigo de Turning Point. Me duele la mano y me estoy congelando. Me acurruco en el hueco.

Hemos escondido aquí algunas mantas; no es la primera ni será la última vez que nos escapamos de casa sin poder preocuparnos por el frío.

Me envuelvo en una.

«Por favor, Gracie. No me dejes».

¿Se ha llevado a Rusty con ella? A veces parece que no nació con miedo como yo. Es temeraria y valiente. Cuando suspendió el examen de Ciencias, le dijo a la señora Warren que había sido porque era una profesora aburrida, y cuando la castigaron, activó la alarma de incendios, provocando el caos durante la siguiente media hora. Para entonces, ya se había escapado por una ventana y se había ido a casa.

Si huye y me deja sola con nuestros padres, no sobreviviré.

«No. Gracie nunca me dejaría sola».

—Mírame.

Levanto la vista.

—¡Gracie! —Lleva un rato en la nieve. Está empapada, sucia y jadeante. Mientras se dobla y se mete en el hueco, yo extiendo los antebrazos, con las muñecas apuntando hacia arriba y las manos ahuecadas.

Gracie no dice nada. Se me cubre la mano y el brazo con nieve fresca. Casi oigo crepitar las quemaduras.

—Siento no haber estado contigo cuando te has despertado. Papá y mamá han salido, he llevado a Rusty a casa de los Brewer y luego he ido a la tienda. Mira qué tenemos para cenar.

—¿Lo has comprado? —Nosotras no compramos, robamos. Un día, cuando sea mayor y tenga mi propio dinero, pienso enviar un cheque al 7-Eleven. Gracie dice que eso es una estupidez porque a las grandes corporaciones les va bien y no necesitan que paguemos unas patatas fritas Utz a la barbacoa.

Quizá tenga razón, aunque me gusta pensar que el día en que tenga la cartera llena de dinero podré hacer que todo sea justo.

Saca una bolsa de M&M's del interior del abrigo.

—De cacahuete. Como proteína. Había salami, pero pensé que te gustaría más esto.

El frío, el ardor, el sabor de los cacahuetes y el hecho de que mi preciosa hermana haya aparecido aquí de repente, como por arte de magia, cuando más la necesito, es demasiado y no puedo reprimirme.

Empiezo a llorar.

—Cinco minutos —dice—. Luego Normal.

—¿Cinco minutos para qué? —Ni siquiera puedo enjugarme las lágrimas porque mis brazos están siendo sostenidos por Gracie. Mi cara fría está ahora húmeda y llena de mocos. Me escuecen las mejillas.

—Cinco minutos para llorar, Honor. Y se acabó. Tenemos que ser más fuertes que el llanto.

—Y cuando termine, ¿podremos jugar a Normal?

—Sí.

En Normal, vivimos en una casita, en una calle segura donde todas las casas son iguales a la nuestra; pero, si te fijas bien, en nuestro jardín hay un mandarino. Nuestros padres son dueños de una pequeña pizzería y después de trabajar nos hacen la cena en un horno de cerámica. Los sábados en Normal, vamos a Target a comprar ropa nueva y donamos nuestras prendas usadas a Turning Point. Tenemos una abuela que huele a canela, con el pelo plateado que recoge en un moño, una abuela amorosa que nos cuida cuando nuestros padres salen por la noche.

En Normal, la abuela lleva un bote de chispitas arcoíris en el bolsillo y las echa en todo, desde las tostadas francesas hasta los huevos revueltos, para convertir cada comida en una fiesta. Fue idea de Gracie y es una de sus partes favoritas de nuestra fantasía, porque a Gracie le gusta el dulce tanto como los chicos. Lo que es mucho decir.

En la fantasía de esta noche, Gracie está decorando nuestro dormitorio. Ha añadido literas con edredones rosas a juego y ha llenado el techo de estrellas que brillan en la oscuridad. Nos peleamos para decidir quién elije los malvaviscos de los Lucky Charms. Cada mañana llenamos las fiambreras a juego e intercambiamos los sabores de las barritas de cereales. Colgamos calcetines delante del fuego porque es Navidad.

En Normal, el fuego no es un arma; es un consuelo.

Nos dormimos muy juntas, acurrucadas en el hueco de nuestro árbol como cachorros en un libro infantil.

Cuando nos despertamos, el sol está derritiendo la nieve.

Años más tarde leí que Gracie tenía razón, el Miracle Whip alivia las quemaduras. El vinagre previene las infecciones y mata las bacterias. Pero no me sorprende. Gracie siempre supo cómo hacerme sentir mejor.

25

HONOR

Ahora

Cuando me despierto, me pongo los vaqueros y una camiseta, me tomo una bebida energética y espero a que llegue uno de los todoterrenos negros de Strike para llevarme al trabajo —otra ventaja sorprendente de mi empleo—, y durante todo el rato me siento en una nube de hormigueos y expectación.

Además, me invade una sobrecarga de encandilamiento a la antigua usanza.

Aunque sé que nunca llegará a nada.

Pero la magia existe en el estudio. La siento como un torbellino de luz de estrellas.

Ya conozco al equipo de diseño y codificación de DME, y no puedo creer que alguna vez me preocupara que no quisieran trabajar conmigo. Desde el principio, cuando Strike me presenta como «creadora de contenidos originales», aceptan que lleve la iniciativa. Cada día me siento más segura, aunque soy consciente de que el síndrome del impostor nunca desaparecerá del todo. Tengo muchas ideas en el campo de la fantasía, y me asombran todos los lugares a los que mi mente quiere llevarme.

Sobre todo si pienso que nunca he hecho nada tan atrevido en mi vida real como algunas de las situaciones que concibo y guionizo.

Cuando DME actualiza el sistema de realidad virtual para lanzar una versión beta de mi idea del Jardín Secreto, me llevo el equipo a casa el viernes después del trabajo. Creo que esperaré hasta después de cenar, pero en cuanto me quito los zapatos, pongo el difusor y música suave y no me desconecto hasta pasada la medianoche.

A la mañana siguiente, lo primero que hago al abrir Grace & Honor es encargar una nueva línea de juguetes eróticos para la tienda: vibradores tipo Satisfyer con múltiples ajustes de estimulación, así como la brillante línea arcoíris de masajeadores mariposa para clítoris. La mariposa es un sutil dispositivo que se sujeta con una correa y que proporciona un contacto texturizado y una discreta vibración.

Claro, son más atrevidos que la mercancía habitual, pero los pondremos en el fondo de la tienda.

«Apuesto algo a que van a volar de los estantes, y no es un juego de palabras», se ríe Gracie en mi oído. Ella siempre esperaba que pusiera artefactos más picantes en el inventario.

Josie y Bryan están de viaje en Atlantic City este fin de semana, y el día se extiende vacío ante mí.

Strike no está siempre en DME, pero ayer por la tarde se dejó caer durante una reunión para participar en una conversación sobre la forma humana. Ofreció algunas ideas sobre por qué ciertas imágenes excitan a la gente y cómo alejar DME del estigma y la incomprensión. Habló del placer de la mujer, de cómo históricamente el porno —y actualmente el *hentai*— se ha orientado hacia las fantasías masculinas y por qué nuestras creaciones deben ser lo contrario.

—Si hay alguna regla —explicó al grupo—, es que el placer de la mujer debe ser destacado y saboreado.

La sala estaba en silencio, pendiente de cada una de sus palabras.

Y yo, en cierto modo, sigo estándolo.

«Chica, lo tienes muy crudo», susurra Gracie.

Me encojo de hombros ante su voz. Después de vender una vela de soja y un *plug* anal a un par de chicas tímidas y curiosas, abro el portátil para ver lo que he hecho esta semana. Es como si estuviera haciendo un curso intensivo de animación de juegos sexuales. Aquí, un movimiento de muñeca puede cambiar radicalmente una imagen; algo que parece oscuro y premonitorio puede volverse erótico añadiendo una curva al labio y una mano extendida.

Al centrarme en lo que excita específicamente a las mujeres, en lo que me excita a mí, subo el voltaje y sobrepaso todos mis límites.

Desde que Gracie y yo éramos niñas, participábamos de manera involuntaria en fantasías masculinas. En el autobús, en el centro comercial, cuando trabajábamos en el cine Shelton o durante los años que fuimos camareras, rara vez pasábamos un día sin que un hombre cualquiera nos espiara y rugiera: «¡Gemelas!».

—Dicen eso, y lo que realmente quieren decir es «anoche me pasé horas viendo gemelas en Pornhub» —decía Gracie, riendo. Pero a mí nunca me hizo gracia. Docenas de hombres nos expresaban esa asquerosa fantasía con tanta frecuencia que sentía que mi propia idea de quién era y qué quería era algo que debía mantener bajo control y separado de mi hermana.

Gracie perdió la virginidad en octavo, tomó la píldora el verano anterior al instituto y salió con un puñado de chicos durante la adolescencia antes de conformarse con Troy, la peor elección de todas.

Cuando llegué a la secundaria, me gustaba tener reputación de ser una «mojigata». Quizá porque era verdad.

Tardé veintidós años en perder la virginidad: un romance de verano dulce y olvidable en el que me reencontré con Simon, mi compañero en el laboratorio de química del instituto y mi cita para el baile de graduación. Nunca hubo mucha chispa entre nosotros, pero Simon olía a galletas, me escribía poemas románticos y nunca me levantó la voz. Recuerdo que el sexo con Simon consistía sobre todo en mirar al techo de su habitación, y que olía a desodorante de lima y a calcetines de gimnasia.

Igual que nunca me creí la fantasía de las gemelas sexys, nunca presté atención a que me conocieran como la opuesta de Gracie. La hermana frígida.

Pero, en privado, siempre he albergado una profunda curiosidad por el sexo. Desde luego, he probado todos los juguetes eróticos que he pedido para la tienda. Siempre estoy dispuesta a explorar el amplio mundo de la fantasía sexual en mis pinturas, aunque no tenga relaciones sexuales. Aun así, no fue hasta que entré en el estudio de arte de DME que sentí que estaba conectando esa parte de mí con algo más intenso.

Si a Gracie le interesaba sobre todo ser deseada, a mí me interesa mucho más lo que yo misma deseo.

A las seis de la tarde, cierro y vuelvo al apartamento, donde mi soledad me golpea como un puñetazo. A lo largo del día, solo he hablado con clientes, y ahora el silencio me hace desear oír a Gracie cantar *New Rules* de Dua Lipa mientras se aplica esmalte rosa Barbie en las uñas de los pies sentada en el inodoro. A veces me gusta fingir que acaba de salir y que volverá pronto a casa, y entonces buscamos algo en Netflix y metemos en el microondas una bolsa de palomitas Funfetti.

El frasco de Grandma's Sprinkles, las chispitas de colores que Gracie mezclaba generosamente con todo, desde ensaladas hasta tostadas con mantequilla, sigue en el armario. La foto de Gracie, Rusty y yo en la entrada de la vieja casa, con el contorno de donde recortamos a papá, aún está en la nevera. Y las chanclas con piedras de colores de Gracie siguen junto a la puerta.

No me atrevo a tirar ningún trozo de mi hermana.

Otro sábado por la noche, estoy con mi triste cena congelada de Healthy Choice, pollo a la marinera con parmesano, viendo la tele mientras Keeper descansa en lo alto de su torre para gatos. Luego me tumbo en la cama y repaso mentalmente los recuerdos de Strike. La forma en que le gusta hacer girar el Apple Pencil entre los dedos como si fuera una hélice.

O cuando se pasa la mano por su ondulado pelo oscuro.

Cómo ayer mismo me sonrió.

—Dirigirás el equipo, ¿verdad, Honor? —me dijo con esa voz grave y decidida.

Mis dedos buscan un pulso rítmico entre mis piernas para conseguir una liberación dulce y explosiva mientras imagino a Strike de pie detrás de mí mientras mira mi pantalla. Recuerdo su aliento en mi oreja cuando exhala. Desde la cama, busco los juguetes que he guardado en la mesilla de noche: un bálsamo orgásmico con aroma a cereza y una pequeña varita mágica con cuatro niveles de intensidad diferentes que simultáneamente succiona el clítoris y estimula el punto G.

Cojo la varita, cierro los ojos y la introduzco en mi centro. Detrás de mis ojos cerrados, Strike está aquí esta noche, con su esmoquin, y es tan real que puedo olerlo. Estamos en la biblioteca —supongo que, después de todo, me gusta *La Bella y la Bestia*— y me tiene cogida la nuca con las palmas de las manos mientras me besa con intensa urgencia contra la pared de paneles. Gime cuando le araño la espalda con las uñas. Me arranca la falda de un tirón y la tela cae al suelo. No llevo bragas.

Nos deslizamos hasta el suelo; ahora estoy completamente desnuda, cabalgando sobre su cara mientras me agarra el culo y me lleva hacia su boca como si fuera una jugosa sandía en un caluroso día de verano.

Se está excitando con mi disfrute, y es jodidamente caliente.

Jadeo cuando llego al clímax —juro que noto el áspero barrido de su lengua justo donde quiero mientras sigo palpitando— y, al cabo de un par de minutos, sonrío. Me siento como si estuviera probando el juego desde la intimidad de mi cama.

Me encantaría enviarle una factura a Strike. Después de todo, esto es investigación laboral.

26

HONOR

Ahora

Las primeras semanas de trabajo en DME transcurren en una sensual bruma de deleite. Me encanta el trabajo, sobre todo por la posibilidad de ver a Strike a diario. Cuando está cerca, todo es mil veces más excitante.

Pero cuando desaparece, nadie sabe de su paradero.

Aunque la política de Strike es abrir su puerta a los entrevistados, también es una mera formalidad. Una vez contratados, la casa de Strike está prohibida a todos los empleados de Dark Matter Entertainment salvo para la celebración anual.

No soy la única que siente curiosidad por él. Los rumores abundan.

A Paula se le escapó una vez que Strike tiene una habitación en su casa con una valiosísima colección de cuchillos antiguos de todo el mundo. También he oído que Strike come y se ducha a horas intempestivas, hace viajes de «negocios» inexplicables, colecciona antiguos instrumentos quirúrgicos romanos y las primeras ediciones de novelas clásicas de terror, y que una vez se cosió él mismo el tobillo —tuvo que darse diecisiete puntos— cuando se cortó con cristales rotos.

Estos extraños chismorreos no hacen más que aumentar mi curiosidad. Quiero conocer todos los pequeños detalles que lo conforman como persona. ¿Cómo eran sus padres? ¿Era un niño solitario? ¿Es feliz? ¿Qué ropa se pone para dormir? ¿Qué música le gusta? ¿Tiene algún amigo íntimo? ¿Cómo suena su voz cuando se levanta por la mañana? ¿Cómo se sentirían las yemas de sus dedos unidas a los míos? ¿A qué sabe?

A veces lo bosquejo durante las reuniones. Siempre estoy dibujando en ellas y, por primera vez en mi vida, tengo un trabajo en el que se fomenta hacer garabatos. Conozco cada hueso y cada hueco de su cara, la seriedad de sus rasgos, el leve tirón que curva sus labios hacia abajo, que se abren con frecuencia y facilidad en una sonrisa, sobre todo cuando las conversaciones se ponen picantes. Cuando dibujo sus manos, grandes y poderosas, me tomo mi tiempo con cada uno de sus dedos largos y estrechos, las yemas de sus pulgares, las medias lunas de sus uñas.

Imagino su fuerza, la facilidad con la que podría levantarme. Si alguna vez tuviera que hacerlo, podría imprimirlo en 3D o esculpirlo en arcilla.

No sabía que fuera posible sentir la sonrisa de otra persona dentro de tu propio cuerpo, pero así es. Siento todo lo de él en un lugar profundo de mi interior.

Una tarde, Strike entra en el estudio y me sorprende enjuagando los pinceles. Soy la única que queda. Ha estado desaparecido todo el día, y los rumores se han disparado porque había marcado varias horas en su calendario como «personales». La mayoría de la gente lo ha tomado como una oportunidad para irse a casa temprano.

Pero está aquí. Pego un respingo por la sorpresa y, tras intercambiar una breve sonrisa de saludo, sigo a lo mío, con la cabeza gacha y las manos ocupadas, mientras él merodea a mi alrededor. Lleva lo que considero su uniforme de trabajo habitual: pantalones oscuros y camisa entallada, con las mangas remangadas hasta el atisbo del tatuaje: una serie de líneas rectas. Me siento como si siempre estuviera escaneando un código de barras indescifrable. Luce en la mandíbula la sombra de una barba incipiente e intuyo que el día ha sido largo para él, pero está alerta mientras inspecciona el trabajo en las pizarras y los monitores.

—Podrías ir más lejos con esto —dice mientras se detiene a mirar mi trabajo, extendido sobre la mesa de dibujo.

Solo ahora giro la cabeza.

—¿Cómo?

—Te estás conteniendo —explica—. Sabes lo que te excita. Hay que meterse en la cabeza de los demás. Descubrir qué les mueve.

—No quiero pensar en lo que hace vibrar a todo el mundo —replico mientras noto cómo se tensan mis entrañas de repente. Pensar en lo que le gusta a Strike podría ser mi ocupación favorita, pero si recuerdo a Troy, cuyo nombre a menudo se eleva como una bilis inesperada, me hace sentir enferma. Cuando empujó a Gracie, imaginé que fue en un arrebato de ira, aunque desde entonces me he preguntado hasta la obsesión si lo habría estado planeando. ¿Sintió Troy una oleada de poder al oírla gritar? ¿Lo excitó? ¿Su muerte todavía lo excita?

Cierro los ojos. Es tan difícil luchar contra el espectro de Troy: su cara lasciva, sus vaqueros ajustados, sus puños como balas de cañón. Cada vez que me suena el teléfono, cada vez que oigo un ruido en el exterior, el miedo se apodera de mí.

¿Alguna vez me sentiré libre?

—¿Hola? —Strike está a mi lado. He dejado corriendo el agua en el fregadero. Cierra el grifo—. ¿Estás bien?

—Sí. —Sonrío—. Estaba soñando despierta. Lo siento.

—Deja de limpiar. —Me pasa una toalla de papel—. Hablemos de arte.

Juntos, nos dirigimos a la mesa para inspeccionar mis bocetos y guiones gráficos.

—Te estás metiendo en la cabeza de otra persona además de en su cama, ¿verdad? Estás imaginando cómo lo que les ha pasado ha dado forma a lo que quieren sexualmente. Estás buscando un deseo esencial. Cosas que no se pueden encontrar en Pornhub. Estás inventándotelo.

—Correcto —digo, consciente de que solo nos separan unos treinta centímetros. Todo lo demás desaparece. Estamos solo nosotros dos. Está muy cerca.

«Tranquila, chica. Necesitas este trabajo. Olvida esos sentimientos tontos. Mira lo que me ha pasado a mí», la voz de Gracie en mi oído me sorprende y me tranquiliza.

Sé que es mi propia conciencia, pero cuanto más tiempo pasa, más me imagino su pesar por una vida innecesariamente arrebatada.

—Honor, siento que eres alguien con muchas historias que contar. —Hace una pausa—. He visto tus brazos. Sea lo que sea lo que te pasó, apuesto a que ha influido en quién eres y cómo quieres que te amen. —Percibo que duda incluso en usar la palabra «amar». Como si hubiera estado fuera de circulación de su vocabulario desde hace tiempo.

—Tal vez.

Sonríe.

—Siempre te llevas los dedos a los labios cuando quieres que alguien deje de hablar.

—¿Sí? —Pero tiene razón, y lo sabe—. Hay una vena en tu sien que late débilmente, casi de forma inapreciable, cuando estás molesto —añado.

—¿En serio?

—Sí. —Por acto reflejo, se pasa la mano por la raya del pelo.

—Bueno, y tú te sonrojas cuando alguien mira tus cuadros.

Me ruborizo incluso cuando me llaman.

—El rubor siempre me delata —reconozco—. Ha sido mi sino toda la vida. —La duración del intercambio de miradas lo dice todo. Hemos confesado una fracción de los detalles que hemos observado el uno en el otro. Esas pequeñas distinciones que nos hacen únicos, y por mucho que yo ansíe saber más, él también.

—Oye, ¿quieres tomar algo en la biblioteca? —pregunta—. Ha sido un día muy largo. Creo que me vendría bien un tequila para relajarme.

La invitación para ir a su casa parece bastante inocente, pero la voz de Gracie resuena de forma aguda en mi cabeza y, de nuevo, es inusualmente sensata: «No, de ninguna manera, Sunday. Este es un buen trabajo y tienes que conservar el sueldo. Así que seamos realistas, si bebes un poco de tequila, podrías sentir la tentación de contarle a Strike que es el muso de tu genio creativo. Tranquila, amiga».

—Me encantaría, pero debería volver a casa.

La advertencia de Gracie también me recuerda que tengo cuatro préstamos que devolver y que Jo depende de mí. Estoy haciendo muchos progresos, y no puedo permitirme ningún contratiempo. Este trabajo me gusta más que cualquier otro que haya hecho antes.

El caso es que hace tiempo que aprendí a no involucrarme con alguien si soy la única que tiene algo que perder.

En resumen, necesito a Strike mucho más de lo que él me necesita a mí.

Aunque cada hueso de mi cuerpo quiera terminarse una botella de tequila con este hombre, sé lo que es mejor para mí. Voy a inclinarme por unas decisiones más sensatas que las que solía tomar Gracie.

No me acostaré con mi jefe.

Aunque lo que más desee en este mundo sea dormir con él y despertarme a su lado.

Mierda. ¿De dónde ha salido ese pensamiento?

Estoy en territorio peligroso. Muy por encima de mis posibilidades.

Ahora Strike se frota los dedos lentamente en la mandíbula. Otro de sus trucos, pero no se lo señalo. Es lo que hace cuando espera que alguien cambie de opinión.

—¿Volver… por qué?

—Por mi gato —miento con rapidez—. Estoy preocupada por él. Keeper lleva merodeando por el exterior desde por la mañana. Se pone nervioso si está mucho tiempo fuera. He vuelto a casa muchas veces y me lo he encontrado aullando como un lobo en la puerta de atrás.

—Claro, y, bueno…, tu gato es tu persona favorita —recuerda—. ¿Solo una copa? Mi chófer te llevará a casa justo después. Treinta minutos, máximo.

—La última vez que oí algo así, acabé en una fortaleza gótica dibujando animación erótica —bromeo.

—Y mira lo bien que salió. —Se acerca un paso. Llevo el pelo recogido en un moño, sujeto con un pincel limpio. Strike me lo suelta y, cuando la pesada melena me cae por los hombros, siento que me mira como si acabara de abrir el regalo de Navidad que llevaba deseando todo el año. Sus ojos brillan con algo parecido al asombro. Y al hambre.

Se me entrecorta la respiración. No puedo pensar.

No con Strike aquí. Justo delante de mí.

—Eres mi jefe —recuerdo. Me aclaro la garganta. Se me acelera el pulso—. Y aunque me encantaría tomar una copa contigo…, no puedo.

Asiente y se aleja.

—Lo comprendo. No quería decir…, es decir, lo habría hecho. Pero no si tú no lo hubieras hecho. —Su sonrisa es pesarosa—. Joder, entiendes lo que digo, ¿verdad?

Asiento.

—Alto y claro. —Este podría ser mi Strike favorito: perplejo, tierno, humano. Más preocupado por mí que por sí mismo.

—¿Sabes qué? Probablemente era una mala idea. —Lo dice de forma tan despreocupada…, como si no hubiera considerado la invitación antes de decirla.

—De acuerdo —respondo. Pero entonces es como si mis pies estuvieran pegados al suelo.

Por fortuna, es más fuerte que yo, o tal vez puede controlarse con más facilidad. Se mueve para irse.

—Has hecho un gran trabajo hoy, Honor —añade desde la puerta al salir—. De verdad.

Al levantar la mano, me cuesta mucho disimular la decepción de mi rostro. No hace falta que Strike sepa cuántas ganas tengo de beber algo juntos…, o cuánta sed tengo, punto.

Ya ha anochecido cuando el todoterreno se detiene delante de mi casa.

Al salir, me despido de Max, el chófer, y me dirijo al buzón. Mi hora favorita de mi estación favorita. La primavera siempre me parece como una segunda oportunidad en el año, una posibilidad para volver a comprometerse con las resoluciones: «No voy a follar con mi jefe».

Solo cuando abro el buzón y encuentro un puñado de circulares con cupones levanto la vista hacia la puerta de mi casa.

Hay algo en el escalón.

Me acerco a él. Despacio, tímidamente. Desde que Troy apareció en la tienda con la caja de bombones y su repugnante sugerencia de llevarme a cenar hace un mes, me aterroriza la idea de que repita la visita.

Pero parece que la llamada a su tío ha servido de algo.

Charlie sabe que su sobrino está podrido. Incluso sin una orden de alejamiento legal, supongo que Charlie le ha hecho a Troy una advertencia no oficial para que se mantenga alejado.

Miro el escalón. Veo lo que hay allí, pero no quiero verlo. Dejo que mi imaginación lo transforme en otra cosa, un indulto. Algo que pedí y no recuerdo. Mi mente se acelera.

¿Qué he comprado? ¿Un jersey? ¿Un par de zapatillas?

El envase es abultado y sin forma, lo que sugiere algo blando.

Se me eriza el vello de la nuca, el horror me envuelve por completo mientras mi cerebro lucha por procesarlo.

No son unas zapatillas.

Lo sé, del mismo modo que supe en cuanto sonó el timbre de mi puerta que Charlie Simpson estaba allí para decirme que habían encontrado el cadáver de Gracie.

La sensación de pérdida es mi sexto sentido.

Un grito se escapa de mi garganta mientras atravieso el césped y subo corriendo los escalones hasta la puerta. Es un bulto suave y demasiado familiar. Sin vida. Distingo las reveladoras marcas de calicó. Me lanzo al suelo.

No es el trabajo desaliñado de un mapache depredador o de un perro.

Esto es maldad. Maldad humana. Es un asesinato.

Keeper está muerto.

Junto a mi gatito hay una tarjeta rosa de Hallmark. En el anverso, preimpreso y cubierto de corazones metálicos, se lee «Prometo estar siempre contigo» en tinta roja.

Un temblor me recorre de pies a cabeza y contengo las náuseas.

Abro la tarjeta. Dentro, hay unas frases escritas a mano:

Honor:

Encontré a tu dulce Keep muerto en el fondo de un barranco. Lo siento mucho. Pensé que debía traértelo para enterrarlo. Seguro que duele perder las cosas que amas.

XO
T

P. D. Me gustaría que no le hablaras a mi tío de nuestros asuntos privados.

27

STRIKE

Ahora

Todo va a ir bien. —Es lo único que se me ocurre decirle, lo repito en un estribillo suave y tranquilizador, mientras aliso el pelo de Honor.

Aunque sepa que estas palabras no resucitarán al gato.

Durante la última media hora, Honor ha estado temblando a mi lado en el sofá pequeño de mi estudio, temblando como un yorkshire en el veterinario, y yo he estado intentando desesperadamente que se sintiera mejor. Haría cualquier cosa para detener sus lágrimas. Mi formación militar —desescalada verbal, comunicación empática no verbal— parece desesperada e inadecuada.

Al principio, cuando me ha llamado, Honor estaba tan histérica que no entendía lo que decía. Algo sobre Keep, sangre y su puerta.

Veinte minutos después, estaba en su edificio; la he tenido en el altavoz mientras pisaba el acelerador del coche, usando el límite de velocidad como mera sugerencia.

Honor estaba en la entrada de la tienda, sentada con los hombros hacia delante y la columna curvada en un arco protector, como si intentara protegerse de una amenaza invisible. Tenía los brazos apretados alrededor de las rodillas, pegados al pecho, para pasar lo más desapercibida posible.

Incluso cuando me ha visto, su expresión parecía nerviosa y asustada, con los ojos atentos al peligro, y la respiración superficial y acelerada.

No podíamos quedarnos en su casa. Estaba demasiado conmocionada para entrar allí.

La he tomado en brazos y me la he llevado a la mía, directamente a mi santuario, donde me relajo después de un día de mierda. El estudio tiene las paredes insonorizadas con paneles de madera, alfombras gruesas, cojines enormes y muebles mullidos en varios tonos de azul marino y azul noche, el color del sueño.

Salgo de la estancia para enviarle un mensaje a Paula diciéndole que despliegue el equipo de seguridad del DME para limpiar lo que queda del gato, que ponga vigilancia a la propiedad de Honor y que no pierda de vista a Troy.

Axe me asegura con un mensaje que se ocupará personalmente del barrido digital.

Cuando vuelvo con Honor al santuario, está arropada donde la he dejado, en un sofá de terciopelo oscuro como el océano donde he dormido algunas de mis mejores siestas. Uno de los empleados de la cocina le ha llevado el ponche caliente que he pedido para ella.

—Aquí estás a salvo. Te lo prometo —aseguro. Ya le he enseñado el sistema de alarma de última generación que tengo instalado, y ahora le recuerdo las verjas de hierro con pinchos de dos metros y medio que rodean la propiedad. Tambien la informo de que tengo un equipo de seguridad que patrulla veinticuatro horas al día.

No sé cómo explicarle que no tiene que preocuparse: está conmigo. Nadie puede acercarse a menos de treinta metros de ella. Si, por arte de magia negra, algún delincuente rompiera la seguridad del complejo, lo tendría desarmado, de espaldas y suplicando por su vida en cinco segundos.

No tengo ni idea de por qué la he traído a una habitación a la que nunca he invitado a nadie, pero tampoco tengo ni idea de por qué Honor me ha llamado en primer lugar después de enterarse de que habían matado a su gato. Pero no me quejo, me da la oportunidad de estar cerca de ella.

—Toma un par de sorbos —le ordeno.

Asiente y, con manos temblorosas, se lleva a los labios la humeante taza de agua de limón caliente y miel con un chorrito de whisky. Me alegro de que Axe no esté aquí para ver cómo rompo la férrea norma de no aguar el whisky, y nada menos que por una mujer.

—Escúchame, Honor. Mi equipo de vigilancia privada es el mejor del país. Ese pedazo de mierda no te hará daño esta noche. No puede.

—Pero ¿qué significa eso? —Se le quiebra la voz—. La última vez que llamé a la Policía para acusar a Troy, se rieron de mí. Asesinó a mi hermana. Acaba de destripar a Keep. Es un psicópata. ¿Quién diablos sabe lo que hará después? Está enfermo. Para él soy una sustituta de Gracie. No se rendirá hasta que yo esté…

No puede terminar la frase y no tiene por qué hacerlo.

«Muerta». No se rendirá hasta que ella esté muerta.

Honor no se equivoca.

Eso es lo que hacen los hombres como Troy. Matan. Y luego matan de nuevo.

—Te mantendré a salvo. Te lo prometo. —Su cuerpo vibra, tembloroso, y al cabo de un momento me siento a su lado y la atraigo hacia mí; luego la cubro con la manta tejida a mano que compré en su tienda.

Apoya la cabeza en mi pecho.

—Tu corazón late tan lento… —murmura—. Es relajante.

Sonrío.

—Sí, ese es el objetivo. Espero a que las damiselas en apuros se acerquen a mí y luego les ofrezco mi corazón. —¡Joder! No contaba con el doble sentido. Si se da cuenta, no dice nada.

—Troy se ha dedicado a atormentarnos desde que Grace y yo éramos niñas —explica un par de minutos después—. En el colegio nos hizo cosas horribles. Nos dejaba solas en el guardarropa, nos besaba a la fuerza y le decía a Gracie que ella besaba mejor. Pero una vez me escribió una nota diciéndome que yo era más guapa, y cuando le enseñé la nota a Gracie, y ella se la enseñó a él, me dio una patada tan fuerte que me quedó un moratón enorme, como una nube de tormenta, en la piel. Los profesores siempre decían que era porque Troy estaba colado por nosotras. Como si el hecho de que fuéramos gemelas fuera algo malo que le habíamos hecho.

—¡Dios! —digo, buscando y apretando su mano. Mantengo la calma, no hace falta que vea que fantaseo con aniquilar a este gusano de alcantarilla—. ¿Te hace sufrir porque le gustas? Eso es muy tóxico.

—Lo peor es que Grace realmente pensaba que estaba enamorada de Troy. Pero, por supuesto, no era amor, era miedo. Por culpa del patrón que había visto con mis padres. Aunque ella nunca lo reconoció.

Las lágrimas se derraman calientes y rápidas por las mejillas de Honor.

—Al crecer, solo sabíamos lo que era ser golpeadas y atormentadas… Era todo lo que conocíamos.

—Lo siento mucho, Honor —digo.

—Quizá no debería estar contándote estas cosas. Ni siquiera debería estar aquí esta noche.

—Te quiero aquí —protesto, puede que sea la verdad más auténtica que he dicho en toda la semana.

—Keeper era la única persona que me quedaba en el mundo.

—Hola —me hago notar—. Estoy aquí, ¿verdad? —Le acomodo un mechón de pelo detrás de la oreja. Le acaricio la mejilla con la palma de la mano—. ¿Tienes hambre? Conozco un restaurante muy bien valorado cerca de aquí. Al parecer tienen los mejores espaguetis con albóndigas de Shelton.

—No estoy muy presentable ahora mismo…, pero claro, si quieres, vamos. Déjame lavarme la cara y nos marchamos. —No le digo que está impresionante así, con las mejillas manchadas y los ojos rojos. Siempre está estupenda y, al mirarla, siento que me mantiene anclado a la realidad a pesar del oscuro caos de mi mundo.

Pero no digo nada de eso.

En su lugar, me pongo de pie y tomo sus manos entre las mías para tirar de ella y hacer que se levante. Se me ocurre que sus propias manos son dos obras de arte, teniendo en cuenta toda la creatividad que fluye por ellas.

Tampoco se lo digo.

Inclina la cara a un lado para mirarme a los ojos y tengo la sensación de que puede leerme el pensamiento.

Impulsivamente, le doy un beso en la frente, lo más rápido, casto y profesional que puedo, dadas las circunstancias. Cuando me ha llamado y he respondido, hemos cruzado una línea, y ambos lo sabemos. No estoy seguro de dónde estamos ahora. Por más que intente mantener un control cuidadoso, no encuentro la forma de dar marcha atrás.

—Está a la vuelta de la esquina —aseguro—. No tenemos que ir muy lejos.

—Prométemelo.

28

HONOR

Ahora

Strike me conduce fuera del estudio a través del gigantesco laberinto del piso de abajo. Todo parece más grande en la oscuridad. Vislumbro una sala de billar, un gran comedor formal y lo que estoy segura que es una piscina cubierta. Su mano, grande y reconfortante, envuelve la mía con la calidez y seguridad de una manta. Tras la conmoción y el horror de descubrir a Keep, mi corazón está lleno de gratitud por la compasión de Strike.

Hace una hora, cuando lo he llamado llorando de forma histérica y aterrorizada por completo, no estaba segura de por qué, exactamente, había recurrido a Strike para que me ayudara a superar esta pesadilla.

Pero lo he hecho.

Y allí estaba.

Y aquí estamos. En su cocina.

En metros cuadrados, me deja sin palabras. En el mundo de Strike, el tamaño sí que importa. Miro a mi alrededor, asombrada ante esta instalación profesional, con sus relucientes electrodomésticos de acero inoxidable, tiradores de bronce y estanterías abiertas para que puedas ver cada plato perfectamente apilado. Cuchillos de varios tamaños están pegados a las tiras magnéticas que cruzan toda una pared. El efecto es a la vez hipnotizador e inquietante, pero quizá solo piense lo segundo por lo sucedido esta noche. Por lo general, no asocio los cuchillos con la muerte de mascotas queridas.

A diferencia de la colección que mencionó Paula, las piezas que conforman esta no parecen haber pertenecido a conquistadores españoles.

No, estos están afilados y podrían cortar la carne de un cadáver.

Es más, parece que se usan. Con frecuencia.

Recuerdo el libro que vi en la biblioteca de Strike: *La guía del carnicero casero: cómo cortar cualquier animal para cocinar.* Con un juego de cuchillos así, ¿qué trocearía Strike? ¿Jabalíes? ¿Dragones?

Me estremezco. En realidad, no he dejado de temblar desde que encontré a Keep.

—¿Vamos a comer aquí? —pregunto, insegura, pero sobre todo aliviada. No me apetecía ir a un restaurante esta noche.

—La mejor cocina de la ciudad —responde Strike con voz alegre y enérgica; sé que intenta distraerme para que no piense en Keeper mientras me lleva a un banquillo situado en la esquina más alejada de la cocina. El mantel a cuadros rojos y las velas con forma de botella de vino le dan un aire divertido y desenfadado.

La mesa ya está puesta para dos, y por enésima vez me asombra la eficacia con la que Strike dirige su casa, cómo organiza todo entre bastidores para que esté perfecto e impecablemente ordenado.

Incluso alguien ha encendido las largas velas blancas de forma cónica, que apago mientras Strike se distrae preparando las cosas en la cocina. Me encanta vender velas, pero no me gusta verlas arder.

Si Strike se da cuenta, no dice nada.

—¿Te das cuenta de que tu hogar dulce hogar es cien por cien porno inmobiliario? —comento, y él se ríe.

—Esta es la Honor que conozco. —Strike abre un cajón, saca un delantal de cocina en algodón blanco y se lo ata bien a la cintura.

—¿Así que realmente vas a cocinar para mí?

—Sí. —Elige un cuchillo pequeño de la pared—. Y te voy a hacer mi especialidad. Siéntate y ponte cómoda.

—Parece un buen plan.

Un cosquilleo me recorre la espalda cuando gira el mango entre sus dedos con la destreza de un chef de Benihana. Es un movimiento tan práctico que me seduce y me inquieta a la vez. Coloca una cebolla en una tabla y en cuestión de minutos la corta en cuadraditos perfectos.

A continuación toma una botella de vino de una despensa oculta.

—¿Tinto te parece bien?

Siento cómo el whisky de antes se está extendiendo desde mis entrañas hasta mis extremidades, entumeciéndome por dentro. Quiero seguir con esa sensación, pero noto el estómago revuelto, como si no estuviera preparado para el alcohol esta noche. Niego con la cabeza. Se sirve una copa y llena un vaso de agua para mí.

Pero cuando Strike vuelve a la cocina, me acuerdo de la lata que llevo en el bolso. Jo me regaló una de gominolas de marihuana hace unos meses y, aunque nunca las he probado, no me importaría ver la realidad a través de un filtro nebuloso esta noche.

Voy en busca de mi bolso y me meto una gominola en la boca. Eso me calmará.

—¿Tienes por costumbre cocinar para las mujeres? —pregunto, sorprendiéndome a mí misma al volver a la cocina y acomodarme en el taburete de la isla. Es obvio que es un cocinero experto: la habitación empieza a inundarse con un embriagador equilibrio de especias y ajo.

—Sí, me relaja —responde—. Mantiene mi ritmo cardíaco bajo.

Me guiña un ojo. Esta noche puedo ver entero el tatuaje de su bíceps, y mi mirada se centra en esa misteriosa serie de líneas. Cuento siete, o quizá seis.

Strike empieza a hablarme del próximo encuentro de DME sobre realidad virtual que se celebrará en Nueva Delhi, y sé que trata de alejar mi mente de Keep; algo que le agradezco. Su voz es tan profunda y reconfortante que suaviza mi ansiedad. No hay nada mejor que estar aquí sentada viéndole hablar y moverse por esa impoluta cocina. Es elegante y hábil, y objetivamente sexy. Apuesto algo a que mañana tendré el valor suficiente para dibujar esta misma escena en forma de *anime* para mi próximo guion gráfico. Pero en ella, Strike me sentaría en la encimera y me pasaría un cubito de hielo por el cuerpo, lamiendo a lo largo del recorrido hasta que yo, mi versión *anime*, viera literalmente las estrellas.

De hecho, desearía que me hiciera eso ahora mismo. Eso sí me haría olvidar por completo que hay un criminal violento suelto que probablemente fantasea conmigo y con lo que quiere hacerme…

«No sigas por ahí, Honor».

Demasiado tarde. El calor me sube por el cuello.

Cuando Strike no está mirando, me tomo otra gominola.

—Por último, vamos a cortar calabacines en juliana —comenta Strike mientras coge un cuchillo aterrador, largo y estrecho, con una hoja tan fina como el bigote de un gato, y corta con maestría un calabacín en gajos uniformes del tamaño de una cerilla. Es tan preciso como un cirujano, pero más contundente.

—Vaya, no me gustaría ser un calabacín en tu casa. ¿Quién te enseñó a cocinar? —pregunto.

Una sombra cruza el rostro de Strike y luego se encoge de hombros.

—Soy autodidacta —dice—. Me sirve de meditación. Funciona mejor cuando estoy enfadado. Es una buena forma de desahogarme.

Cuando Strike habla de su ira, me recorre un escalofrío electrizante por la espalda que enciende una mezcla de miedo y mi innegable atracción. Quiero decirle que conozco otras formas de desahogo, pero no tengo suficiente valor. Aunque creo que ya siento el efecto de las gominolas en mi organismo. Una suave pesadez invade mis extremidades.

—Strike —empiezo—, gracias por recogerme esta noche. Es agradable no estar sola. En especial esta noche, pero, en realidad, la mayoría de las noches me siento…

«¡Shh, Honor! ¡No le cuentes lo sola que estás! ¡Es muy desagradable!», me sisea Gracie al oído.

Strike me mira con intensidad.

—¿Te sientes cómo?

—Ah, solo quiero decir que me gusta estar en una cocina en funcionamiento. Donde las cebollas se doran lentamente con un suave chisporroteo. El sonido me recuerda a una tormenta lejana.

Asiente con la cabeza.

—Sí, sí. Lo entiendo.

«Los fumetas deben ser vistos y no oídos. Cuidado con lo que dices, Sunday. Estás drogada», dice Gracie.

Tiene razón. Aprieto los labios y mantengo la mirada clavada en Strike mientras baja el fuego de la cacerola y añade una mezcla de pasta de tomate, salsa Worcestershire y condimentos con la misma maestría con la que lo hace todo. Siento el cuerpo deshuesado, sumido en la relajación.

Aparecen las albóndigas —caseras y preparadas previamente, con un aspecto delicioso— y Strike coloca una sartén al fuego para dorarlas.

Luego pone una olla de agua a hervir. No desperdicia ningún gesto, ni siquiera un innecesario movimiento de muñeca.

—Siéntate a la mesa —me pide—. A esto le falta un minuto.

Es como si hubiera caído bajo un profundo hechizo; este hombre excepcional y misterioso está preparando la cena solo para mí. Quiero subir una foto a Instagram, ponerle música en TikTok y anunciarlo al mundo: «Viernes por la noche en casa con mi novio».

«Santo cielo, Honor, no es tu novio. Es tu jefe y siente pena por ti. Y probablemente esté un poco preocupado ahora que Troy ha decidido convertirte en su objetivo. Eso es peor que ser la novia de Strike», me susurra Gracie.

Me muevo con cuidado para sentarme a la mesa, donde cojo la botella de vino, olvidando que no iba a beber, pero mi brazo se queda corto.

Ha sido un esfuerzo demasiado grande mientras estoy bajo el hechizo de la hierba.

—Ey, ey, ey. —Parpadeo. Strike está a mi lado. Se agacha frente a mí y me toca un lado de la cara mientras me mira fijamente a los ojos. Encierra mi cara entre sus manos gigantes y hermosas—. ¿Qué te pasa? Parece que te vas a desmayar. Toma, bebe agua. Si te duermes, no podrás valorar bien esta cena.

—Te doy todas las estrellas del cielo de Yelp —digo.

Enarca una ceja. Vale, acabo de decir una tontería.

«¡No digas más estupideces!».

No puedo decir si es la voz de Grace o mi propia conciencia. La cabeza me da vueltas.

Caramba, estas gominolas son fuertes. ¿Por qué me he tomado dos?

Strike vuelve a mi lado con unos cuencos humeantes llenos de espaguetis, y huele tan bien que se me humedecen los ojos.

¿Lágrimas por una comida caliente? Encierro dentro demasiados sentimientos. Comemos en silencio; me muero de hambre y la comida está deliciosa.

—Gracias —digo cuando termino. Le miro los labios y pienso que, si me besara ahora, los dos sabríamos a tomate dulce. Besar a Strike borraría cualquier pensamiento desagradable de mi cabeza. Besar a Strike lo suprimiría todo.

Si nuestros labios se encontraran, nos fundiríamos el uno en el otro, y no sabría dónde termino yo y dónde empieza él. Nos fundiríamos en un solo ser.

¡Oh, mierda! Estoy muy muy drogada.

—Eres un gran cocinero.

—Me gusta cocinar para la gente con la que disfruto —responde, con la mirada clavada en mi cara.

—La forma en que me miras… —digo bajito, cogiendo su mano— me hace sentir que crees que valgo algo. —«Nooo». Estoy echando a perder la noche. Tengo que soltarlo, pero en lugar de eso sostengo sus dedos, examinándolos como si fueran una escultura preciosa.

«Honor, no digas nada más en voz alta. No le digas lo que quieres que haga con sus manos. No digas ni una palabra más, y menos que te gustaría chuparle el dedo».

—Por supuesto que vales algo, Honor. Vales mucho.

El momento es tan intenso que no puedo soportarlo; cuando me levanto para recoger la mesa, el suelo se inclina. Strike da un salto para sujetarme antes de que me caiga. Ojalá me sintiera una cuarta parte de lo alerta que está él.

—Uppssiii, por los pelos… —digo riéndome mientras le rodeo el cuello—. Esta es la parte de la noche en la que me tomas en brazos y me llevas a la cama, ¿verdad? —Siento como si el peso de mi anhelo pudiera tragarme entera, amplificado por lo borroso que se ha vuelto mi mundo. Noto el cuerpo elástico y suelto. Pienso en todas las posturas en las que Strike puede doblarme, como si me hubiera convertido en mi propio avatar. ¿Quién iba a decir que las gominolas me convertirían en una masilla humana?

Una conciencia distante me dice que he perdido casi toda mi inhibición, que estoy haciendo el ridículo, que me estoy poniendo en evidencia. Incluso podría haber dicho «Uppssii, por los pelos» en voz alta.

Pero el pensamiento más apremiante es que Strike debería buscar mi lengua y dejar que juegue con la suya y luego arrancarme la ropa y follarme durante toda la noche en cualquier cama gigante digna de él que haya arriba.

No me importa qué habitación elija. Quizá deberíamos probarlas todas, una cama tras otra, como Ricitos de Oro.

Sí, esto es lo que quiero.

Sexo salvaje con Strike hasta que salga el sol.

29

STRIKE

Ahora

Como no la he visto beber más que un chorrito de whisky en agua con miel y limón, sospecho que Honor se ha tomado algo muy fuerte, y me alegra ver que está funcionando. Por primera vez esta noche, no parece que la persigan. Sus rasgos se han relajado y su rostro está sereno y tranquilo.

—Hora de ir a la cama —digo, tomándola en brazos.

—Está bien —responde somnolienta. Cuando me acaricia la mejilla con la nariz, me excito de inmediato: incluso ese pequeño contacto me recuerda con insistencia lo que sería sentir todo su cuerpo contra el mío. Sé que ella también me desea. O, al menos, me desea cuando está borracha.

Por eso no es posible que me aproveche de la situación.

Al contrario de lo que pueda pensar la gente, soy un caballero.

Atravieso las puertas de la cocina y recorro el pasillo con ella en brazos.

—¿Sabes qué? —Honor me estudia con una mirada pesada mientras me pasa un dedo por la mandíbula—. Eres el hombre más guapo que he visto en mi vida. Seis de cinco estrellas.

Cuando me río, se acurruca más.

—¿Seis de cinco? Me siento halagado —comento mientras subimos las escaleras. Mi lado pragmático ha tomado la decisión de mantenerla aquí porque no está en condiciones de volver a casa y Simpson representa un claro peligro.

La única vez que recuerdo haber utilizado el dormitorio de invitados fue la noche en la que Axe se bebió una botella entera de whisky después de lograr evitar una adquisición hostil de su empresa. Y cuando cayó sobre la cama como un roble, borracho, pero poderoso, durmió en ella como un invitado. Mi personal la mantiene a punto, y esta noche las persianas están bajadas, las lámparas encendidas y hay un pijama para invitados y un neceser a los pies de la cama.

—Es menos imponente de lo que imaginaba, pero servirá —dice Honor mientras la dejo en la cama. Se lleva una mano a la boca al darse cuenta de que la Honor Pícara ha sobrepasado a la Honor Empleada Concienzuda—. Lo he dicho en voz alta, ¿verdad?

—¿Qué quieres decir con imponente? ¿Esperabas un banco de levantamiento de pesas? —Sonrío—. ¿Látigos y cadenas?

Se ríe.

—¿Qué me pasa?

Cruzo los brazos. Está tan despeinada y suave que me duele la polla.

—Supongo que algo divertido y posiblemente ilegal —respondo.

—Te hago saber que las gominolas de marihuana son ahora medicamentos legales en el estado de Pennsylvania. Al menos eso creo, es lo que Josie me dijo…

Sus palabras se arrastran mientras se incorpora de la cama hacia mí, con los ojos cerrados, como si fuera a darme un beso. Pero no acierta y casi se cae de lado sobre la alfombra; tengo que agarrarla del brazo para sujetarla.

—Sí. Estoy bien. No hay nada que ver —dice mientras se le escapa otra risita. La verdad es que no conocía esta faceta de Honor, solo la que llega cada mañana a DME como la personificación de la calma y la serenidad, la que nunca deja que el hecho de que trabajemos en el mercado de la fantasía *anime* para adultos se convierta en territorio personal. No sé si sale con alguien o si las ilusiones que comparte con el equipo son las suyas.

Esta es una Honor muy distinta.

Y resulta ridículamente mona cuando está colocada y relajada.

—Necesitas dormir bien —digo, y cedo a mi impulso de alisarle el pelo, que se ha vuelto salvaje y radiante alrededor de la cara como un halo rebelde. Pero, por lo que veo en su arte, esta mujer no es ninguna santa. Y menos mal. Los santos son aburridos.

Coge la muda del extremo de la cama y va al cuarto de baño. Reaparece unos minutos después nadando en un enorme pijama de algodón blanco, tanto que lleva las mangas y la cintura remangadas, y se mete bajo las sábanas.

—¿Necesitas que te arrope? —ofrezco.

—¿Qué? —Honor suena como si estuviera flotando. Estará dormida en menos de dos minutos. Las gominolas deben ser buenas de verdad.

—Así. —Me inclino y la envuelvo en el edredón para que se quede envuelta como un rollito. En contra de mi buen juicio, le acaricio la mejilla y, cuando noto una lágrima, se la quito con el pulgar.

—Nadie me había arropado nunca —dice.

—Ha sido un día largo, Luciérnaga.

Asiente, se arrebuja entre las sábanas y suspira como si esta cama fuera la más suave que ha conocido. Me inclino y la beso en la frente. Es un beso platónico, casi de broma.

—Buenas noches —susurro.

—Buenas noches, Stri...

Pero está profundamente dormida antes de terminar de decir mi nombre.

30

HONOR

Ahora

Troy debe de haber vuelto a abrir la ventana del dormitorio de Gracie. Es un truco que ella le enseñó cuando le pidió que le hiciera una visita nocturna, pero no quería que me despertaran sus pasos en la escalera. Cuando se arroja sobre mí, su cuerpo es tan pesado como una caja fuerte, la carne de su lengua viscosa es agria en mi boca, y me fuerza a abrirla para hundirse en el fondo de mi garganta de tal manera que empiezo a ahogarme.

—Dibuja tu fantasía, Luciérnaga —susurra con fuerza, pero todo está mal, su mano encuentra mi pezón y lo pellizca con fuerza mientras con la otra me obliga a sentir su gruesa e hinchada…

Abro los ojos y me incorporo de un salto. Estoy gritando…

No, no hago ningún ruido, porque tengo las dos manos en la boca para detener la lengua fantasma de Troy. Lo ocurrido esta noche me inunda: espaguetis, gominolas, Strike llevándome a la habitación de invitados. Estoy bien.

Pero oigo un ruido que es una especie de grito, y viene de algún lugar dentro de la casa.

Un despertador antiguo marca las 3:42. Llevo horas durmiendo. No me ha despertado el sonido, sino la pesadilla, pero ahora que estoy consciente y atenta, lo oigo; es un grito grave y furioso que viene del final del pasillo.

Los latidos de mi corazón se aceleran. Dios mío, ¿y si Troy está aquí atacando a Strike? Aunque mide al menos quince centímetros más que Troy, y tal vez posea veinte kilos más de músculo, Troy tendría de su parte el elemento sorpresa; o, Dios no lo quiera, un arma.

Me levanto de la cama y salgo del dormitorio sin pensármelo dos veces para correr descalza hacia el ruido. Recorro el largo y oscuro pasillo, golpeando el frío suelo de madera con los pies descalzos mientras el miedo me recorre todo el cuerpo. Los efectos residuales de la gominola se disipan por los chorros de adrenalina y miedo. Un grito repentino y primitivo me lleva cada vez más rápido hacia la oscuridad: no hay luz en ninguna parte y avanzo a tientas por las paredes, tropezando con todos los obstáculos.

Las perneras demasiado largas del pijama casi me hacen caer y las mangas me cuelgan por encima de las manos. Estoy tan indefensa como una niña.

Eso no me detiene. Machacaré a Troy con mis propios puños si tengo que hacerlo.

Después de esto, me voy a comprar un arma.

La puerta está un poco entreabierta y yo la atravieso.

En las sombras, mis ojos se esfuerzan por reconstruir la escena que se desarrolla ante mí. El corazón me da un vuelco.

No hay ninguna pelea.

No veo a Troy.

Solo está Strike, que da vueltas en el centro de una cama enorme. Ha dado tantas que el edredón se le ha caído sobre la alfombra y las sábanas de seda se le han enredado en los tobillos. Grita y llora mientras duerme, con un sonido gutural tan desgarrador que actúo por instinto.

Tiene terrores nocturnos.

—¿Strike? —susurro, mientras me deslizo en su cama, acercándome más y más hasta que soy una sombra junto a su cuerpo.

Intento calmarlo al tiempo que extiendo los brazos para llegar a él—. Strike, estás teniendo una pesadilla. Despierta. Despierta, cariño. —La palabra se me escapa tímida por puro instinto, aunque nunca la he usado en mi vida y me choca que la primera vez que la pronuncio sea con un hombre.

Y no con cualquier hombre, sino con este.

Pero quiero que Strike deje de sufrir. Lo que sea que esté pasando en su sueño en este momento debe ser incluso peor que los horrores que he experimentado en la vida real.

El cuerpo de Strike se retuerce y de repente se lanza hacia arriba, jadeando, como si se hubiera estado ahogando y hubiera llegado bruscamente a la orilla.

Abre los ojos y me mira a través de la oscuridad.

Sigue retorciéndose y temblando con tanta fuerza que abrazarlo es como intentar luchar con un cocodrilo.

—Kate… —jadea.

¿Kate? La mención del nombre de otra mujer me produce una punzada de sorpresa. Que yo sepa, nadie con ese nombre trabaja para Strike o en DME.

No tengo ni idea de quién es Kate, pero la odio al instante.

Kate es, literalmente, la mujer de sus sueños.

Se agita durante otro minuto y, por fin, parece volver en sí y se echa hacia atrás, exhausto, en mis brazos.

—Shh —murmuro, frotándole la espalda—. Shh.

—¿Honor? —pregunta, con la voz llena de pánico y confusión, aunque más despierto. Exhala el aire mientras se pasa las manos por el pelo. Mira alrededor de la habitación, reorientándose.

—Sí, soy yo. Has tenido una pesadilla y he venido corriendo. Todo está bien. —«¿Y quién coño es Kate?».

Strike sacude la cabeza, como si quisiera librarse de los pensamientos que se arremolinan en su interior. Respira hondo varias veces más y se seca los ojos.

—¿Quieres hablar de ello? —pregunto entonces.

Strike me dice rápidamente que no, pero luego, como si hubiera cambiado repentinamente de opinión, se inclina y entierra la cara en mi cuello; sus gritos ahogados son tan desgarradores que ahora mis propios ojos se inundan… porque ¿cómo no voy a llorar esta noche? Lo hago por mi hermana y por mi Keeper, e incluso por Strike, porque me destroza que este hombre tan fuerte y bueno se sienta tan atormentado.

Y Strike está llorando… ¿por qué? ¿Por quién? ¿Qué monstruos le visitan a estas horas impías?

—Lo siento —dice entrecortadamente, sacudiendo la cabeza como si quisiera librarse de sus pensamientos. Pero sus lágrimas no cesan y pronto tengo el pelo húmedo y pegado al cuello.

Al cabo de un rato, la respiración de Strike se hace más lenta y siento su cabeza más pesada. Extiende el brazo por mi espalda y me atrae hacia él de modo que la tela de mi pijama es lo único que separa nuestra piel. Por primera vez en mi vida adulta, me siento más segura en una cama compartida que cuando duermo sola. Troy no puede llegar a mí aquí.

Dejo que se me cierren los ojos.

Y esta vez, con los brazos y las piernas enredados con los de Strike, duermo tan profundamente que no sueño nada.

31

HONOR

Ahora

A la mañana siguiente, me siento como si saliera a la superficie desde el fondo de una oscura laguna. Mi cabeza sigue turbia. Me pregunto si la cura que tenía Gracie para la resaca —Flamin' Hot Cheetos y zumo de tomate— servirá también cuando es de marihuana.

Cuando por fin abro los ojos, tardo un minuto en recordar que he pasado la madrugada en el dormitorio de Strike.

Entre sus brazos.

Pero él se ha ido.

Anoche me dijo que tenía una llamada matutina con unos desarrolladores de juegos de Shanghai. Aun así, la decepción me revuelve el estómago.

La luz del sol se filtra lo suficiente por el hueco inferior de las pesadas cortinas opacas como para que pueda apreciar lo que me rodea. Vaya…, estaba equivocada. Suponía que su dormitorio sería o bien de estilo victoriano o bien un *loft* moderno.

No. El dormitorio de Strike, ahora que estoy aquí, veo que se adapta perfectamente a él, y no se parece en nada a lo que había imaginado. Me estiro de espaldas y contemplo la elegancia del techo alto, de la pared de piedra, de las ricas telas de color crema y nuez moscada y una chimenea decorada con una repisa de mármol. Por supuesto, las paredes están cubiertas de arte moderno, aunque ligeramente amenazador. Sí, este es al cien por cien el dormitorio de Strike, y me encanta estar en él, con este pijama, más sexy para mí que cualquier lencería que pueda ponerme.

Su olor perdura en todas partes. Quiero capturar cualquier susurro de su tacto. Recuerdo la sensación de sus piernas pesadas y musculosas entrelazadas con las mías, sus brazos acercándome. Me deleito en las sábanas de seda, en el roce de los dedos de mis pies con la tela. Me ayuda a alejar las visiones de Keep.

Y a la misteriosa Kate.

Pero ahora, bajo la aleccionadora luz del día, gimo de frustración porque Strike ya no está aquí. Mi anhelo es insaciable. Daría cualquier cosa por pasar el día en esta cama con él.

En cambio, me obligo a enfrentarme a algunas verdades terribles. Troy ha matado a Keeper. Me está atormentando, disfrutando con mi miedo total a su próximo movimiento.

Strike, por otra parte, no es una opción real para mí, por muy extraña y vulnerable que fuera la noche de ayer por ambas partes.

Ya hemos cruzado la línea jefe/empleada, aunque ninguno de los dos quería. Strike es demasiado caballeroso para haberme mandado a casa en el estado en que estaba anoche.

Pero tampoco me ha invitado a su cama.

¿Y de qué iba esa horrible pesadilla? Lo he oído hablar casi con cariño de su época en el ejército con su amigo Axe. Nunca ha mencionado que padeciera trastorno de estrés postraumático ni me ha parecido reservado al respecto. ¿Qué secretos oculta?

Cuando me incorporo, veo una botella de Gatorade en la mesilla de noche, con una nota adhesiva pegada.

BEBE. NECESITAS HIDRATARTE.

He guardado la tarjeta «Dibuja tu fantasía» tanto por el mensaje como porque me encanta su letra. Escribe todo en mayúsculas, como si gritara. Algo que también forma parte de su presencia nítida, dominante, que no se deja engañar.

También guardaré esta tarjeta.

Bebo con fruición y gratitud. Me limpio los labios con el dorso de la mano y me estremezco al pensar en la noche anterior desde la perspectiva de Strike. He sido la persona sobria y la conductora designada en fiestas de gente borracha o drogada más veces de las que puedo contar.

Sé lo que debe haberle parecido.

Me inunda la vergüenza. Le he dicho «Uppssiii, por los pelos...». Intenté besarlo. Supuse que me llevaba a la cama. Y ahora que ya es por la mañana, y llevo puesto el pijama que me ha dado mi jefe, mi siguiente pensamiento es: «¡Qué vergüenza será salir de aquí!». Si algún empleado de Dark Matter Entertainment me viera salir de casa de Strike, sería el foco de los cotilleos durante semanas. Sé que cualquiera de los miembros del servicio de Strike —o peor aún, Paula, la representante de DME— estará a la vuelta de la esquina en cuanto salga de esta habitación.

Rompo a sudar.

Joder. Joder. Joder.

«Paso a paso, Honor».

—Vale —me digo—. Lo primero es lo primero. Ducharme.

Pero cuando entro en el cuarto de baño de Strike, no puedo reprimir un grito ahogado. La habitación tiene al menos cincuenta metros cuadrados, más grande que toda la tienda. Una bañera de madera tallada ocupa el centro del espacio, y es una auténtica obra de arte. Los lavabos están, por supuesto, impecables. No hay ni un solo producto en su superficie, salvo una maquinilla de afeitar que cuelga de un impresionante soporte de marfil tallado a mano. Se me encogen un poco los dedos de los pies al imaginarme a Strike, con una toalla anudada a la cintura, deslizando suavemente la cuchilla por el contorno de sus pómulos.

Una pared está dedicada a una fotografía en blanco y negro, enmarcada y ampliada, pero al principio no entiendo muy bien lo que veo.

Al estudiarla, me doy cuenta de que es un primer plano de la mandíbula de un hombre untada con crema de afeitar. El filo de una cuchilla de barbero está a un milímetro de la yugular.

En la pared opuesta, hay una colección de maquinillas de afeitar antiguas en un marco, con las hojas abiertas en ángulo. Cada una está meticulosamente etiquetada con su nombre, número de patente y año. La más antigua data de 1762 y se llama «El Perret». Esto es casi tan raro como la colección de Pokémon de peluche.

A lo largo del borde de la bañera hay una bandeja de madera que contiene un surtido de aceites y sales de baño. Ni siquiera tengo que cruzar la habitación. Mi corazón se llena de alegría al saber que son de Grace & Honor, y me excita la idea de imaginar a Strike en la bañera usándolos.

«Vale, baja de las nubes. Estás aquí para ducharte, no para fantasear».

La habitación está dispuesta en forma de L, y a la vuelta de la esquina hay un cuarto más pequeño, cubierto de azulejos marroquíes del suelo al techo. La única indicación de que se trata de la ducha es una esfera digital redonda en la pared del fondo.

De mala gana, me despojo del pijama y lo doblo de forma ordenada. Pulso el botón y aparecen una serie de opciones, secuencias preestablecidas y temperaturas. Elijo A.M., y una cascada desciende del techo. Un segundo después, surgen chorros adicionales de las paredes. Ahora veo que estaban ocultos por baldosas correderas.

Dios mío, qué bien me sienta. Echo la cabeza hacia atrás y dejo que el agua caliente me alcance desde todas las direcciones. Presiono algunos de los numerosos dispensadores y me siento como un barman preparando un cóctel de lujo. Unos cuantos chorros más y estoy empapada y enjabonada en un brebaje perfumado que reconozco como el aroma característico de Strike: esa mezcla inconfundible a cedro, humo de bosque y lavanda. Un oasis forestal mezclado en una unidad fresca. Inhalo profundamente.

No me canso.

Después de ducharme, cojo una toalla blanca gigantesca de un montón mullido y me envuelvo con ella. Me recojo el pelo en un moño húmedo y desordenado. Doblo la esquina, vuelvo por donde he venido —hasta su cuarto de baño es un laberinto— y veo que sobre la encimera alguien ha colocado un sencillo vestido de algodón azul aciano.

Otra nota.

ÚSALO. ES DE TU TIENDA, ¿PUEDO ASUMIR QUE TE GUSTA?

Me arden las mejillas. ¿Cuándo ha llegado esto aquí?

Está claro que mi plan de escape no va a ser tan tranquilo como esperaba.

Pero tiene razón. Me encanta este vestido. No tengo mucha ropa en Grace & Honor, solo un pequeño estante de prendas femeninas sencillas. Me pongo el vestido por encima de la cabeza y veo que debajo hay unas braguitas.

Todavía con las etiquetas.

No son de mi tienda. Las únicas bragas que vendemos son tangas de encaje, bragas con aberturas o comestibles. ¿Strike ha enviado a Paula a comprarme ropa interior? Y aún más extraño, ¿hay un cajón en algún lugar de esta casa lleno de bragas de marca? Son de seda negra, tan sexys como prácticas.

Me las pongo debajo del vestido. Ahora son mías.

No puedo imaginar lo que sentiré al enfrentarme hoy a Strike. Se me revuelve el estómago. ¿Me culpará por el escándalo? Estoy segura de que me sentiré tímida y no me mostraré tan tranquila como espero. También existe la posibilidad real de que me derrumbe cuando lo vea. Mi primer día sin Keep me está afectando mucho al corazón.

Vuelvo al dormitorio y echo un vistazo, curiosa por saber algo más de este hombre misterioso. Al otro lado de la cama hay una mesilla, sobre la que veo una fotografía enmarcada.

Me acerco a ella. Es la foto de una hermosa mujer pelirroja; a su lado hay un hombre apuesto y sonriente y, frente a ellos, un niño de no más de tres años. Su gorra de graduación de papel sujeta unos rizos pelirrojos unos tonos más claros que los de su madre. Ambos padres tienen las manos sobre los hombros del niño y es obvio que rebosan orgullo. Una especie de graduación preescolar, supongo.

¿Serán los cuñados de Strike? No, es hijo único.

Entonces…, ¿quién es?

Recojo la foto. El hombre… es en realidad… el propio Strike.

Santo cielo. ¿Qué? ¿Cómo? Le toco la cara con el dedo, incrédula. El físico esculpido y la mandíbula geométrica son idénticos. Tardo un segundo en precisar por qué me siento tan confusa.

¿Por qué este no es mi Strike, exactamente? No es solo porque parezca más joven.

Me doy cuenta de que son los ojos, que irradian alegría y no tensión. No son en absoluto los del hombre que conocí en el depósito de cadáveres. Siento que se me parte el corazón, y mis rodillas ceden cuando me hundo para sentarme en el borde de la cama.

¿Qué historia esconde? ¿Está casado? ¿Con esta mujer? ¿Es Kate? ¿Están divorciados? ¿Es padre?

Miro más de cerca al niño y me obligo a admitir que Strike es obviamente el padre de esa criatura. La misma forma de cara, los mismos ojos grises. Más que eso, es la forma en que Strike lo mira, su mano enorme en el pequeño hombro del crío, lo que me dice que este niño le pertenece. Puedo sentir su instinto protector, capaz de matar a mil monstruos si fuera necesario.

En las últimas doce horas, me he derrumbado en sus brazos, he comido con él, he dejado que me llevara a la cama, he compartido su lecho, le he consolado, me he envuelto en la suave tela de sus sábanas, me he deleitado en su ducha de vapor y me he consumido en fantasías interminables en las que sus manos y su boca exploraban mi cuerpo... y, aun así, Strike sigue siendo un extraño para mí.

No tengo ni idea de quién es realmente este hombre.

32

HONOR

Ahora

Quiero tener una foto de esa familia, pero he dejado el teléfono en la otra habitación.

Me alejo rápidamente de la imagen enmarcada y salgo del dormitorio de Strike. Mantengo los oídos aguzados mientras avanzo con sigilo por el largo pasillo, volviendo sobre mis pasos —algunos en falso— hasta la habitación en la que él me depositó en la cama la noche anterior, aunque parece que fue hace cinco semanas. Cuando por fin entro, la cama está hecha. Toda mi ropa, junto con las zapatillas y el bolso, forman un montón cuadrado y ordenado en la silla.

Lo recojo y lo huelo. La camiseta está lavada, planchada y doblada. Incluso hay una pequeña bolsa de lona para que lo meta todo dentro.

Cuando busco el teléfono en el bolso, tiene la batería cargada.

Anoche solo quedaba un poco. ¿Son estas manos invisibles consideradas o controladoras? No es que tenga nada que no quiera que Strike vea, pero exhalo con cierto alivio al ver que mi teléfono está bloqueado y protegido por mi contraseña, y es una de verdad. No la ridícula 1-2-3-4 de Gracie.

Aunque Strike no fisgonearía ni miraría mi teléfono. Tiene un millón de cosas más importantes que hacer. Esta intervención es obra de algún miembro del escuadrón de espionaje de agentes secretos de Ashburn.

Regreso por el pasillo hasta la habitación de Strike, pero la puerta de su dormitorio está cerrada.

«¡Mierda!». Ahora no voy a poder hacer la foto de Strike con su familia. Aunque era una mala idea, una idea muy de Gracie, y tal vez no debería dejarme llevar tan lejos de mi *modus operandi* normal. No creo que mi hermana se haya marchado nunca de una fiesta sin abrir el botiquín del baño para dejar caer algunas pastillas en el bolso.

Si Strike tiene exmujer y un hijo pequeño de los que no quiere hablar, es su elección. No es asunto mío. Tal vez esa mujer haya huido en protesta de un acuerdo de custodia compartida o algo así.

¿Quién sabe? Las cosas solo son secretas hasta que alguien te cuenta la historia. Toda narración tiene múltiples perspectivas. Todo depende de quién la cuente. ¿Cómo es esa famosa cita? «La historia la escriben los vencedores».

Estoy segura de que Strike me lo contará cuando esté preparado. Quizá no haya ningún secreto oculto. Tal vez Kate viva al otro lado de la ciudad.

Quizá él visita a su hijo en la casa de su ex en lugar de traerlo aquí, a la sede del *hentai*. Puede que no quiera que su hijo esté expuesto a videojuegos violentos y *anime* erótico. He oído que Steve Jobs no dejaba que sus hijos tuvieran iPhone.

No me recreo en el hecho de que Strike no ha mencionado ni una sola vez a su familia. Ni que hace unas semanas esbocé unos paneles protagonizados por un personaje pelirrojo y Strike sugirió —con firmeza— que preferiría ver a una mujer morena.

«Las pelirrojas es un nicho demasiado típico», me dijo, lo que me pareció extraño en aquel momento, pero no insistí. El *hentai* debe recoger todos los gustos típicos.

Algunos de nuestros personajes tienen cola, cuerpo de caballo o apéndices enormes.

Una pelirroja guapa no me parecía una idea tan descabellada.

Tengo que salir de aquí. Llamo a Jo y le pido que me recoja. Tenemos planes para ir esta mañana a SugarLips Wholesale a ver algunos suministros nuevos para la tienda. Aunque no veo con buenos ojos el aluvión de preguntas que me va a hacer sobre por qué estoy en DME esta mañana, es mi única opción. Bajo a toda velocidad las escaleras traseras conteniendo la respiración y atravieso una de las muchas puertas laterales hasta que estoy a salvo fuera, en un camino que serpentea por el camino de entrada, lejos del edificio de DME, y puedo llegar a las puertas de seguridad delanteras.

Salgo cuando introduzco el código y oigo el zumbido del sonido de la puerta.

Busco en el bolso mi fiel lata de spray de pimienta y la mantengo apretada en la mano. Jo me ha dicho que solo tardaría unos minutos, pero, aun así, me siento expuesta. Saco el móvil para distraerme mientras espero. Me entretengo buscando en Google «Strike Madden familia», «Strike Madden boda», «Strike Madden esposa». Por supuesto, no encuentro nada. Intento una búsqueda de imágenes. Diferentes palabras. A pesar de lo incómoda que me siento, busco «Strike Madden muerte de familia» y «Kate Madden obituario».

Nada. Cuando Jo hizo la búsqueda inicial de Strike, confirmó mi corazonada de que Strike, como la mayoría de las figuras de alto perfil, se mantenía limpio y desinfectado online. Pero los registros de bodas y defunciones son de dominio público.

«Esposa Madden muerta».

Nada.

«Finca Madden».

Nada.

«Dark Matter Entertainment».

Suena un claxon. Levanto la vista y saludo a Jo, que me sonríe a través del parabrisas de su Beetle. Baja la ventanilla.

—Estoy asustadísima —dice—. He sacado el Cinco de Espadas esta mañana. —Parece más encantada que asustada. No tengo ni idea de qué está hablando. Por mucho que lo finja, no puedo seguirla a través de sus predicciones de tarot.

Cuando voy a abrir la puerta del pasajero, veo algo al otro lado de la calle y me quedo paralizada. Mis alarmas del pánico empiezan a dispararse todas a la vez. Dios mío, no puede ser. No puede ser. No, estoy alucinando. Quizá sigo en la cama de Strike y esto es una pesadilla.

Es él. ¡Es él! Reconozco a Troy al instante, a pesar de que recientemente le ha crecido una barba irregular. Está de pie al otro lado de la carretera. No veo ningún vehículo. ¿Qué está haciendo aquí? ¿Ha estado vigilando la propiedad?

Me mira fijamente con una alegría inquietante, una mirada de insecto que me produce un escalofrío helado.

Temblorosa e indefensa, me quedo paralizada por el miedo al darme cuenta del grave error que he cometido al subestimar la amenaza de Troy.

¿Cómo he podido ser tan tonta? ¿Cómo no me he dado cuenta de que su obsesión solo iba a ir a más? Troy llegó a poner una aplicación de rastreo en el teléfono de Gracie, y luego aparecía en el sitio donde ella estaba y fingía que era una coincidencia.

Al menos está muy lejos de eso…, por ahora.

Mi cerebro me dice que corra o que salte al interior del coche, pero estoy clavada en el sitio.

El hombre que mató a mi hermana y a Keep está al otro lado de la calle.

Troy sonríe y levanta la mano en un gesto amistoso. Como si fuéramos vecinos. Como si me alegrara de verlo. Es evidente que ya está bebido, a pesar de que es temprano. O puede que le siga la borrachera de la noche pasada.

—¡Eh, Honor! —llama—. ¿Has recibido mi tarjeta? Siento mucho lo de Keep. Quería a ese gato como a una suegra. —Se ríe como si hubiera dicho algo particularmente ingenioso—. Joder, cuando tienes el pelo así… te pareces tanto a ella. Como ese holograma que le hicieron en Tupac. Me encanta verte. Es como si ella siguiera aquí. En fin, dejémonos de juegos. Quiero que pasemos tiempo juntos, como antes.

Solo cuando da un paso hacia mí reacciono por fin.

—Cierra las puertas —grito, mientras me lanzo al coche y me siento junto a Jo—. ¡Ciérralas, ciérralas, ciérralas!

Jo mira detrás de mí con la boca en forma de O.

—¡Jo, es Troy! —Pulso el botón de bloqueo—. ¡Arranca! —Pero entonces veo a Strike cruzando la calle. Está descalzo, va vestido con vaqueros y una camiseta de algodón. Tiene un bate de béisbol metálico en las manos.

—¡Puto pedazo de mierda! —suelta Strike, avanzando.

Troy levanta las manos.

—¿Qué coño pasa, tío? —pregunta.

En respuesta, Strike sube el bate y lo estrella contra la cabeza de Troy.

Troy lanza un sonido sobrenatural como el de una hiena mientras se dobla y cae. Para mi horror, Strike aún no ha terminado, aunque la sangre brota en dos ríos rojos de la nariz y la boca de Troy.

Strikes vuelve a mover el bate, de forma que esta vez impacta con la entrepierna de Troy como si fuera una piñata.

Aullando y retorciéndose, Troy se protege los testículos con ambas manos, y a través de la niebla de mi conmoción me pregunto si se los habrá reventado.

¡Dios, eso espero!

Ahora Strike está de pie sobre él, con un pie plantado a cada lado del cuerpo de Troy mientras levanta de nuevo el bate, como un jugador de béisbol en el montículo.

Calcula las distancias, se estabiliza para darle otra estocada a Troy con un único golpe —uno probablemente mortal— en el cráneo. Sostiene el bate en su hombro como si esperara el lanzamiento. Ha ido a un lugar oscuro de su mente.

Ya no se trata solo de Troy.

—¡Haz algo, Honor! —Jo está gritando a todo pulmón mientras me clava los dedos en el hombro—. ¡Dile que pare!

Tiene razón, por supuesto, Strike va a matarlo.

Salto del coche haciendo caso omiso a lo que me gritan mis instintos.

—¡Strike, espera! —grito, sorprendiéndome a mí misma porque he pasado muchas noches fantaseando con matar a Troy.

Sueños en los que yo también sostengo un bate de béisbol o un ladrillo. Donde tengo toda la ventaja. Así que no sé de dónde me viene esta misericordia. Y entonces me doy cuenta: no siento piedad en absoluto, lo único que me mueve es la necesidad de protergerlo.

No quiero que Strike mate a Troy a plena vista. No quiero que tenga que pagar por mantenerme a salvo.

Strike levanta la vista, con las pupilas dilatadas y me mira con los ojos muy oscuros. No se parece en nada al padre cariñoso de la foto. Desde luego, no es el apuesto chef que me hizo espaguetis con albóndigas y luego me subió en brazos al dormitorio, el que me metió en la cama. No veo ni rastro del hombre que me dejó abrazarlo después de tener una pesadilla.

Este hombre está ansioso por atacar.

Está… disfrutando con esto.

33

STRIKE

Ahora

Dame una buena razón —gruño. Quiero destruir a este hijo de puta. Mi voz es gutural y, por la forma en que Honor me mira, me doy cuenta de que tengo un aspecto aterrador; como un animal cazando a su presa.

—Porque lo matarás —responde ella. Tiene la respiración entrecortada.

Nuestras miradas se cruzan y una energía blanca y caliente se desliza entre nosotros.

—¿Y...? —pregunto. Tengo curiosidad por saber por qué me detiene. Este cabrón mató a su hermana. La ha estado acosando sin parar. Ha destripado a su gato. No estará a salvo hasta que él esté muerto. Hay una línea corta y recta entre el problema y la solución—. ¿Por qué no debería matarlo? Es obvio que merece morir.

Troy, que se retuerce en el suelo como un gatito, gime en señal de protesta. Me debato entre darle otra patada y no querer salpicarme más los pies con su sangre.

—Porque... —la voz de Honor es tan baja que parece que habla solo para mí— serás castigado. Serás tú quien vaya a la cárcel.

—Tiene razón. Sería homicidio involuntario. Quizá asesinato en primer grado. —Me giro al oír la voz de Paula, que sale de detrás de la verja. En momentos como este me alegro de que esté bien remunerada y en la nómina de la empresa. Ella evalúa el peso de mis acciones en términos de cómo afectarían a DME.

Es la voz de la razón.

Mientras que Honor…, ella es algo completamente diferente. Tiene sed de venganza. Arde dentro de ella.

Lo veo en sus ojos: también quiere verlo muerto.

—Tienes tus razones, Strike, y no las pongo en duda, pero eres lo suficientemente listo para no hacerlo —añade Paula.

—No estoy seguro de que la inteligencia tenga nada que ver. Además, lo teníamos vigilado —recrimino—. ¿Qué coño ha pasado?

—Y está vigilado —replica Paula—. Está totalmente controlado.

Cuando miro hacia la casa, veo que el equipo de seguridad está en el tejado, en el balcón y en el suelo. Al final de la calle, hay un coche sin matrícula que presumiblemente ha estado siguiendo a este saco de mierda desde que se le ocurrió la idea de cazar a Honor. Es probable que él haya seguido a Josie.

—Son un poco lentos para reaccionar, ¿no? —pregunto.

—Oye, has empezado tú, Derek Jeter —afirma Paula aludiendo al famoso jugador de beisbol—. Él está desarmado.

—No me mates, tío —resopla Troy, con palabras confusas. Parece asustado. Bien. Espero que se cague en los pantalones—. Honor, tienes que hablar con él —pide—. Dile que somos viejos amigos.

—Largo. Fuera. Fuera de aquí —escupo cuando Troy por fin consigue apoyarse en las rodillas, y luego se tambalea sobre sus piernas temblorosas hasta ponerse de pie, retrocediendo—. Y si vuelves a acercarte a menos de quinientos metros de esta propiedad o de esta mujer, te mataré. Pero antes te cortaré la polla con una cuchilla de afeitar. ¿Me has entendido?

Troy por fin se ha quedado sin habla. Eso o la boca le sangra demasiado para conversar. Noto que le cuelga la mandíbula floja y rota, y la lleva sujeta con una mano. Empieza a cojear lo más rápido que puede por la carretera, y veo su patética camioneta destartalada aparcada más adelante, oculta entre los árboles.

Mi equipo me indica que lo tienen cubierto.

Sigo cabreado porque deberían haberlo sacado de la propiedad inmediatamente. No debería haberse acercado tanto.

Honor da un paso hacia mí, pero levanto una mano. Será mejor que no se acerque más. Estoy demasiado nervioso, demasiado furioso, demasiado… todo. Cojo el bate entre las manos, le doy unas cuantas vueltas y lo lanzo con tanta fuerza que dejo una marca en la puerta.

—Ocúpate de eso —le digo a Paula señalando la abolladura.

—Sí, por supuesto —responde.

—Strike —interviene Honor con timidez, pero paso de ella. Tengo un equipo de seguridad al que echar una buena bronca.

—Más tarde —replico por encima del hombro mientras vuelvo a entrar—. Hablaremos de esto más tarde.

No tengo intención de discutir nada con Honor. De hecho, no hay nada que discutir. Ese llorón hijo de puta merece perder mucho más que los restos de sangre que impregnan la punta del bate de béisbol.

No pienso disculparme por defenderla.

Irrumpo en la casa, ignorando las miradas curiosas del personal de servicio. Me voy directo a la cocina, donde me lavo las manos en el fregadero con la precisión y la compostura de un cirujano experto. No quiero tener ni una leve muestra del ADN de ese cabrón debajo de las uñas.

34

HONOR

Ahora

Jo me deja en casa y se queda conmigo para tomar una taza de té, pero en cuanto se va, el nerviosismo me recorre como una montaña rusa, subiendo y bajando en picado. Tengo que moverme. Detrás de la casa hay unos bosques que llevan a una carretera principal, una de mis rutas habituales para correr, y después de ponerme la ropa adecuada y las zapatillas, me meto el *spray* de pimienta en un bolsillo y una navaja en el otro.

Emprendo el camino inquieta, con el corazón palpitante, y sé por qué.

Haber sido criada por lobos significa que no puedo escapar de mi propia loba interior. El salvajismo se ha filtrado en mi cuerpo como si fueran productos químicos tóxicos en el agua. Me han educado para sentir que cada día es una lucha por sobrevivir. Debería haberme reconocido reflejada en él. Pero, sobre todo, me obsesiona el hecho de que nunca me he sentido tan atraída físicamente por Strike como en ese momento.

En el momento en que ha querido matar por mí.

Si mis alarmas internas se han puesto a sonar con la sensación de que Strike Madden está marcado y deformado por sus heridas, no he prestado demasiada atención. Pero eso no quiere decir que no las oyera. Tal vez haya percibido ese salvajismo dentro de él desde el principio.

Tal vez ha sido eso lo que me ha atraído de él.

Tal vez me guste el equilibrio: hay bondad en Strike, sin duda, pero su oscuridad es igualmente real. Tal vez veo algo de mí misma en él.

He visto la muerte en sus ojos esta mañana. Habría apaleado a Troy Simpson hasta matarlo si no lo hubiéramos detenido. Y una parte de mí desearía no haberlo hecho. Me gustaría que Troy hubiera sido borrado de la faz de la Tierra con ese bate de béisbol.

Corro por el sendero, siento el sol en mi cuerpo y oigo el crujido de las agujas de pino bajo las zapatillas. Intento olvidarme de la ansiedad, pero presiento a Troy como si la mano de un zombi saliera del barro para agarrarme y arrastrarme hacia abajo, tirarme al suelo y entregarme al mismo destino que el resto de mi familia.

Cenizas a las cenizas. Polvo al polvo.

De nuevo en casa, sin aliento y empapada en sudor, voy en busca de la pala de jardinería rosa de Gracie y el cubo de plástico a juego y cavo un agujero en la parte de atrás para enterrar a Keeper. Paula me ha mandado un mensaje de texto informándome de que el personal del DME pasó anoche por mi casa y metió el cuerpo en un saco que guardó en el sótano. También me ha enviado el código de alarma.

Al parecer, Strike ha ordenado que me instalen un sistema de seguridad de última generación de la noche a la mañana.

Es un poco invasivo, pero, en este caso, lo aceptaré.

Le envío un mensaje rápido a Jo para informarla. Me alegro de que la gente de Strike se haya encargado de cubrir y guardar el cuerpo de Keep. Estaba demasiado angustiada para hacerlo yo misma.

Entierro a mi pobre gato y marco el lugar con una gran roca. Utilizo la navaja para grabar una gran K en la superficie.

Aunque me parece un poco ridículo hacer a un gato un funeral como es debido, digo unas palabras.

—Keeper, amigo mío, desde el día en que Gracie te encontró medio muerto de hambre detrás de un contenedor, aportaste mucha risa y belleza a nuestras vidas. Tus ojos verdes y tu calidez ronroneante me ayudaron a superar los primeros meses sin mi hermana. Ojalá hubiera podido protegerte mejor. Te echaré de menos para siempre, mi precioso amiguito.

Lo acompaño de su ratón de hierba gatera y su comida favorita de salmón antes de cubrirlo con tierra, luego me siento sobre los talones y levanto la cara para sentir los rayos del sol de la tarde. Dejo que me seque las lágrimas.

«Todo va a salir bien», me digo.

«Eres una superviviente», afirmo.

Pero en realidad lo que quiero decir es esto: «Ahora estás sola. Ya no tienes nada que perder».

Al día siguiente, en el trabajo, me siento menos como una superviviente y más como una molestia. Paula es la misma profesional de siempre y actúa sin rodeos y relajada; en cuanto a Strike, tras mantener una breve reunión de personal sobre la próxima Game Developers Conference de San Francisco, me dice que está demasiado ocupado para revisar mi trabajo.

Cuando le pido un poco más de orientación sobre la presentación, me corta en seco.

—Sigue con lo que estés haciendo, Honor. Ya deberías saber cómo va esto.

—Solo que hay algunas opciones diferentes que…

—Pues si es así, elige una. Seguro que estará bien.

—Quiero que mi trabajo sea el mejor. Por eso me contrataste —protesto, siguiéndolo por el pasillo. Me molesta tanto el tono suplicante de mi voz como el hecho de que me obligue a hablar a su espalda mientras lo sigo por el patio. Lo que realmente quiero decir es: «¿Qué te ha pasado, Strike? ¿Por qué no puedes dormir por las noches? ¿Qué te atormenta? ¿Qué te enfurece? No somos tan diferentes. Yo también tengo mis secretos».

Se me ocurren muchas razones por las que Strike me evita.

Empezando por lo que pasó ayer. Si algo sé de Strike Madden es que no le gusta sentir que ha perdido el control.

Y con Troy, fue un salvaje.

Pero también ha habido otras cuestiones. Hemos estado solos y juntos en momentos en los que se sentía vulnerable. He sobrepasado los límites tradicionales de una empleada con un jefe, llamándolo y apoyándome en él como una damisela en apuros. ¿Cuántas veces le dije a Gracie que nunca seríamos una mujer así? ¿Cuántas veces le dije que siempre nos salvaríamos a nosotras mismas? ¿Cuántas veces me prometió que leería mi libro favorito sobre empoderamiento femenino, *Indomable*, para luego dejarlo intacto en su bolsa de playa, con la cubierta manchada de aceite bronceador? Puede que Strike quiera distanciarse de mí, pero en tan solo unas semanas se ha convertido en todo mi mundo.

También me ha comprado algo de paz ante Troy. Aún llevo el spray de pimienta en la mochila y he concertado una cita para recibir unas clases de tiro la semana que viene, pero hoy me siento más segura que hace unos días.

Troy sabe que Strike es un enemigo peligroso.

Esta tarde, afilo los lápices de colores y vuelco mis emociones en los dibujos. Dejo que mi obra hable por mí.

Esbozo un patio de regencia lleno de gente vestida con sedas y chalecos. La fuente se convierte en la pieza central de una lenta escena de seducción que comienza con una mujer dándose placer en el surtidor de una fuente. A medida que se le van uniendo otras figuras, imagen a imagen, los finos ropajes se desprenden de sus cuerpos y los colores se mezclan en el agua como un resbaladizo arcoíris de colores pastel.

En la base del vaso de la fuente, se abrazan en una apasionada danza de amor y deseo. Sus miembros se entrelazan como delicadas enredaderas. Su intimidad es fugaz pero intensa, saborean cada momento antes de separarse a regañadientes.

Uno de los programadores empieza a transcribir y cargar las imágenes en RapidArt y, al final de la mañana, tenemos una historia de ensueño y sexy: *Susurros húmedos entre los viñedos*. Estoy tan perdida en el trabajo que ni siquiera me doy cuenta de que Paula está a mi lado.

—Strike quiere que te transmita un mensaje —empieza—. Tienes que quedarte en casa unos días.

El informático que está trabajando conmigo se aleja, avergonzado al oír lo que suena a castigo. Me arden las mejillas.

—¿Por qué? ¿Qué está pasando? —pregunto. Mi ansiedad se duplica—. ¿Estoy despedida?

—Nos pondremos en contacto contigo —dice Paula. Su rostro es inescrutable como siempre—. El coche está esperando.

Es obvio que ha recibido instrucciones para decir lo menos posible. Estaba deseando tomar el control del programa RapidArt para añadir mi propia impronta, pero, ups, parece que me están echando de DME.

¿Por qué? ¿Qué he hecho? Mi corazón se estremece con un nuevo pensamiento: ¿me echan la culpa de la aparición de Troy en la propiedad? ¿El muy capullo ha comprometido la seguridad de la corporación? Cuando Troy se convirtió ayer en el receptor de la furia de Strike, estoy segura de que no faltaron comentarios al respecto en todo Ashburn. Y si estos dos últimos días sirven de ejemplo, he creado también mi parte de chismes. La fiesta de pijamas sorpresa puede haber alterado la paz en la división de recursos humanos de DME más de lo que creo.

Pero ¿de verdad me está despidiendo?

—¿Cuándo podré volver? —pregunto. Mi voz suena como un chillido infantil.

—Ya te avisaremos —responde Paula, tan fría como el mármol.

No es justo. Este es mi cuarto de juegos, mi espacio creativo y mi lugar feliz, todo en uno.

—El recibo del sueldo —dice, entregándome un sobre.

Es una formalidad; me pagan por domiciliación bancaria. Se me encoge el corazón.

¿Qué intenta decirme Strike?

Fuera, en el coche, abro la ventanilla del todoterreno para sentir la brisa en las mejillas, y el aire frío me seca las lágrimas.

«Cinco minutos, Honor. Es todo el tiempo que puedes permitirte llorar».

Como siempre, el apartamento me parece demasiado vacío sin Gracie, sin Keeper.

Hoy es el día libre de Jo, y sé que debería abrir la tienda, sería una distracción productiva. He dejado que Jo se encargue de gran parte del día a día desde que me comprometí con DME, y tengo que firmar una montaña de facturas y que aprobar nuevas existencias. Pero no tengo energía. Ni siquiera puedo enfrentarme a los clientes. No quiero sonreír ni ser amable ni fingir que estoy bien cuando no lo estoy.

Sostengo el sobre con nerviosismo entre los dedos.

¿Y si es una nota diciéndome que me mantenga alejada de Dark Matter Entertainment? ¿Que mis consecuencias no son bienvenidas allí?

No podría culpar a Strike. No sé por qué siempre he sido un imán para los problemas, sobre todo cuando me he esforzado tanto por mantenerme limpia. Oficialmente, soy una buena chica; puedo contar con una mano el número de veces que me he emborrachado. Nunca he probado las drogas, a menos que cuentes la cafeína y esas gominolas. Aparte de algunos hurtos de poca monta durante mi infancia —y fueron por necesidad, no por codicia—, me mantengo en el lado correcto de la ley.

Nunca he pedido un aplazamiento con los impuestos.

La indomable era Gracie. No yo.

Pero ¿qué importa eso? En cualquier nuevo camino que he intentado seguir, el caos y la tragedia estaban a mi lado. Al fin y al cabo, ambas fuimos criadas por lobos.

Me obligo a abrir el sobre. No hay ningún recibo, solo una cartulina muy reconocible. Como siempre en mayúsculas. Se me encoje el corazón.

ALÉJATE DE LOS MONSTRUOS. INCLUYÉNDOME A MÍ.

El mensaje es críptico. ¿Qué significa esto? Quiero enviarle un mensaje a Strike. Decirle que está equivocado. Es un lobo, como yo, no un monstruo.

Llevo toda la vida rodeada de monstruos. Nací de uno, me quemó uno, me puso de rodillas. Me he escondido en el bosque para no ser cazada por él.

Strike es un animal completamente diferente.

No te tengo miedo, Strike. Sé lo que eres.

Escribo el mensaje en mi teléfono con dedos rápidos.

Más tarde, cuando me acuesto, todavía no le he dado a enviar.

35

HONOR

Entonces
(13 años)

*G**racie y yo seguimos jugando a Normal. Compartimos la comodidad de nuestra imaginación y, a medida que hemos crecido, hemos convertido nuestros sueños de Normal en planes reales.*

En el corazón de nuestro juego, nos desligamos de nuestros padres. Se han ido para que podamos volar.

—Nuestros novios serán hermanos —afirma Gracie. Nos los imaginamos, de pelo oscuro y ojos castaños, piel pálida como la luz de la luna y tan adorables como Robert Pattinson en Crepúsculo.

—Gemelos —añado.

—Mmm... —murmura Gracie.

—¡Y serán normales! Jugarán al fútbol y tocarán la guitarra, y cuando nos inviten a la fiesta de Acción de Gracias, la mesa familiar tendrá mantel y mantelitos individuales —me recreo.

—Sí, y nos regalarán anillos con nuestra piedra de nacimiento —propone Gracie.

—Y viviremos con ellos en casas contiguas y las neveras estarán siempre llenas de comida.

—Y Rusty irá de una a otra —dice Gracie.

—Mmm... —añado.

Ahora somos mayores y más maduras. Más difíciles de vencer y de atrapar. Corremos por el bosque aullando, sabiendo que nuestros padres no pueden encontrarnos. Aunque nuestra madre nunca viene a buscarnos. Robamos una de las cervezas de papá y nos la pasamos de una a otra en el árbol hueco mientras hablamos de cómo podemos ahorrar para comprarnos un iPod.

En casa, tenemos que proteger a Rusty de nuestro padre. Si nuestro hermano pequeño no está en casa de TJ, se esconde bajo un montón de hojas en la parte de atrás o está en su habitación bajo un montón de mantas. A veces no dice nada a nadie durante días o murmura palabras que no entiendo en voz baja. Si está de mal humor, grita y agita los puños cuando lo tocamos. Es demasiado flaco para hacer daño a nadie, pero podría hacerse daño.

No sé cómo mostrarle una salida segura.

No hay salidas seguras para la familia Stone. Únicamente botones de autodestrucción. Gracie y yo sabemos que es solo cuestión de tiempo antes de que alguien presione el nuestro.

Ahora

Parpadeo mientras contengo el aliento y me limpio los ojos con el dorso de la mano. Miro con intensidad la pequeña lápida: «Russell *Rusty* Pacer Stone 2005- 2017».

Los pensamientos sobre mi familia me han hecho retroceder en el tiempo, de modo que esta mañana, cuando he venido al cementerio de St. Martin-in-the-Fields, no supone una sorpresa. Ni siquiera recuerdo haber decidido acercarme aquí.

Tengo mucho que asimilar. Mi mente ha sido un caos estos últimos días.

Y ahora estoy en este lugar, por la razón que sea, pero es por accidente. No fue hasta que Strike Madden entró en mi vida que sentí que podría tener una oportunidad real de ser feliz. El camino hacia él formaba una línea recta a través del lío que es mi vida.

Si él supiera…

¡Qué broma! ¡Qué puta ironía de cinco estrellas!

«No tenías por qué desterrarme», le mando finalmente un mensaje de texto rápido e impulsivo antes de guardarme el teléfono en el bolsillo.

Sigo llorando, pero mis mejillas también están mojadas porque ha comenzado a llover.

«Solo cinco minutos para llorar, Honor».

Ya han pasado los cinco minutos. Arranco algunas flores silvestres del muro de piedra y las pongo sobre la pequeña lápida.

Gracie y Rusty ni siquiera llegaron a cruzar la frontera del estado de Pensilvania.

Yo tampoco he roto esa maldición. Probablemente también estoy condenada a morir aquí. Es un pensamiento que me parece demasiado grande y aterrador.

Mi teléfono suena. Es él.

Resoplo con frustración. ¿Cómo puede no darse cuenta Strike de que es el príncipe? Pienso en la forma que atacó a Troy, rápido, con fuerza, seguro, implacable. Habría matado a Troy sin pensárselo dos veces. Por mí.

Ningún otro hombre me había hecho sentir este dolor. Siempre supuse que era incapaz de albergar este tipo de sentimientos. Y ahora estoy aquí, desequilibrada, abrumada, con todo el cuerpo en llamas.

Así que, bueno… Strike no quiere arrastrarme a lo que sea que es su mierda. Yo tampoco quiero arrastrarlo a la mía. Pero estábamos destinados a encontrarnos.

Aunque, tal vez, también estuviéramos destinados a fracasar.

La lluvia es un aguacero cuando vuelvo trotando al apartamento, donde no me espera el pequeño Keep en la ventana para recibirme.

Abro mi despensa y encuentro un montón de paquetes de *ramen*, parece un ordenado montón de noches solitarias esperándome.

Pero cuando pongo la olla a hervir, me quedo ahí, con un paquete en la mano.

«¿De verdad vas a pasar otra noche sola en el sofá con la ropa sudada de correr? ¿De verdad vas a tomar otra cena de noventa y nueve céntimos, escuchando la lluvia y tocando el violín más pequeño del mundo? ¡Chica, haz algo!», me dice Gracie.

Pero ¿qué?

Entiendo que Strike esté desesperado por alejarme de su verdadero yo y que haya elegido el exilio para los dos. Sin embargo, ¿debo aceptarlo sin más? ¿Estoy realmente resignada a este adiós roto sin luchar?

¿Dejaré escapar esta oportunidad única de ser feliz porque dudo de mi propia valía?

Tanto si Gracie hacía sus propias sales de baño exfoliantes con azúcar para la tienda como si pasaba los fines de semana haciendo senderismo por las montañas o trabajando en el rescate de animales, siempre supo que yo la animaba a perseguir su propia estrella, a dirigir su propia vida.

Es demasiado tarde para la pobre Gracie. Pero tal vez no lo sea para mí.

Vuelvo a poner el paquete de *ramen* en el armario.

Y sé exactamente lo que voy a hacer a continuación.

36

HONOR

Ahora

Estoy en la puerta de Strike, con una fuente de barro en las manos, protegida por un par de guantes de cocina a cuadros azules recién salidos de la tienda. Me he duchado y me he puesto una camiseta corta con unos vaqueros, y espero dar la impresión de que acabo de llegar al barrio.

¿A quién coño quiero engañar?

Llevo el único conjunto que tengo de sujetador y bragas a juego, de delicado encaje festoneado en suave azul pastel. Me acompaña un intento de lasaña, probablemente horrible, al que me he dedicado en cuerpo y alma. He cruzado la ciudad en Uber.

Me han dicho explícitamente que me mantuviera alejada.

No hay nada casual en esta visita.

Pasa un minuto, luego dos. Miro el timbre. Atravesar la puerta principal no ha supuesto ningún problema —a todos los empleados de DMA se nos da el código tras firmar el acuerdo de confidencialidad—, pero esta puerta suele estar cerrada con llave durante las horas normales de trabajo.

No se me ha ocurrido que Strike podría no estar en casa.

¡Oh, mierda! No sé lo que estoy haciendo. Todo y nada ha cambiado. ¿Estoy aquí para rogarle que me deje volver al trabajo?

¿Para dejar atrás los últimos días y empezar de cero?

¿Estoy aquí para decirle que no importa nada más que él y yo?

«Principalmente estás aquí para tirarte a tu jefe, descarada. ¿Vas a seducir a tu superior? ¡Qué escándalo, Sunday!», se burla Gracie en mi cabeza.

Tiene razón, por supuesto. Pero ya no me preocupa trabajar para Strike. La idea de que podría no llegar a verlo más solo ha intensificado mis sentimientos por él. Es como si hubiera desbloqueado algo en mí que no sabía que estaba ahí.

Ahora no puedo saciarme hasta que lo vuelva a ver.

Sin embargo, me estoy poniendo nerviosa aquí fuera. Me siento tan expuesta que miro por encima del hombro un par de veces, aunque dudo que Troy se atreva a meterse conmigo. Al menos esta semana. Me sorprendería que no estuviera inmovilizado por tener, al menos, la pelvis rota.

Aunque nunca se sabe...

Está oscuro y la calle está tranquila. Supongo que eso forma parte de ser rico: tu vida nunca está contaminada por el ruido de los demás. Por un momento, me planteo dar media vuelta y llamar a otro Uber.

Fingir que esto no ha sucedido. Estoy siendo una irresponsable. Strike no necesita saber que he estado aquí. A menos que vea el video de seguridad después. ¡Joder!

«Te mereces un príncipe. No a mí».

¿Cómo puede Strike verse así? Ha hecho todo lo posible para protegerme en cada momento. Los monstruos no hacen eso.

Y no me invento la química que tenemos. No puedo.

He cambiado de opinión.

«Sé valiente, Sunday. Sé imprudente, incluso».

La voz de Gracie. Y la mía. Un dúo.

Me armo de valor y vuelvo a pulsar el timbre.

Cuando oigo pasos, se me cae el estómago. ¿Es demasiado tarde para huir?

Entonces la puerta se abre y aparece de pie frente a mí, enmarcado por la puerta, el interior de la casa está oscuro, vasto, casi amenazador… detrás de él.

—¡Hola! Te he traído la cena. —No tengo ni idea de dónde surge esta nueva confianza en mí misma. Quizá de saber que ni siquiera Keeper me espera en casa. Que aparte de Jo, estoy totalmente sola en el mundo salvo por este hermoso desconocido que tengo delante.

Me mira boquiabierto; parece realmente sorprendido.

—¿Honor? —Se mueve ligeramente bajo la luz de la puerta. Lleva una camiseta de UPenn bien ceñida y unos pantalones de chándal, y parece que acaba de salir de la ducha. Le veo un rasguño vertical en el cuello, como si le hubiera arañado un gato enfadado. A pesar de su aspecto limpio y pulcro, percibo algo salvaje en sus ojos, como un hombre que acaba de volver del bosque… No sé qué pensar.

—He traído lasaña casera —insisto, mis palabras se apresuran a salir solas—. La he cocinado para ti y espero que esté perfecta. Siempre la hacía en el cumpleaños de Gracie. Es una receta de una vecina que tuvimos cuando éramos pequeños. A Gracie le gustaba que tuviera virutas de colores por encima, lo que no hace que sepa mejor; era típico de Gracie convertir todo en una fiesta, pero no se las he añadido. Lo que quiero decir es que, con chispitas o sin ellas, quería verte. —Aprieto los labios. Para evitar que me salgan de la boca más tonterías.

—No deberías estar aquí. —Su tono es un gruñido oscuro, al borde de la ira. Habla en mayúsculas—. Fui muy claro cuando te dije que te alejaras de mí.

—No —replico, pasando junto a él y entrando en la casa, aunque me late el corazón como el de un conejo y mi impulso es darme la vuelta y salir corriendo.

Tengo que enfrentarme a esto. Surcar esta pequeña ola de coraje.

—Tu advertencia fue una gilipollez y lo sabes, Strike Madden. Es hora de dejar de pasarnos notas como colegiales.

—Honor, espera… —dice mientras me adelanta para bloquear mi camino a la cocina—. Este es un mal momento.

—Ah…. —Me detengo, insegura. ¿Un mal momento? ¿Hay otra mujer ahí dentro?—. Vale, bueno…, si estás trabajando, tómate un descanso. —Vacilo—. Necesitas comer.

—No estoy trabajando… Deberías irte.

—No voy a ir a ninguna parte. —No hay ninguna mujer. De eso nada. Me desea a mí. Piensa en mí. Incluso aunque una pequeña voz irritante me diga «¿Y si está Kate aquí?», tengo que apostar por mí. Levanto la barbilla y me aferro a mi confianza con ambas manos.

—¿No? —Sus labios se curvan con el inicio de una sonrisa. Puede que le divierta mi nueva asertividad, pero ahora siento que mi agarre se refuerza…, aquí está el verdadero Strike.

—No. —La fuente empieza a pesarme como una *kettlebell*, y empiezo a dudar no solo de mi presencia aquí, sino también de la lasaña de la mamá de TJ. Es muy posible que esta receta le sepa a pegamento horneado a un hombre que tiene un chef privado a tiempo completo—. Strike, mira…

—Honor, escucha…

Cuando nos acercamos el uno al otro, la fuente se me resbala de las manos y cae al suelo, creando al instante una escena criminal en forma de salsa sanguinolenta que salpica por todas partes.

Los fideos se agitan como gusanos gruesos y húmedos, esparcidos en todas direcciones sobre la alfombra de seda.

—¡Oh, mierda! —Me dejo caer sobre las manos y las rodillas, usando las manoplas para limpiar el suelo, pero lo único que hago es ampliar la extensión de baba roja.

—Ey, ey, ey. No pasa nada. —Cuando Strike se agacha y tira de mí para ponerme en pie, me doy cuenta de que tiene la mano envuelta en una gasa—. Nos ocuparemos de ello más tarde. ¿Y sabes qué? Tú ganas. Vamos a comer. La lasaña me ha recordado, de forma un tanto dramática, que no he comido nada en todo el día. —Se permite una pequeña carcajada; es como un chorrito de whisky, cálido y fuerte, un bálsamo con un toque picante—. A veces puedo ser brusco. Te pido disculpas —añade—. Pero, sí, comportémonos como adultos y compartamos la comida, o lo que queda de ella, que te has tomado la molestia de cocinar.

Asiento.

—Sí, eso es todo lo que…

—Y luego tendrás que irte. —Sus palabras son tan afiladas como cualquiera de sus cuchillos. Solo puedo asentir; estoy cubierta de salsa y he estropeado su alfombra, lo que me hace sentir bastante tonta. No tengo mucho poder de negociación.

Recoge la fuente del suelo y pivota, dejándome que lo siga por el pasillo, gire la esquina y baje un corto tramo de escaleras hasta la cocina privada, a la altura del jardín.

Cuando me lanza un rollo de papel de cocina, me doy cuenta de la cantidad de comida que me ha salpicado. Mi camiseta está destrozada. Ya no tengo un aspecto informal y festivo. Parezco un niño pequeño después de una comida copiosa y desordenada.

Miro a mi alrededor. Aquí ha pasado algo. La última vez que estuve aquí, la cocina era acogedora, pero esta noche parece clínica y fría.

De repente me doy cuenta de que huele a lejía y de que han colocado paños sobre la isla, la mesa, el horno y los fregaderos.

—¿Qué ha pasado aquí? —pregunto, tapándome la nariz con las manos, la lejía es de potencia industrial—. ¿Qué me he perdido?

—A primeros de mes, el personal hace una desinfección y limpieza a fondo. Una vieja costumbre. —Se encoge de hombros.

—De acuerdo. Pero no estamos a primeros de mes —digo.

Frunce el ceño.

—No lo decía de manera literal. Hacen una limpieza mensual. ¿Qué puedo decir? Dirijo un barco hermético.

Suena a la vez completamente convincente y algo cauteloso. Y hace que me sienta mal otra vez por el desastre que he dejado en el vestíbulo. Su personal estará limpiando salsa hasta el fin de los tiempos.

Strike mete la fuente en el horno para recalentarlo y luego quita los paños. A continuación, abre la ventana para despejar el olor.

Veo la zona con las velas y cojines y siento un hormigueo de adrenalina: vale, puede que esta noche no esté saliendo como había planeado, pero ¡lo he conseguido! Ya estoy dentro. Por el momento. Me siento y observo como Strike restablece el orden mientras me limpio los restos de salsa de la camiseta y los vaqueros. Guarda los paños en la despensa y reordena los cuchillos en la placa magnética al añadir algunos que estaban en el fregadero.

Se lava las manos con precisión, deteniéndose debajo de cada uña y frotando con cuidado.

Miro a mi alrededor, el entorno impecable, la limpieza minuciosa, y me pregunto si Strike tiene un poco de TOC. Es un pensamiento que me aprieta el corazón. Me gusta ver pruebas de las imperfecciones ocasionales de Strike, sobre todo cuando me invade tanto el asombro por su poder como fundador y director de una vasta corporación internacional. Y, por supuesto, como el caballero de brillante armadura que me ha rescatado.

Strike desaparece un momento y vuelve con una botella de vino tinto y una camiseta blanca para mí que deja doblada sobre la mesa.

—Hay un baño al final del pasillo si quieres cambiarte —dice. Le doy las gracias con la cabeza. Strike indica a Alexa que ponga su música favorita y saca unos pesados platos tan grises como sus ojos, junto con algunas servilletas y cubiertos.

Siento un ligero *déjà vu*. Otra cena en el santuario privado de Strike, solo que esta vez no estoy sollozando por Keep.

Y esta vez las gominolas no pondrán fin bruscamente a la velada.

Coloco los cubiertos en la mesa mientras Strike se pone a abrir el vino. A pesar de la evidente tensión que nos separa, durante unos instantes entramos en sintonía, a medio camino entre una electrizante primera cita y nuestra natural soltura como colegas en DME.

—Gracie y yo teníamos un juego que llamábamos Normal —confieso—, en el que vivíamos en un mundo suave, amable y fácil, y fingíamos que los platos de plástico eran de cerámica y las servilletas de papel, de tela. Ella me decía: «Un día, Sunday, viviremos en una casa donde parezca que lo ha elegido alguien».

—¿Sunday? —Levanta una ceja.

—Mi segundo nombre.

—Es precioso. ¿Hay una historia detrás?

Aspiro y luego me hago la desentendida como si nunca hubiera imaginado este momento, aunque es tan delicioso que quiero capturarlo de todas las formas posibles.

—Nací dos minutos después de la medianoche un domingo, tres minutos y veintisiete segundos después de Gracie. La matrona me puso el nombre.

—¿La matrona?

—Mi madre no supo que iba a tener gemelas hasta el parto, y por eso había elegido un solo nombre, Grace Marie.

Strike levanta una ceja.

—¿Cómo es posible que a tu madre se le escapara la noticia de que estaba embarazada de gemelos?

—Porque no vio a un médico hasta que estuvo de parto. Ninguno de nosotros fue al médico cuando éramos pequeños. —Me encojo de hombros—. Mis padres eran un poco pasotas.

—Bueno, nunca he conocido a otra Honor. Ni a una Sunday. Ambos te van bien, Honor Sunday. —Repite mi nombre con tanta reverencia que comprendo, de golpe, que por eso estoy aquí. Nadie me ha mirado nunca como él. Nadie ha dicho mi nombre y lo ha convertido en una oración.

Nuestros pensamientos tácitos son un campo de fuerza.

—Siempre me ha gustado mi nombre, y a Gracie el suyo. A pesar de que no crecimos con unos padres que pensaran en cómo llamarnos, la ropa o si llevábamos las uñas o el pelo bien cortados. Mi padre era muy controlador con mi madre y, día a día, mes a mes, a lo largo de los años, fue quebrantando su espíritu. Ella lo quería mucho, pero ese amor era una debilidad. Sus hijos fuimos un daño colateral, y acabamos criándonos casi solos.

—Así es como se aprende a cuidar —sentencia Strike—. Ocupándose los unos de los otros.

—Supongo. Hice lo que pude con Gracie —comento—. Pero al final, no tener el amor de nuestros padres… arruinó algo en ella. No podía soñar con nada mejor que Troy. No pudo encontrar el valor en sí misma.

—Eres su gemela idéntica… y no te pareces en nada. Lo veo en tu arte cada día —añade, mirándome con algo que parece hambre—. Tienes chispa y vida, eres una luchadora.

—Escúchate, soltándome elogios —me burlo; luego, sigo hablando más seria—. Quiero ser todo lo que Gracie no pudo ser. Mientras yo siga aquí, ella también está, ¿sabes? Quiero vivir por las dos.

—No debiste perderla —dice Strike, con voz dura—. Ya habías perdido mucho.

Nuestros ojos se cruzan y el tiempo se detiene mientras ambos nos miramos fijamente, paralizados. Me muerdo el labio inferior, envuelta en una oleada de expectación al sentir que Strike me estudia con una intensidad sin límites. Tiene las pupilas oscuras como las de un lince y la mandíbula tensa. Si dijera cada pensamiento que tengo en la cabeza…, pero no. Aún no estoy preparada. Aunque estoy aquí, tengo miedo de que no haya vuelta atrás, así que me tomo un tiempo y cambio de tema.

—¿Qué has hecho hoy? —pregunto. La tendencia de Strike a levantarse y desaparecer es una de las conversaciones favoritas en DME, y estoy segura de que hoy ha sido más de lo mismo. He oído todo tipo de conjeturas, desde que entrena como piloto de caza en Pensacola hasta que tiene una vida encubierta como agente de la CIA.

¿Quién sabe? No sería la teoría más descabellada. Tal vez sea un espía.

—No —dice.

—No, ¿qué?

—No, no vamos a hacer eso —explica Strike—. Los dos sabemos que no has venido aquí para charlar sobre lo que he hecho, dónde he estado hoy, segundos nombres o recetas de lasaña. No estamos aquí para jugar a… Normal. —Se permite un rastro de sonrisa—. Dime por qué has venido.

—Por… Por ti. —Me aclaro la garganta. Intento formar una frase completa—. Porque quería verte. Necesitaba verte.

—No soy lo suficientemente bueno para ti, Honor. —Lo dice como si fuera un hecho. No hay lugar para el desacuerdo—. Me encanta lo que reconozco de mí en tu arte. Pero ambos sabemos que eso no es todo.

—Entonces enséñamelo —digo—. Muéstrate entero.

Niega con la cabeza.

—No es posible. Y no podemos ir más lejos. No cuando soy tu jefe.

Me encojo de hombros como si el hecho de que sea mi jefe no me importara.

Aunque, por supuesto, lo hace. Es solo que esto —el magnetismo relámpago que va y viene entre nosotros— importa más ahora. Lo deseo más.

—Puede que seas mi jefe, Strike —reconozco en voz baja—, pero los dos sabemos que no siempre estás al mando.

Ante eso, parece sorprendido, aunque no lo niega. No se mueve. Puedo sentir la tensión que desprende su cuerpo. Siento los pensamientos salvajes que dan vueltas en su cabeza.

—Escucha, no puedo negarlo: me encanta verte. Me encantas. Y ese es también el puto problema. Después de comer, tendrás que irte —me recuerda Strike—. Esto ha ido demasiado lejos.

Los dos estamos inmóviles, con los ojos fijos.

Asiento con la cabeza mientras me empiezan a temblar los labios. Lucho contra las lágrimas de frustración que brotan de mis ojos. «No llores, Honor». Cuando presiono la palma de la mano contra mi boca, el movimiento parece liberar a Strike de lo que sea que lo tenía preso.

—No, no. No hagas eso —protesta mientras me quita la mano de la cara, la gira hacia arriba y se la lleva a los labios, con las fosas nasales ampliadas. Es como si el aroma de mi piel le hubiera narcotizado brevemente los sentidos, como si estuviera indefenso ante él. Cuando ve mis cicatrices, las lunas abultadas y llenas de ronchas, su expresión se suaviza y me roza la piel suavemente con su beso más tierno y delicado…, y luego, con ferviente urgencia, su lengua recorre ese lugar dañado y sensible que acaban de tocar sus labios.

Tomo aire bruscamente.

Aunque estoy conmocionada por la sorpresa de ese contacto íntimo, su lengua por sí sola es una embriagadora sobrecarga sensorial.

Este beso es su confesión.

Igual que mi destino está en sus manos, ahora sé que el suyo está en las mías. Ya me estoy sometiendo a él; es un deseo que me arrastra desde lo más profundo del estómago y contra el que no puedo luchar.

El corazón se me acelera y el cuerpo me tiembla hasta los huesos. Llevamos demasiado tiempo bailando el uno alrededor del otro, como polillas en llamas.

Pero ahora está ocurriendo.

Con este roce de sus labios con mi palma, Strike ha encendido la cerilla y casi ha admitido que tengo razón. Que, de hecho, no tiene el control de lo que ocurra esta noche.

—¿Sabes qué? Tienes que cambiarte... ahora —dice, y no hay lugar para la discusión—. Te he traído una camiseta limpia. Quítate esa.

Me lanza un desafío. Veo cómo le sube y baja el pecho mientras inspira y espira profundamente.

—¿Aquí?

—Sí.

Asiento con la cabeza. Reto aceptado, aunque estoy temblando; pero si Strike quiere aferrarse a algo de su preciado control, por mí bien.

Soy lo bastante valiente para jugar. He venido aquí, después de todo.

Levanto el borde inferior de mi camiseta salpicada de salsa, me la paso por encima de la cabeza y la dejo caer en el suelo inmaculado. Ahora estoy de pie frente a él, temblando, en sujetador y vaqueros. Strike me mira sin cortarse, fijándose en el tono rosado de mis pezones, visibles a través del encaje.

Me aseguro de situarme frente a él.

Aunque esta noche me siento muy atrevida, también me siento tímida y quiero tener cuidado de que Strike no vea todavía todo lo que hay en mí.

Está completamente absorto, bebiéndome. Pero no hace ningún movimiento. Cojo la camiseta blanca y me la pongo por la cabeza. Es de Strike y huele a él. Me envuelve, suelta y ligera. Se me cierran los ojos.

—Los vaqueros —exige.

Sorprendida, miro hacia abajo. La camiseta me llega a medio muslo. Es larga, no revelará más de mí que lo que otras mujeres llevan a bares y discotecas un sábado por la noche. Vuelvo a asentir. Me bajo los vaqueros y me deshago de ellos. Les doy una patada para que se unan a mi camiseta manchada en un montón blando sobre el suelo impoluto de la cocina.

—Siéntate.

Lo hago obedientemente mientras Strike se levanta y cruza la habitación para sacar la fuente del horno. Veo cómo sirve una ración de lasaña en sendos cuencos. Conozco a este hombre. Está reclamando su dominio, su control de la situación.

—Antes de nada, Honor Sunday, vamos a comer. —Su sonrisa es lenta, y curva la comisura de los labios—. Y luego... ya veremos.

Tengo el estómago revuelto por los nervios. Ahora que Strike ha decidido cruzar esta línea, siento que se reafirma, que decide las reglas.

Ja. No es posible que pueda comer ahora.

Strike sí lo hace. Casi montando un espectáculo de ello. Disfruta de su comida despacio, con deliberada facilidad. Coge la botella de vino y rellena su vaso. Ralla un poco más de queso parmesano sobre la lasaña. Ajusta el volumen de la canción de John Legend, que suena suavemente en el sonido envolvente.

Pero sé lo que Strike está haciendo..., está retomando el control.

Me mantendrá aquí sentada, temblando y mordisqueando el cuadrado de pasta clavado en el extremo del tenedor, haciéndome sentir demasiado consciente de que mis pezones pugnan contra el algodón de la fina camiseta blanca, todo el tiempo que quiera.

«Primero, vamos a comer. Y luego... ya veremos».

Apenas me atrevo a robarle una mirada.

Hace solo unos minutos, Strike me ha besado la palma de la mano y ha encendido entre nosotros un fuego candente. Ese momento no tiene vuelta atrás; nos sitúa justo al borde de cambiarlo todo. El corazón me da un vuelco salvaje.

—¿Qué te ha pasado? —logro preguntar, indicando su mano envuelta en gasa.

—¿Esto? —Strike deja el tenedor y levanta el brazo como si tuviera que recordar—. Ah, nada. Boxeo —dice—. Con Axe.

Eso explicaría su físico perfecto, además de su facilidad para hacer papilla a alguien con un bate de béisbol. Axe, al que se ve por el estudio de vez en cuando, parece que sería el *sparring* perfecto para Strike. Están cortados por el mismo patrón.

—¿Eso también te lo hiciste boxeando? —pregunto, trazando una línea con el dedo en mi propia mejilla, replicando el lugar donde Strike tiene lacerada la suya.

—Sí —dice con una sonrisa burlona. Ha dado el último bocado y se reclina en la silla—. Estaba delicioso. Estoy lleno. Pero apenas has tocado la comida, Honor Sunday.

—Quizá más tarde —respondo.

—A veces es mejor quedarse con ganas de más. —Lo dice a la ligera, aunque sus palabras me provocan escalofríos exquisitos.

Pero no dejaré que controle cada movimiento. Me inclino hacia delante.

—¿Puedo preguntarte algo?

—Lo que quieras.

—¿Te afecta alguna vez el trabajo que hacemos?

En el silencio, dejo que sus ojos me escudriñen.

—¿Afectarme? —Strike ladea la cabeza, como si no supiera lo que le estoy preguntando—. ¿Afectarme… cómo?

Siento que me ruborizo. Porque, ¿cómo no voy a sonrojarme cuando me mira así? Su expresión es intensa, la misma que pone siempre que me enjaula con sus brazos para mirar por encima mis dibujos.

—Ya sabes a qué me refiero. Los dibujos que hago. ¿Te excitan? —La Honor Valiente ha vuelto. Poderosa, o al menos tanteando su poder.

Tomar la iniciativa. Lobo, no oveja.

Strike aparta su plato, se inclina hacia delante sobre los codos y me atrapa con la fuerza de su mirada.

—Me excitan cuando se parecen a ti —susurra con voz ronca de deseo. Sus ojos parece rayos láser. Es un depredador seductor que ha elegido su próxima conquista.

—¿En serio? —susurro. Strike asiente lentamente mientras se pasa la punta de la lengua por el labio inferior. Siento una cálida palpitación entre las piernas, como si esa lengua ya me hubiera encontrado.

—¿Y los que se parecen a ti y a mí? Esos…

Strike se agarra a la mesa, casi incapaz de terminar la frase.

—Esos me matan.

37

HONOR

Ahora

Pasamos a la biblioteca, donde Strike nos sirve más vino. Estamos sentados en extremos opuestos del sofá de cuero, uno frente al otro, y seguimos con la pantomima, cada momento en el filo de la navaja y sopesando cada palabra. Strike me habla de la presentación de *Susurros húmedos entre los viñedos* y de sus planes para ampliar DME por Europa. Hago las preguntas oportunas, pero los dos sabemos que se trata de una especie de juego erótico previo y controlado. Me basta con echar un vistazo a la silueta de Strike a la suave luz de la única lámpara de mesa para marearme. De vez en cuando, cruzo y descruzo las piernas para que él tenga una visión fulgurante de lo que sé que desea más.

Ninguno de los dos se apresura, pero se siente la energía que palpita entre nosotros, inmediata y feroz. La anticipación no hace sino intensificar el placer. Estamos casi al límite. Apenas puedo mirarlo; estoy segura de que podría correrme solo con el contacto visual.

Cuando me muevo para dejar la copa, la camiseta se me sube unos centímetros por el muslo y ni siquiera intento bajármela.

Y esto resulta ser demasiado para él.

—Tú. —La voz de Strike es baja, un gruñido con el que anuncia su propiedad. «Tú», en este caso, podría significar «mía». Pero también podría significar «ahora». Se inclina hacia delante y agarra mi camiseta para acercarme bruscamente a él.

A pocos centímetros de mi cara, se detiene justo antes de besarme. Su proximidad es magnética y me vuelve loca, hace que mi cuerpo arda de deseo. Separo los labios de forma involuntaria en una súplica silenciosa.

«Por favor», creo.

—Honor, por favor. —Strike se hace eco en voz alta de mi pensamiento, su aliento en mi boca, su olor a humo de bosque me hace girar la cabeza.

Lo miro interrogante.

—Quítatela.

Una petición tan sencilla y, sin embargo, lo significa todo. Obedientemente, me despojo de su camiseta y la dejo caer a mi lado en el sofá, pero la timidez se apodera de mí y, sin pensar, cruzo los brazos delante del pecho.

—No, no hagas eso —dice—. He pensado en este momento muchas veces. Eres tan perfecta como sabía que serías. Déjame mirarte, Honor. Ponte de pie. Déjame verte.

Su voz es embriagadora, y me niego a permitir que mi nerviosismo controle mi deseo. Esto es también lo que yo quiero. Lenta y tímida, me pongo de pie ante él. Observo su rostro y la vista que le ofrezco —mis pezones se vislumbran en algunos puntos, los labios de mi sexo son visibles a través del tejido de algodón y encaje— hasta que me sonrojo con tanta fuerza que tengo que apartar la mirada. Y, aun así, siento que me observa de forma tan profunda e intensa que parece que quiere memorizarme. Por lo que sé, lo está haciendo. Oigo su respiración, el crujido del cuero cuando se mueve de modo que ahora quedo centrada entre sus piernas.

—Eres increíblemente hermosa —susurra—. Me has llenado de ansia, Honor Stone. He querido hacer esto desde esa noche inolvidable en la que te conocí. Te he imaginado así incontables veces. Aquí mismo, en esta habitación.

De repente, me siento mareada por todo ello: la potencia y precisión de Strike, la lujosa belleza de su biblioteca y mi propia sensación de ser el premio más codiciado de Strike Madden. Sus ojos recorren mi cuerpo de arriba abajo y vuelven a subir. Me siento tan desarmada y vulnerable que me resulta insoportable y, sin embargo, también tiemblo porque me siento más viva que nunca.

Con lenta deliberación, Strike mueve las manos hasta acunarme el culo; con sus dedos fuertes y seguros me acerca aún más a él e inclina mi centro hacia su cara. Jadeo por la sorpresa y vuelvo a jadear, con más fuerza, al sentir el primer roce de sus labios entre mis piernas.

A pesar de las muchas veces que me he atrevido a imaginar este momento, cuando siento el contacto caliente de la boca de Strike a través de la tela es mucho más impactante que todo lo que había imaginado.

«Primero, vamos a comer. Y luego…».

Se me cierran los ojos.

Los primeros besos de Strike son suaves y cálidos; su boca cerrada es casi casta. La provocación y su implacable moderación empiezan a convertirme en un resorte en espiral. Mis fantasías nunca podrían adivinar esto. Es demasiado real, demasiado intenso… y, sin embargo, cuando por fin separa los labios, es solo para imprimirme el calor de su aliento. Su confianza nunca había sido tan evidente. Percibo que su deseo se concentra en aumentar mi placer poco a poco, muesca a muesca, prometiéndome que la liberación me proporcionará una dulce rendición casi insoportable.

Se está tomando su tiempo, como solo él podría hacerlo, con su característica y meticulosa maestría.

En el pasado, me han sobado y manoseado torpemente, pero cada vez que un novio me lamía, no podía evitar sentir que solo estábamos apurando los aperitivos. Esta noche no es así. Mi corazón late con fuerza al darme cuenta de que Strike planea devorarme.

Gimo cuando siento la presión específica de su lengua. Es un experto, pero al principio utiliza su poder con moderación, presionando la punta de la lengua contra el encaje, dejando que la tela se ablande, creando una suave fricción, y me encanta. Noto diferentes sensaciones de calor y humedad mientras me roza. Aplasta la lengua y la hace vibrar apenas, un beso de mariposa en el clítoris que me lleva a un momento de éxtasis tan exquisitamente puro que no puedo reprimir un grito, subiendo aún más el nivel. Oigo mi propia respiración entrecortada en mi garganta mientras Strike se centra ahora en mi coño, por donde empieza a arrastrar despacio toda la lengua; algo más intenso de lo que jamás podría haber imaginado.

Me arden las mejillas, arqueo la espalda y cierro los dedos aferrándome a un puñado de su espeso pelo oscuro para mantener el equilibrio, acercarlo y estrechar el vínculo. Estoy a punto y cada vez más cerca con cada lento pulso.

Cuando se detiene —de forma enloquecedora, burlona, con una precisión alucinante— para mirarme, mi grito ahogado es de sorpresa.

«Nooo. No te detengas. No pares, no pares, no pares».

—Eres tan jodidamente hermosa, Honor… —dice con un gruñido animal. Se levanta del sofá sin esfuerzo, su cuerpo me aprieta y su boca encuentra la mía con un beso hambriento.

Cuando siento la presión de su erección, fuerte, rígida y enorme, me doy cuenta, con un cosquilleo nervioso, de que puede que me esté pasando de la raya, pero ya es demasiado tarde para dar marcha atrás. Su boca se aleja de la mía para dejar un rastro de besos suaves, como nubes, en un lento recorrido por mi cuello, y luego continúa el viaje hacia cada hombro mientras su mano recorre la curva de mis nalgas.

De repente, recuerdo que un dibujo que hice representaba esta escena exacta, y ahora me siento salvajemente expuesta. Strike sabe justo lo que me gusta, lo que quiero, lo que ansío… porque lo ha visto. He dibujado esta fantasía. Y la expectación resulta embriagadora.

Los dedos de Strike siguen su propio camino, rozándome el ombligo y luego recorriéndome ligeramente la piel de cadera a cadera. Mi gemido es sobre todo de aliento cuando Strike me aparta las bragas y empieza a recorrer lentamente mis pliegues húmedos y aterciopelados antes de introducir el dedo mientras mueve con suavidad el pulgar sobre mi clítoris sin dejar de mirarme con intensidad, con los ojos clavados en mí.

—Sabes cuánto te deseo. Te he deseado durante mucho tiempo. ¿Qué deseas tú?

Las palabras salen de mi boca antes incluso de que tenga tiempo de pensarlas.

—Quiero follar en tu cama —digo.

38

STRIKE

Ahora

Honor Stone es lo que me hace sentir culpable.

Ese ligero aroma a madreselva de su piel me ha torturado desde el momento en que la conocí. Y, aun así, la he dejado entrar. No solo en DME, sino también en mis habitaciones privadas, en mi santuario. Ni en un millón de años habría podido predecir que la sentiría en todas partes, incluso cuando no está aquí. Incluso cuando no tiene sentido.

Aun cuando tengo que estar imaginando ese olorcillo ligero y dulce que anuncia su presencia a la vuelta de cada esquina o —demasiado a menudo— en mis sueños.

Soy adicto a ella.

Tendría que quemar mi casa para deshacerme de él.

Nunca había deseado tanto a una mujer. Desde el momento en que la dejé entrar en mi vida, supe que no tenía ninguna posibilidad.

Me siento como un animal medio muerto de hambre mientras la llevo a mi dormitorio. La habitación está arreglada, el fuego crepita suave en la chimenea, las persianas y las cortinas están echadas. La vela de la mesilla de noche emite una luz tenue. Encendería todas las lámparas ahora mismo si pensara que no la asustaría. Mis ojos no quieren perderse ni un minuto del espectáculo.

Si vamos a hacerlo, y lo vamos a hacer, quiero examinar cada hoyuelo y cada peca, cada curva y valle del hermoso cuerpo de Honor.

En la puerta, la levanto y me rodea al instante con las piernas. Me recuerdo a mí mismo que debo tomarme las cosas con calma. Honor siempre ha sido esquiva…, es parte de su encanto que la sienta imposible de apresar, y no quiero que huya como un ciervo asustado. Le doy besos suaves en la boca y luego paso a morderle ligeramente el hombro.

A continuación la dejo sobre la cama y, por un momento, me quedo mirando mi premio: mi dulce y encantadora Honor, tendida y sonrojada en mi cama. El deseo más abrumador es tocar, besar y conocer cada parte de su cuerpo, hundirme dentro de ella, penetrarla y poseerla con toda la fuerza y la urgencia que siento dentro de mí. Lo he sabido desde el momento en que puse mis ojos en ella, y ahora es un infierno, una tormenta, un rugido que bloquea por completo todos los demás pensamientos. Honor Sunday, esta sorprendente contradicción de mujer —tan luchadora como dulce, tan provocativa como tierna, tan valiente como delicada, tan exquisita como reservada—, es toda mía esta noche.

La atraigo hacia mí y me inclino sobre ella, con los muslos y los brazos pegados a ambos lados de su cuerpo suave y cremoso. Trazo un camino de besos en su clavícula, bajo la cabeza y capturo un pecho redondo y firme entre los labios; le lamo el pezón hasta un punto y luego paso la lengua al otro. Los suaves y jadeantes ruidos que emite Honor son tan deliciosos como el calor de su duro pezón en mi boca.

«Despacio», me recuerdo, pero mi cuerpo no me escucha.

—Te deseo —dice.

Aunque sea imposible de creer, ahora es aún más difícil.

—¿Cuánto?

—Ya sabes cuánto —suplica—. Por favor, Strike. ¿Qué me estás haciendo? —Su respiración es entrecortada a través de los dientes, apasionada.

—Lo que estamos haciendo es ir despacio, Luciérnaga —explico—. No hay necesidad de apresurarse. Tenemos todo el tiempo del mundo.

Veo que intenta ir más despacio, igualar mi control, pero luego mueve las caderas para frotarse contra mí. Su cuerpo es tan suave como el melocotón, y está tan maduro y preparado que no sé cuánto tiempo más podré controlar mi lentitud. Quiero devorarla ya, llenarla hasta que grite.

—Me vuelves loco —susurro mientras mi lengua recorre la columna y los contornos de su cuello.

La luz de la vela parpadea, arrojando sombras sobre su rostro. Vuelvo a besar sus labios y, esta vez, dejo caer mi cuerpo para que ella quede inmovilizada bajo mi peso. Gimo; es embriagador sentir el calor dúctil como la mantequilla de su piel. Cuando le rozo con los dedos el interior del muslo y luego toco ligeramente la humedad entre sus piernas, se arquea y sé que la estoy atormentando con mis caricias.

—Es tu puto olor —susurro, hundiendo la nariz en su cuello—. Cada vez que pasas a mi lado en el estudio, se me pone dura como una piedra. Es jodidamente absurdo lo que me haces. Pero creo que he sido muy paciente.

Cuando me quito los zapatos, oigo caer algo, creo que un libro. Los dedos de Honor tiran del cordón del pantalón de chándal y me deshago de sus bragas empapadas lo más rápido que puedo mientras aprieto mi boca contra la suya y levanto la cara para mirarla con intensidad. Nuestros cuerpos están más cerca que nunca y eso hace que me invada un deseo intenso y líquido.

Ahora lo necesito todo. Es un rugido en todo mi cuerpo. Estoy tan hinchado que me duele… y a la vez quiero saborear cada momento.

Entonces abre los ojos… y todo cambia.

—¡Algo se quema! —Su voz emana un miedo primitivo, que transmite un terror que nunca antes había visto en ella.

Echo un vistazo. La vela.

—Mierda… espera. —Me pongo en pie de un salto y cojo la jarra de agua de la mesilla.

Debo de haberle dado una patada a la vela, no a un libro, y ahora algunas pequeñas llamas están devorando la fina seda de una antigua alfombra turca. Tardo menos de cinco segundos en apagar el fuego —no es gran cosa—, pero en cuanto vuelvo a mirar a Honor, es un ser distinto. Está al otro lado de la cama, como si el fuego pudiera estar creciendo en lugar de apagarse, cada vez más encogida.

—Lo he sofocado ya —digo impotente—. No hay nada que temer.

Pero sigue alejándose de mí, se baja de la cama para acurrucarse en un rincón, con los hombros levantados y la cabeza agachada. Lloriquea, dice frases suaves, indescifrables, llenas de pánico…

Oigo las palabras «por todas partes», «fuego» y «todo se está quemando», mientras ella se rodea las rodillas con las manos, hiperventilando.

Es un trastorno de estrés postraumático obvio. Lo he visto a menudo en el ejército.

Me acerco a ella con cuidado. Tengo las manos en el aire, con las palmas hacia fuera, como si me acercara a un animal herido. Si está reviviendo su trauma con una especie de paroxismo agudo, no quiero sobresaltarla.

—Honor, cariño…, está bien. Ya no hay fuego. Hola. Estamos bien. Estás a salvo. —Aunque es probable que no ayude a la dinámica el hecho de que yo esté de pie, completamente vestido, mientras ella está casi desnuda y parece una niña a la que han mandado castigada a un rincón. Honor parece poder oírme, pero a distancia, mientras se frota los brazos como si la piel le quemara—. Aquí no hay peligro —le aseguro—. Los accidentes ocurren.

Ella murmura algo, me parece entender «Estoy bien».

Pero obviamente está lejos de estar bien.

—No llores. —Mi voz es suave, con la esperanza de que mis palabras la tranquilicen y la ayuden a volver a la realidad. A veces, estos descansos psíquicos necesitan seguir su curso. Me duele ver cómo las lágrimas caen dibujando torrentes por su cara. Me arrodillo ante ella y le rozo las mejillas con los pulgares para detenerlas.

¡Joder, no soporto verla así!

Y no me gusta no poder hacer nada para arreglarlo.

—Déjame abrigarte.

Ella asiente, a duras penas. Cojo la manta de los pies de la cama y la envuelvo rápidamente alrededor de su cuerpo, apretándola para que se sienta segura.

—Honor. Estás a salvo. No ha sido nada —insisto, con voz de mando. Yo también he caído en lugares oscuros. Sé lo fácil que es que algo provoque en mí una respuesta traumática.

Cuando Honor vuelve a asentir, creo que está volviendo en sí. El horror de sus recuerdos se está alejando de ella; poco a poco regresa al presente, su respiración se hace más lenta, sus lágrimas desaparecen. La tomo en brazos y la llevo de vuelta a la cama, donde la estrecho entre mis brazos. Se gira y hunde la cara en el hueco de mi cuello mientras le acaricio el pelo.

—Estás bien, cariño. Estoy contigo —murmuro. Noto que se concentra en el corte y lo recorre con el dedo. Lucho contra el instinto de estremecerme. La herida es reciente y duele muchísimo, pero ella no tiene por qué saberlo. No puedo creer que permitiera que ese pedazo de mierda se acercara tanto a mí, un error de juicio por mi parte, un momento que aún me sorprende y me desconcierta. Mis trabajos suelen ser muy limpios.

—El fuego me traumatiza —murmura en voz baja.

—Sí, la próxima vez, nada de velas.

Al oír las palabras «la próxima vez», Honor tensa un poco los brazos, como si estuviera de acuerdo. Pero no me da más detalles sobre su miedo al fuego y me parece bien. Los dos tenemos derecho a guardar nuestros secretos.

Joder, yo tengo los míos.

Le doy un beso en la coronilla y la suelto poco a poco.

—Ahora vuelvo. —Voy al vestidor y regreso con un chándal de cachemira, un lujo y una comodidad que me permito tener a juego en cada uno de mis colores preferidos.

—Es increíble —dice una vez que se ha cubierto con mi ropa. Nada en ella como un barquito a la deriva en un mar de cachemira—. Gracias.

Incluso llorosa y con la nariz roja, envuelta en mi chándal es lo más bonito que he visto nunca. Le doy algunas vueltas a la tela en las muñecas y los tobillos antes de volver a subirla a mi regazo para que apoye la espalda en mi pecho.

—Estoy muy a gusto —dice bajito—. Podría quedarme aquí un buen rato...

—Por supuesto. —La beso en el cuello. Ya no intento seducirla, solo reconfortarla y distraerla de sus miedos. Veo cómo se le cierran los ojos, y la satisfacción pronto sustituye a su nerviosismo.

Me vuelvo hacia su boca y le atrapo el labio inferior con los dientes. Le gusta.

No tengo prisa, me alegro de volver a empezar. No hay urgencia; tenemos toda la noche. Al otro lado de la habitación, empieza a sonar el teléfono de Honor, aunque ella ignora el timbre. Se gira hacia mí, dándome mejor acceso, su boca está ahora hambrienta de la mía. Me inclino para que me sienta duro contra ella y, de repente, ya no me apetece ir despacio.

Pero el teléfono vuelve a sonar. Parece insistente. ¡Joder! Intento tapar el ruido. El timbre se detiene, solo para comenzar cinco segundos después, y esta vez Honor interrumpe nuestro beso con un suspiro de frustración.

—Creo que... —susurra.

—No, déjalo —digo, echándome hacia atrás. Le doy un toquecito en la nariz con el dedo—. Entenderán el mensaje.

«Necesitamos más tiempo».

Ping, ping, ping, ping.

—No contestes —repito.

—Déjame... No tardaré... —Se suelta y cruza la habitación. Admiro la curva de su culo redondo envuelto en cachemira—. El teléfono me va a reventar —bromea, y luego saca su teléfono.

Mantengo el rostro inescrutable, impasible. Mis pensamientos son un tornado, pero por supuesto Honor no es consciente de ninguno de ellos. Frunce el ceño mirando la pantalla y luego, *joder*, me mira a mí. Vuelve a mirar la pantalla.

—Dios mío... —susurra, y mi corazón toca fondo—. Oh, Dios...

Y entonces veo cómo se hunde en el suelo.

39

HONOR

Ahora

Parpadeo ante las palabras, pero no les encuentro sentido.

Tengo la piel helada. Leo la frase una y otra vez.

Soy consciente de que Strike me mira y también de que estoy de rodillas en la alfombra. En su habitación. En su casa.

—¿Qué pasa? —pregunta Strike bruscamente desde la cama—. ¿Con quién te estás mensajeando?

Me giro para mirarlo.

—Es Jo. Han asesinado a Troy Simpson. —Mi voz es un susurro.

Estoy tan conmocionada por la noticia que siento náuseas y, al mismo tiempo, me invade una sensación de ligereza, como si un millar de estrellas blancas me pincharan la piel.

Esto es… sí, un alivio muy complicado.

«Troy Simpson ya no puede hacerme daño».

Strike no se ha movido. Cuando lo miro, su expresión no cambia. Está tan hambriento de mí como antes de recibir la llamada.

Como si no hubiera pasado nada.

No noto ni un atisbo de sorpresa.

Quiero que diga algo, lo que sea. La palabra «asesinato» resuena en mi mente. Estoy luchando por estar presente en este momento con Strike y, sin embargo, la noche ha sido abrumadora, mi mente y mi cuerpo están agotados. Manejar esto es demasiado para mí. Puedo sentir cómo me apago.

—Tengo que irme a casa —digo.

La decepción se dibuja en su rostro, pero parece entenderlo. Hace un gesto de la cabeza y se pone en modo eficiente; manda un mensaje a Max, me hace bajar las escaleras y salir por la puerta de una forma protectora y cuidadosa a la vez.

—Quédate —me pide una vez que estamos fuera—. Puedo decir que preparen la habitación de invitados para que estés sola.

Niego con la cabeza. No me salen las palabras.

—Siento dejarte así —me disculpo.

—No tienes que sentirlo. Es… demasiado.

El corazón me da un vuelco cuando sus labios se encuentran con los míos, pero la chispa ha cambiado. Siento cómo su mente sondea la mía en busca de todos los pensamientos que encierra, pero temo lo que pueda encontrar.

«Asesinato».

Unos minutos más tarde, mientras espero a que Max me recoja con el todoterreno, sigo tambaleándome sin dejar de mordisquearme una cutícula para no tener que entablar conversación. Incluso el aire me parece diferente, el calor del verano es un poco más espeso y brutal desde que llegué.

—Me pondré en contacto contigo mañana —dice Strike con suavidad.

—Gracias. Es que… Quiero estar en la habitación de mi hermana esta noche —respondo.

—Hay una forma de ver esto como algo positivo, Honor —añade con ternura mientras el coche se acerca. Abre la puerta trasera y entro—. Troy Simpson era malo. Al final, hay un monstruo menos en el mundo. Eso es todo lo que importa, ¿no?

Asiento con la cabeza. Estoy de acuerdo, por supuesto. Pero me escuecen los ojos y, mientras busco el paquete de Kleenex en el bolso, encuentro el bote de gas pimienta. Ahora ya no necesito protección, ¿o sí? Me acomete la sensación de que hay monstruos escondidos en cada rincón oscuro.

—¿Estás segura de que quieres estar sola? —pregunta por última vez.

—Sí, estaré bien.

Troy ha desaparecido. Eso es real. Podría salir del coche, volver a la casa con Strike y perderme en sus brazos. Deshacerme de todo hasta mañana. Incluso podría tomarme una gominola y dejar que el mundo flote. Joder, tengo muchas.

Pero no, no lo haré. Una parte de mí necesita salir de esta casa.

Strike quiere algo decir más y quizá yo también. Sin embargo, no confío en las palabras que usaría. Cuando el coche arranca y me alejo, miro por la ventanilla la nada negra de la interestatal que pasa a toda velocidad y me oigo pedirle a Max que me lleve a casa de Jo en vez de a mi hogar.

Como si hubiera tomado una decisión impulsiva.

Como si no lo hubiera estado planeando todo el rato.

Gracie solía decir que se me daba demasiado bien ver lo peor en los demás.

Que nací desconfiada.

Pero si algo me ha enseñado crecer con unos padres como los míos es que no todo el mundo merece el beneficio de la duda. A la mayoría de la gente no le gusta creer que hay maldad en el mundo; ese es otro privilegio del que nunca he disfrutado.

He mirado al mal a los ojos, he visto arder el mal.

No quiero volver a casa, a mi solitario apartamento, donde desde la ventana de la cocina veré la pequeña tumba de Keeper y la puerta cerrada de la habitación de mi hermana gemela. Y tampoco quería quedarme con Strike.

Se siente demasiado insondable en este momento. ¿Qué se esconde tras esa fachada tranquila y controlada?

—Claro que puedes quedarte conmigo —me ha asegurado Josie cuando la he llamado en voz baja desde el cuarto de baño de Strike después de que me haya enviado el mensaje. He hablado con ella después de cerrar la puerta, de dejar correr el agua…, cuando no sabía qué pensar.

No le he dado explicaciones a Strike cuando me he ido. ¿Cómo se dice «Me excitas y me aterras a partes iguales»? ¿Cómo se dice «Siento demasiadas cosas para quedarme»? ¿Cómo se dice «Puedo preguntarte algo, aunque no quiera oír la respuesta»?

El apartamento encima del garaje está en la parte trasera de la casa donde viven la madre y el padrastro de Jo, una pareja malhumorada a la que solo he visto una vez, pero que para mí fue suficiente. Jo, que tiene palabras bonitas para casi todo el mundo, nunca me ha contado nada de sus padres. Lo que sí sé es que incluso se casaría con Bryan para cambiar su situación.

Aun así, su apartamento es bastante mono, con discos de vinilo pegados en la pared y todas las superficies planas —escritorio, cómoda, estantería— dedicadas a baratijas deslumbrantes, los atrapasueños y los cristales de Jo. En cuanto me abre la puerta, nos damos un fuerte abrazo.

Hemos llegado al final del reinado de terror de Troy Simpson. Somos libres.

Cuando Jo se aparta para mirarme, ve algo más en mi expresión.

—¡Cheetos Cristo, Honor! Parece que has visto a la muerte.

—Sí, ha sido… demasiado. —Me desplomo en el sofá de cuadros rosas y ella me ofrece una lata de ponche de ron de melocotón Malibú de su mini nevera.

—Es decir, probablemente sea superfuerte —dice—. Aunque no todo es malo —añade, estudiándome—. Ese pedazo de mierda está muerto.

—Una mierda apocalíptica —comento, tratando de igualar su estado de ánimo.

—¿Verdad? Quiero decir, deberíamos estar de celebración.

—Lo sé, lo sé —digo—. Tal vez es solo que, ahora que la batalla ha terminado, el agotamiento se ha apoderado de mí.

Ella asiente.

—Es surrealista. Cuando me enteré, se me puso la piel de gallina… y así sigo. —Me muestra el brazo y luego acerca su lata de Malibú a la mía—. Pero por fin hay justicia para Gracie, eso es lo importante. E incluso para el pequeño Keep. Hemos pasado por muchas cosas y lo hemos superado. ¡Salud!

—Salud —digo en voz baja, y brindamos.

Jo abre el cajón del escritorio, saca un montón de aperitivos Slim Jims, se queda con tres y me tira el resto.

—Bryan también se siente aliviado. Siempre le ha asustado un poco todo el asunto, sobre todo cuando Troy empezó a visitarnos después de que Gracie se fuera. —El miedo se pasea brevemente por la cara de Jo—. Disfrutó con la historia del bate de béisbol. Me miraba como diciendo, «Joder, Jo, el jefe de Honor es una bestia». —Jo imita a Bryan, lo que siempre me hace reír, porque suena igual que él con una ligera sinusitis.

—¿Dónde está Bryan esta noche? —pregunto.

—Ha salido con sus amigos. —Jo usa los dientes para aprovechar lo que queda de cecina en el envase—. Dios, cuanto más lo pienso, más ganas me dan de hacer un maldito desfile. Ese gilipollas nos ha tenido aterradas durante meses. En realidad, si cuentas desde cuando salía con Gracie, han sido años. Y ahora se ha ido para siempre.

—Sí, pero… —No es como si Troy se hubiera caído de una escalera o estrellado su camioneta. Un asesinato es diferente.

¿Por qué la violencia ronda mi vida sin cesar, como si fuera algo que no puedo evitar atraer? Suelto el aire; se me corta la respiración.

—Eh, eh… —Jo deja su tentempié y se inclina hacia delante para coger mis manos entre las suyas, y me mira fijamente a los ojos con una exagerada expresión de lectora de palmas—. Tía, ¿de dónde has sacado esta sudadera de cachemira?

Sonrío.

—Es prestada.

Acaricia con un dedo la suavidad de la manga.

—Supergrande y superlujoso —dice. Entorna los ojos—. ¿Dónde has estado esta noche?

—En ningún sitio en especial. —Mi corazón empieza a latir con fuerza. Me examino los dedos. Hay un poco de salsa de lasaña bajo la uña del meñique. Parece sangre.

—Pones esa mueca cuando quieres decirme algo y no sabes cómo —dice Jo—. Me tienes aquí para escucharte. Pero da igual. Cuando quieras. —Coge su teléfono—. Bryan estará aquí dentro de cuarenta minutos.

Asiento con la cabeza. Tiene razón. Me muero de ganas de contárselo, pero no puedo. No me atrevo a decirlo en voz alta. Mi mente reproduce la falta de reacción de Strike ante la muerte de Troy.

Las vendas que llevaba en los nudillos.

El intenso olor a lejía en la cocina.

Ese corte reciente en el cuello.

La forma meticulosa en la que se lavaba las manos.

A él también le pasaba algo esta noche. Algo que, visto en retrospectiva, parece siniestro. Como el hambre salvaje que brillaba sus ojos cuando ha abierto la puerta y me ha visto o como la forma en la que ha cubierto las cicatrices de la palma de mi mano con la boca esta noche, en la que el hambre de su deseo por mí superaba su cautela.

Jo me mira con intensidad.

—No me lo digas.

—¿Que no te diga qué?

—Este conjunto de cachemira es del mismísimo señor Bate de Béisbol, ¿verdad?

Me estremezco.

—No lo llames así.

En mi expresión se nota que ha acertado. Y Jo parece preocupada; puedo ver cómo ordena sus pensamientos con cuidado, de la misma manera que adorna el escaparate de la tienda.

—Mira, Honor, llevo por aquí el tiempo suficiente como para saber que los chicos de Shelton no son precisamente buenos candidatos. Hay mucha mierda. Y Gracie nunca jugó sobre seguro, pero tampoco se cuestionó nada. Lo que pasa es que, quizá como su gemela, tú te lo cuestionas todo.

Asiento.

—Quizá sea cierto. ¿A dónde quieres ir a parar?

—Lo que quiero decir es que Strike está lejos de ser un chico de Shelton. Es misterioso e intimidante, y se ha dado cuenta de lo especial que eres. Lo adiviné en cuanto entró en la tienda ese día. Estaba totalmente hipnotizado contigo. Pero... —Jo suelta un suspiro—. Él viene con su propia serie de interrogantes, ¿verdad? Esa tarde, la forma en que atacó a Troy... —Envuelve los brazos alrededor de su cuerpo—. La mirada en sus ojos. Parecía sacado de una película de ciencia ficción. Ni siquiera parecía humano.

Le doy un sorbo a mi bebida, aunque la ansiedad me corroe el estómago.

—Las dos sabemos que Troy era un gran peligro para nosotras. Strike también lo sabía. Sabía lo que hacía ese día.

—Vale —acepta Jo—. Pero también es tu jefe. Entonces, ¿estás viéndote con él? ¿En su casa? Porque ese conjunto de cachemira me hace pensar que estás muy implicada.

Niego con la cabeza.

—No, claro que no. Me parece un buen jefe. Es brillante y exige mucho de mí, y estoy aprendiendo un montón, que es lo que siempre he querido. Llevo este chándal porque he trabajado hasta tarde y se me ha caído en la ropa un poco de lasaña. Strike no se lo ha pensado dos veces y me ha prestado algo de ropa.

—Si tú lo dices, todo va bien —me concede Jo dubitativa—. Si tú confías en él, estoy de acuerdo. Un jefe con ventajas de vestuario.

—¡Jo! —Tomo uno de sus innumerables cojines peludos, de esos que me recuerdan a pequeños perros de circo en colores pastel, y se lo arrojo.

Se agacha, pero le da de todos modos.

—Bueno, tienes que admitir que Strike Madden no es exactamente material para «Hasta que la muerte nos separe». Y Bryan siempre dice que una chica local es una esposa mejor porque…

—Una vez que Jo menciona el nombre de Bryan, la ignoro por completo.

«Propia serie de interrogantes».

«Ni siquiera parecía humano».

Ojalá no hubiera bebido nada esta noche. Mis pensamientos son demasiado confusos. Dejo la lata en la mesa.

No. Jo está siendo ridícula. Yo misma estoy siendo ridícula. El hombre que me acaba de envolver en una manta no es el tipo de persona que podría extinguir el alma de otra persona. Pero Jo también tiene razón: en toda mi vida aquí, no he conectado nunca con nadie. Hasta que conocí a Strike Madden no me di cuenta de lo totalmente apartada que me he sentido, incluso en el colegio. Como si me hubieran puesto aquí para ser el ángel guardián de Gracie, su carabina y la voz de la razón que ella ignoraba.

Y, al final, tampoco pude salvarla.

Pero Strike ha desbloqueado algo en mí. Un yo privado que ni siquiera sabía que tenía por lo acostumbrada que estoy a ser la introvertida.

Quién es él importa mucho menos que quién es para mí.

Cuando Jo recibe una llamada de Bryan, saco el teléfono.

Escribo el mensaje antes de acobardarme.

> Por favor. Dime que no has tenido nada que ver.

Tensa y en silencio observo cómo los tres puntos rebotan y se detienen, rebotan y se detienen.

Luego, nada.

No me responde.

«Contéstame, maldita sea».

Mi temor y mi desconfianza se agitan a la vez. Tiene que responderme.

Nada.

—Resulta que Bryan no va a venir a casa esta noche —comenta Jo cuando termina la llamada—. Está intercambiando impresiones con la peña sobre la clasificación de su equipo en la NHL y se queda a dormir en casa de un amigo. Se lo toma tan en serio que parece un trabajo de verdad. —Me mira—. ¿Estás bien, Honor?

—Solo me siento cansada —respondo—. Ha sido una noche larga. Oye, ¿podrías llevarme a casa?

—Sí, claro. —Se levanta y coge las llaves del coche.

Espero a estar en mi apartamento antes de escribir un nuevo mensaje con manos temblorosas.

Esta vez me responde inmediatamente.

40

HONOR

Entonces
(13 años)

*R*usty! —llama Gracie mientras lo buscamos en nuestra pequeña casa. Nuestro padre está haciendo horas extras en la torre de agua, así que es la noche perfecta para cenar Normal en casa. Rusty desaparece a veces como si fuera vapor. Sus rarezas —lo que Gracie y yo adoramos de él— enfurecen a nuestro padre, lo que desencadena los gruñidos de Rusty y sus tics. Es como si papá le diera cuerda para demostrar lo ingobernable que es.

Rusty podría ser el más difícil de criar de los tres, pero ninguno de nosotros fue buscado. Es la verdad. Nuestros padres están obsesionados el uno con el otro. De niños, casi siempre hemos sido un estorbo, notas a pie de página de su envenenado romance. Por eso, cuando mi madre cuenta que Rusty salió de su cuerpo por los pies y que por eso está mal de la cabeza, es más bien una excusa.

O cuando papá lo llama «Puto bicho raro» es solo una opinión. En otras familias, habría habido un diagnóstico o, al menos, una evaluación. Algunos esfuerzos bien intencionados para entenderlo.

Pero no con los padres que nos han tocado.

Así que Gracie y yo somos sus verdaderos padres: cuidamos de él, amenazamos a los niños que se meten con él y lo maltratan en el colegio. Lo buscamos cuando se escabulle en sus escondites y vamos a la biblioteca para intentar encontrar términos para describirlo: ¿Autismo? ¿Asperger? No lo sabemos. Lo que sí sabemos es que es inteligente, a pesar de los suspensos en sus notas, y que lee mejor que la mayoría de los niños de primer curso, aunque lo único que le interese sean enciclopedias sobre animales salvajes.

Rusty está en su habitación, bajo las mantas, con sus papeles de regalo. No recuerdo cuándo empezó esa colección; la nuestra no es una casa rebosante de regalos ni de materiales para envolverlos. Los guarda en una bolsa de lona que le regalaron en la biblioteca.

Se trata de trozos de papel de regalo a rayas, con flores o papel de aluminio, que lleva a todas partes como otros niños llevan sus mantitas. Cuando está agobiado, alisa los cuadrados de papel en el suelo, se tumba boca abajo y los coloca a su alrededor. A veces se pone boca arriba y los sostiene a la luz como si fueran cromos de béisbol.

—Oooh, ¿ese es nuevo? Es muy bonito —digo señalando un trozo plateado—. Nunca me había fijado en él.

Me encanta cómo Rusty mira sus papeles.

Me encanta que tenga algo que le parece precioso.

—Lo conseguí en casa de TJ —me confía Rusty—. Su madre lo guardó para mí.

Doy gracias a Dios por TJ, cuyos propios tics nos recuerdan a los de Rusty.

La madre de TJ cuida de nosotros con pequeños detalles. Es quien nos consiguió zapatos y mochilas de Turning Point. Quien envía a Rusty a casa con sobras suficientes para tres personas envueltas en papel de aluminio. Los platos son sencillos —guisos de judías verdes y lasañas— y se agradecen mucho.

—La madre de TJ dice que todo es mejor si está hecho en casa —nos dice Rusty, con una nota de esperanza en la voz.

—Es verdad. Por eso he hecho la cena —comenta Gracie.

—Esta noche nos vamos a sentar a la mesa como una familia de verdad.

—Por eso traigo mis riquezas. —Rusty alisa con cuidado sus trozos de papel en la bolsa para que no se arruguen.

No le gusta que lo toquen, así que dibujo un corazón con las manos.

—Cuida bien tus cosas, Rusty.

—No me gusta que se manchen.

—Lo sé, cariño —acepto en tono tranquilizador—. Lo sé.

Gracie prepara en el microondas cuatro raciones de Stouffer's —dos de pavo con puré de patatas y dos de bistec Salisbury— que consiguió en el 7-Eleven. Nos las pone delante a cada uno en la mesa, junto con tenedores de plástico y servilletas de McDonald's. Le decimos a nuestra madre que se siente en la cabecera, y cuando dice que quiere la ternera en lugar del pavo, se lo cambio.

Mamá no nos pregunta de dónde sacamos estas cenas. No sabe de los trucos de Gracie, que lleva una doble capa de ropa para no sentir la presión de las raciones congeladas contra su piel desnuda cuando necesita pasar desapercibida para Adolfo en el 7- Eleven. Estoy convencida de que él hace la vista gorda ante los robos de comida, porque se da cuenta de que la necesitamos más que su jefe la venta. Gracie cree que Adolfo está demasiado distraído mirándole el culo con los vaqueros ajustados como para darse cuenta de que lleva bajo la ropa un par de bolsas de patatas fritas. Antes de ir de «compras» se inclina intencionadamente sobre el mostrador para que él pueda ver por debajo de su camiseta. Una mirada como moneda de cambio.

A Rusty no le gustan los ruidos, así que mientras comemos nos aseguramos de que todo sea suave: no arañamos el suelo con las sillas, ni hacemos sonidos metálicos, ni permitimos que las ollas se golpeen.

—Está delicioso, Gracie —digo antes de tragar. La casa parece un lugar feliz cuando estamos los cuatro solos en la mesa, con la radio sonando suavemente de fondo—. Como una familia de verdad —pienso en voz alta.

—¿No somos una familia de verdad? —pregunta Rusty.

—Claro que sí. Mastica con la boca cerrada —le recuerda nuestra madre, como si de repente también quisiera jugar a Normal—. Hay que ponerse la servilleta en el regazo.

Gracie y yo nos miramos. Aunque la mayor parte de lo que sabemos sobre ser una familia lo hemos visto en los programas de televisión, siempre nos encanta que mamá recuerde su parte.

Parece satisfecha de sí misma. Se sirve un poco de agua de la jarra y rellena también nuestros vasos.

—¿Sabíais que los lobos tienen cuarenta y dos dientes? —pregunta Rusty, y Gracie y yo intercambiamos otra mirada por encima de la mesa. Esto es lo que esperamos de estas cenas: que Rusty se muestre confiado y nos hable.

—Y comen ungulados, que son mamíferos con pezuñas. Como, por ejemplo, el bisonte. Incluso el caribú. El padre de TJ cazaba bisontes y los llevaba a casa para comer. No creo que los humanos deban comer ungulados a menos que los cacen ellos mismos, como hacen los lobos.

—O el padre de TJ —añade Gracie. El padre de TJ también caza ciervos y a veces nos trae bolsas de cecina de venado.

—¡Sí, sí! Exacto. Como el padre de TJ. —Rusty sonríe.

En momentos como este, creo que en el mundo hay un sitio para nuestro Rusty y su cerebro tan maravilloso y diferente. En momentos como este, puedo sentir que el mundo podría algún día ser más grande que esta casa.

Casi hemos terminado cuando oímos el coche. De forma automática, nos ponemos en pie de un salto para eliminar todo rastro de la cena y hacernos a un lado. Nuestro padre espera una casa en calma. Pero esta noche, entra por la puerta principal con un estruendo, sobresaltándonos, cambiando la energía reinante.

—¿Qué, no hay cena para tu marido trabajador? —Está mirando lascivamente a mamá, con olor a cerveza en su aliento y esa voz demasiado alta que significa que ha estado en un bar—. Soy yo el que paga el alquiler en esta casa, y ¿no hay plato caliente para mí?

—¡Lo siento, papá! Pensábamos que no… —empieza Gracie.

—Tenemos de sobra. Toma lo que queda del mío. —Empujo mi plato.

—¿Y qué ocasión especial te trae por aquí, Margie?

Mi madre se mira el regazo parpadeando. Su mente se desconecta tan rápido que es como si alguien hubiera cortado la corriente. Él la mira fijamente, esperando su última chispa. Cuando éramos muy pequeñas, no había más que peleas entre ellos. Ahora solo quedan cenizas. Mi padre pilla una loncha de pavo con los dedos y se la mete en la boca.

—Sabe a pedo… Agg, otra vez esta mierda no —dice al ver la bolsa de papeles de Rusty en la silla sobrante. La agarra y la aplasta en una

mano como si fuera un tubo de pasta de dientes—. ¿Todavía sigues con esto? ¿Eres retrasado?

Rusty se ha quedado tan quieto como un bloque de hielo.

—Dámelo, papá —interviene Gracie, pero su voz es un gemido.

Me pongo en pie y trato de pensar en la mejor manera de encarar la escena.

—Papá, dame la bolsa de Rusty y déjame prepararte algo de beber. Tenemos Pepsi.

Es la Pepsi de Gracie, la que ha estado guardando, y evito el contacto visual con ella.

Nuestro padre parpadea para centrarse en mí. A veces tengo la impresión de que solo se fija en nuestra madre; los demás somos fantasmas o sombras que se cruzan en su camino. Está borracho, como siempre, y también está colocado de una forma que no puedo apreciar. Es imposible que venga del trabajo, pero decírselo sería comenzar una pelea mayor que solo él podría ganar.

—Voy a por una cerveza —dice mi padre, y cuando abre la nevera y se queda mirando dentro, le hago una señal a Gracie para que se vaya.

Se escabulle por la puerta de atrás, en dirección a nuestro árbol.

Papá ve la Pepsi y la abre, y yo suelto el aire. Estoy a punto de preguntarle si puedo llevarme las cosas de Rusty cuando agarra un puñado de papeles, los tira al fregadero y luego vierte el refresco encima.

—¡No, papá! Los has mojado —Rusty salta de la silla, frenético.

—Rusty, no pasa nada, yo los secaré —digo.

—Yo los secaré —se burla nuestro padre.

Hago un gesto a Rusty para que se largue, pero se queda paralizado, mirando la colección húmeda esparcida en el fregadero sucio.

—Iremos a buscar un secador de pelo, Rusty.

—Sí, lo secaremos, Rusty. —Nuestro padre se ríe. Saca un mechero del bolsillo trasero. Encuentra el cuadrado plateado, el favorito de Rusty, en el fondo de la bolsa, y sostiene el papel en alto entre las yemas de los dedos para que Rusty tenga un asiento en primera fila. Le prende fuego y lo deja caer sobre el fregadero.

La llama se prende, el papel se curva y arde.

—¡Nooooooo! —grita Rusty—. ¡Mi tesoro! ¡Noooooo! —Se tira al suelo y se tapa los oídos con las manos, gimiendo y meciéndose.

Nuestro padre, siempre dispuesto cuando alguien muestra su parte más blanda al mundo, le da una patada en las costillas. Rusty grita, luego se acurruca sobre sí mismo y se calla.

—A veces hay que ser un hombre —escupe nuestro padre—. Todos sois jodidamente irrespetuosos. Tengo que haceros entrar en razón a todos y cada uno de vosotros, ingratos.

Una niebla de rabia nubla mi visión cuando la furiosa saliva de papá cae sobre mi mejilla.

Imagino que soy un lobo, que tengo cuarenta y dos dientes que rasgan el cartílago de papá. Imagino que tengo garras. Imagino un mundo de papel de regalo y lazos. Imagino que retraso el reloj una hora y envío a Rusty a casa de TJ con su bolsa. Imagino cualquier cosa menos este momento: ver llorar a mi hermano de siete años —ni siquiera de dolor; nos hemos acostumbrado al dolor— por lo único que ha sabido amar.

Gracie ha tenido razón todo el tiempo. Esta noche puedo sentirlo en mis huesos. No podemos seguir viviendo así, con el temor de que en algún momento nuestro padre nos vaya a matar, no podemos quedarnos aquí sentados esperando la noche en que realmente haga lo peor y nos mate a todos. Tenemos que actuar antes de que sea demasiado tarde. Tenemos que encontrar una salida a esta pesadilla. Nuestras vidas dependen de ello.

Levanto la sartén —quizá pueda acabar con esto ahora mismo, de una vez por todas—, pero a nuestro padre no le cuesta ningún esfuerzo arrancármela de la mano y dejarme inconsciente.

41

HONOR

Ahora

Mis ojos se abren en la oscuridad. Mi cuerpo está caliente y húmedo, encendido por una pesadilla que he tenido demasiadas veces como para contarlas. A medida que el sueño se desvanece, intento aferrarme a él. Mis recuerdos son escalofriantes, de esos que intentas enterrar para siempre. Pero mis hermanos están tan vivos en ellos. Es un intercambio agotador. Sin salida.

Cuando me miro las palmas de las manos abiertas, hay marcas en forma de media luna de un rojo brillante: mi cuerpo lo recuerda todo, como si hubiera ocurrido ayer. A lo largo del día, las marcas, como la propia pesadilla del trauma, se desvanecerán a medida que me restablezca. Ya no estoy en esa pequeña casa de los horrores.

Está amaneciendo, el sol acaba de asomar por el horizonte y estoy a salvo en mi apartamento. Más segura de lo que estaba ayer.

El sol sale, y Troy está muerto.

Porque Strike, mi Strike, lo mató.

Creo.

«Lo sabes».

Anoche busqué en el iPad de Jo noticias sobre la causa de la muerte de Troy y eran escasas. «Encontrado por un vecino. Apuñalado mortalmente en su casa». Me apoyo en un codo y busco a tientas mi teléfono, que se está recargando en la mesilla de noche. Quiero saber si se han dado a conocer nuevos detalles.

Toco un titular, que enlaza con una historia en vídeo de Apple News.

Primero veo una foto antigua de Troy por un cargo por asalto.

—La víctima tenía antecedentes penales y un historial de violencia —dice rotundo el reportero, mientras un Troy más joven y barbudo me mira fijamente con sus ojos de pez dorado—. En la última década se han presentado numerosas denuncias contra Simpson, aunque siempre se han retirado los cargos. El año pasado, su novia, Grace Stone, de veintiséis años y residente en Shelton, murió en un accidente cuando estaban de acampada. Según las fuentes, muchos vecinos de la comunidad tenían sospechas de que Simpson estaba implicado en su muerte. —El reportero se encuentra frente al destartalado complejo de apartamentos donde Troy fue asesinado. Me sorprende la rápida transición a la foto del instituto de Gracie.

Se me desorbitan los ojos cuando toda esta información me inunda.

El asesino de mi hermana está muerto.

«Y tú sabes quién lo mató, Honor. Tú lo sabes».

—La Policía pide a cualquier persona que pueda tener información sobre este crimen que se ponga en contacto con ella —dice el periodista.

Me obligo a seguir ese pensamiento hasta el final. Me obligo a sentir lo que significa que las mismas manos fuertes y cálidas que acariciaron mi cuerpo pudieran haber empuñado el cuchillo que degolló a Troy solo unas horas antes.

«Se lo merecía. Ojo por ojo».

La voz de mi cabeza se niega a callarse. Doy permiso, espacio y libertad a mis pensamientos. Porque creo que Troy no merecía menos de lo que recibió mi hermana. Espero que haya sufrido. Me daría verdadera paz saber que tuvo el mismo final sombrío que ella.

De la planta baja llega el sonido de un golpe rápido y fuerte. Me revuelvo en la cama y miro a través de las cortinas. El Jaguar antiguo de Strike está aparcado junto a la acera. ¡Mierda! Strike siempre va en ese coche, y el color verde de carreras parece una metáfora del hombre que lo conduce. Raro y elegante.

«Basta, Honor. Deja de idealizar a esta persona que apenas conoces».

«Es un monstruo».

«Él mismo te advirtió, Honor».

«Es lo mismo de lo que has estado huyendo toda tu puta vida. Strike es el peligro. Es el fuego. No puedes vivir en el fuego».

Ojalá fuera tan fácil.

Ojalá mi corazón pudiera sincronizarse con mi cerebro.

Salgo de la cama, bajo las escaleras de puntillas. ¿Debería tener miedo? Porque no lo tengo. ¿Qué dice eso de mí? Y sigo llevando el conjunto de cachemira de Strike.

—Honor. Sé que estás ahí.

¿Debería siquiera abrir la puerta? Si giro el pomo, estoy dando la bienvenida a un asesino en mi casa. Estoy dejando entrar a a un asesino en mi vida.

Casi acepto a un asesino dentro de mi cuerpo. ¿A quién quiero engañar? Todavía lo quiero en mi interior.

—Honor. —Las palabras de Strike son roncas al otro lado de la puerta.

Aprieto la mejilla contra la madera y cierro los ojos.

—No puedo irme hasta que sepas la verdad.

—Ya lo sé. Tú lo mataste, ¿verdad? —pregunto. Me tiembla la voz.

—Sabes que nunca jamás te haría daño, ¿verdad?

Es algo que sé, y por eso abro la puerta. El aire fresco de la mañana me golpea de inmediato, y por la forma en la que Strike aprecia mi cuerpo a través de la cachemira, soy consciente de lo que ve.

Está claro que, a pesar de todo, me he dejado puesta su ropa.

Strike ha combinado unos vaqueros y unas botas de trabajo con una camisa de franela con los brazos remangados, lo que deja sus tatuajes al descubierto. Tiene la misma expresión que debo tener yo: afligida. Las sombras cubren sus pómulos y es obvio que no ha dormido. Tiene un vaso de café para llevar en cada mano y, cuando cojo el que me ofrece, me hago a un lado para que pueda entrar.

Tomo un sorbo. Es lo que pido habitualmente: café espresso doble, un buen chorro de leche de avena y dos cucharadas de vainilla.

Pero no se mueve.

—Ven conmigo —dice—. Quiero enseñarte algo. —Siento esa mirada penetrante en mis pezones duros y puntiagudos, la V entre mis piernas—. Quizá quieras cambiarte…, por mucho que me encante verte vestida así.

Avergonzada, agacho la cabeza.

—Dame diez minutos.

—Esperaré en el coche. —Es consciente de que podría tener miedo de tenerlo en mi casa.

En el piso de arriba, me tomo el café, me doy una ducha helada y me pongo unos pantalones cortos vaqueros y una camiseta; a pesar de que es una mañana fría, parece que hoy va a ser otro día abrasador.

Mi cuerpo se siente inestable por la expectación.

¿Qué quiere enseñarme?

De vuelta abajo, salgo y encuentro a Strike apoyado en su coche, con los brazos cruzados y la barbilla levantada. El sol de la mañana ilumina los planos de su cara. Una estructura ósea como la suya suele significar que un fotógrafo profesional está trabajando entre bastidores, buscando las tomas adecuadas. La realidad es que Strike no tiene ningún ángulo malo.

Sus ojos conectan de repente conmigo como si pudiera leer mis pensamientos, y sonríe brevemente en lo que solo puedo considerar como una sonrisa de cachemira, tan hermosa y a medida como cualquier otra cosa que posee este hombre. Me pongo las gafas de sol. En cierto modo, son como una barrera que me protege de la sensación de que me está leyendo la mente.

Mientras cruzo hacia él, Strike pasa por delante del coche para abrir la puerta del acompañante. Siempre tan caballeroso.

—No me has dicho adónde vamos —digo una vez que vuelve a ponerse detrás del volante.

Se gira para mirarme.

—Tendrás que confiar en mí—dice.

Me subo las gafas de sol por el puente de la nariz y miro fijamente al frente.

—Estoy aquí, ¿no?

Strike extiende la mano y cubre la mía con la suya, firme y segura.

—Sí. Mereces saberlo todo. Lo sé. Pero luego no podrás decir que no te avisé. Es un riesgo.

Asiento, aunque el corazón me da un vuelco al oírlo.

—Entiendo.

—De acuerdo. —Luego mete la marcha atrás.

Strike conduce deprisa, con una decisión que me produce una punzada en la espalda y bajo los brazos cuando entramos en la autopista.

Confiar en él también es abrir la caja de Pandora. Sé que el dolor y el abuso me han deformado.

Quizá el amor también me haya afectado.

—Tengo malas noticias, por cierto —menciona Strike mientras aparca el coche en la calle Wheeler—. Desde la última vez que estuvimos aquí, han perdido una estrella. Aunque instalaron una máquina de café, lamento informar que la infusión sabe a pis.

Intenta decir algo ligero; pero, cuando veo dónde estamos, me da un vuelco el corazón. «¿Qué demonios hacemos aquí?». Me invade el pánico mientras Strike se baja y rodea la parte delantera del coche para abrirme la puerta. De repente, me siento mareada. Agarro con fuerza sus dedos y me pongo a su lado.

—Espera —le digo, luego tomo aire—. Necesito un minuto.

—Puedo llevarte de vuelta a casa. —Entrelaza los dedos con los míos, palma contra palma. La presión de su piel es cálida y sólida.

—No, estoy bien —respondo. De repente, me siento decidida. Si me lleva a casa, lo perderé para siempre—. Puedo enfrentarme a lo que quieras enseñarme.

Cruzamos la calle hasta el edificio. A través de la puerta principal, veo al forense, un hombre pequeño con aspecto de druida que espera para recibirnos.

—Que sea rápido, si no te importa —pide, embolsándose los billetes que Strike le entrega despreocupadamente mientras pasamos—. Tengo preparado todo lo que pediste.

Cuando miro a Strike, sus ojos grises son un puerto tranquilo, aunque el momento está cargado de tensión. Hemos vuelto al depósito de cadáveres y creo saber por qué. Seguimos al forense escaleras abajo y entramos en la sala donde han sacado del armario refrigerado una camilla metálica con un cadáver tumbado sobre ella, totalmente cubierto por una sábana blanca de plástico.

Siento una oleada de náuseas y las manos húmedas.

El forense le da a Strike el informe de la autopsia, que luego me lo entrega a mí.

—Necesitaremos unos minutos —dice Strike, despidiéndolo.

Una vez que el forense se va, suelto el aire despacio, aunque tengo los puños cerrados.

—Como apuesto a que ya has adivinado, bajo esa sábana está el cuerpo de Troy Simpson —comenta Strike—. El asesino de tu hermana. Leí la autopsia de Gracie y, aunque técnicamente murió de una conmoción sufrida por una caída, también tenía múltiples heridas inexplicables por todo el cuerpo, antiguas y más recientes. Fue víctima de malos tratos durante mucho tiempo. No hay duda de que Troy abusaba rutinariamente de ella y al final la asesinó.

Siento que el último aliento abandona mis pulmones.

—Lo sé.

—El karma se ha ocupado de él.

—Sí.

—No tienes que mirar, Honor. Pero creo que quieres hacerlo.

Mi silencio no lo niega.

—Voy a mostrarte exactamente lo que le pasó.

La voz de Strike es calmada, casi tranquilizadora. Se coloca detrás de mí y me frota los brazos como si quisiera calentarme. En cambio, su tacto es eléctrico.

—¿Estás lista?

No me había dado cuenta de que tenía frío, aunque por supuesto que lo tengo. Mi corazón se acelera por la expectación y la incertidumbre; más que eso, sé que no puedo dejar escapar esta oportunidad. Esta oportunidad no se volverá a repetir y me niego a que los nervios me frenen. Es ahora cuando puedo enfrentarme a mis miedos y encontrar el cierre que tan desesperadamente necesito.

—Eres más fuerte y valiente de lo que crees —asegura Strike, con una voz tan pausada que resulta casi trascendental.

Sí. Tiene razón.

Siento que me relajo. O tal vez esté sucumbiendo. No estoy segura. Me aprieta la espalda contra su pecho, anclándome a su fuerza.

—Espero que esto te ayude a dormir por la noche. —Hace una pausa y me susurra al oído—. Te ayudará a comprender.

—Entonces, enséñamelo todo.

Strike se inclina sobre mí y tira de la sábana.

Jadeo. No estoy segura de lo que esperaba. Pero desde luego no era esto.

42

HONOR

Ahora

Troy Simpson está desnudo, con la carne entrecruzada por marcas recientes de múltiples heridas de cuchillo, son como derrapes sobre su cuerpo. Algunas son grandes, otras parecen más bien rasguños profundos o cortes de cuchillas de afeitar, llenos de sangre y magulladuras. El que le atraviesa el corazón cuenta la causa de su muerte: es una erupción volcánica de sangre espesa y endurecida y pus amarillento, el mismo aspecto que yo imaginaba que tendría el corazón retorcido de Troy. Su piel es gris y cuelga suelta y floja: me recuerda a un anciano sin dentadura postiza. Sus tatuajes expuestos son los más feos que he visto nunca, una galería de sirenas tetonas y esqueletos montando en moto o bailando con el diablo. He visto algunos de ellos antes, pero no el NACIDO PARA MORIR, escrito en mayúsculas proféticas en la ingle de Troy, o el igualmente irónico *Vive duro*, escrito en la cara interna de su muslo.

Sus ojos de insecto están cerrados, gracias a Dios. Me permito disfrutar del poder de mirarlo sin miedo a que me devuelva la mirada. Pero, aun así, me duele pensar que la última persona a la que Gracie vio, tocó y olió fue este despreciable ser humano. Lo odio con una vehemencia que no sabía que me fuera posible sentir. Lo desprecio a pesar de que una vez lo conocí como un niño al que le faltaban dos dientes delanteros y tenía el pelo cortado a tazón. Lo sigo detestando aunque sea un saco flácido de carne y huesos, un objeto sin vida.

Y lo odio aunque ya no pueda hacerme daño, porque me quedan las cicatrices de lo que fue y de lo que hizo durante su estancia en este planeta.

Un Troy Simpson muerto no puede borrar el hecho de que existió.

Tiemblo con una rabia que me inunda y me deja sin palabras.

Strike me mira a la cara y comprende lo que ve escrito en ella.

Y entonces empieza a hablar con una voz tan suave como hipnótica.

—Estaba dormido cuando lo encontré. Así que lo primero que hice fue despertarlo y explicarle que había ido a matarlo y que me llevaría algún tiempo, así que tenía que estar tranquilo, que por eso había tenido que cerrarle la boca con cinta adhesiva. Luego le até los brazos y las piernas con una cuerda de yute. —Strike habla bajo, directamente en mi oído. Siento una curiosidad palpitante que se agita en lo más profundo de mí. Quiero oír toda la historia. Necesito saberlo todo. Hasta el último detalle de este asesinato.

¡Santo cielo! ¡Santo cielo! ¡Santo cielo!

—Lo ataste —repito.

—Con nudos como esposas. No luchó mucho contra mí. Salvo…

Con un dedo, Strike señala el tajo que aún se ve débilmente en su cuello.

—¿Y los nudillos?

—Sí, un pequeño calentamiento. Le di un par de puñetazos en la cara —me dice Strike, tranquilo, muy tranquilo—. Para ser sincero, consideré hacerlo rápido. Si le hubiera cortado la tráquea, habría muerto en dos minutos. —Hace una pausa, pensativo—.

Pero esta vez era algo personal. ¿Por qué darle a este monstruo una muerte fácil? ¿Era eso lo que se merecía? Os torturó a Gracie y a ti desde que erais niñas. Después de matar a tu hermana, te amargó la vida. Se burlaba de ti sin cesar; mutiló a Keep. Sufrías por su culpa a diario.

Esto es un sueño y una pesadilla. Mis pezones pugnan contra la ropa; no lo puedo explicar, pero me arde todo el cuerpo.

—Y aún más importante, en el momento en que mi puño lo golpeó en la cara, cuando lo vi doblarse de rodillas, cuando vi ese miedo en sus ojos porque sabía que no sobreviviría, tuve que preguntarme —sus palabras se reducen a un susurro—: ¿qué querría Honor que hiciera?

En el silencio, Strike traza un camino lenta y suavemente con su dedo índice desde la muesca detrás de mi oreja derecha hasta mi cuello. Cierro los ojos y siento un cosquilleo en la piel al contacto con su cálido aliento.

—Qué querría yo... —repito, pero luego no puedo hablar, porque lo que en realidad quiero es esto: que el dedo de Strike sea como un trazo eléctrico en mi piel. Lo que quiero es que sea su lengua. Strike me acerca y me aprieta entre sus brazos. En mi mente, puedo sentir exactamente cómo dibujaría este momento. Cómo conectaría las líneas de nuestros cuerpos. ¿Cómo puede ser esto tan perfecto?

¿Es esto lo que yo hubiera querido?

¿Troy Simpson meticulosamente destruido por este hombre que me ha envuelto tan plenamente en su abrazo protector?

Sí. Sí. Cien veces sí.

—Nunca olvidaré la forma en que mirabas a Grace en este mismo lugar el día que nos conocimos. Me destrozó, Honor. Lo sentí como algo físico, como si me atravesara un ciclón, esta intensa atracción por ti se juntó con el conocimiento de que el asesino de tu hermana estaba ahí fuera en alguna parte, capaz de infligir aún más daño, aún más dolor.

Cierro los ojos mientras los últimos momentos de Gracie fluyen a través de mí. Debe de ser cosa de gemelas. A veces puedo sentir exactamente lo que le ocurrió, que estaba abandonada y sola en la inmensa oscuridad, rota y aterrorizada, gritando mi nombre mientras se le escapaba la vida.

Haría cualquier cosa por recuperarla, pero en un mundo en el que eso no es posible, Strike me ha dado lo que podría ser lo siguiente mejor.

Aquí de pie, la verdad de su oscuridad se revela, y dejo que consuma mis sentidos.

El sabor de la venganza es jodidamente delicioso.

Todo mi ser arde de rabia y deseo hasta el punto de que siento que voy a explotar. Siento a Strike contra mí, su longitud sólida como una roca contra la curva de mi trasero.

—Dime que sufrió.

—Oh, sufrió, lo prometo —asegura Strike—. Sabía que lo querrías.

Asiento, a duras penas. Es inútil negarlo. Decir lo contrario sería una cobardía… y una mentira.

—Empecé con mi cuchillo favorito, un Gerber antiguo de treinta centímetros. Un hermoso cuchillo fileteador. La verdad es que quería trinchar ese saco de carne con la precisión de Miguel Ángel, pero no podía ser demasiado llamativo por culpa de la Policía. —Se encoge de hombros—. Así que también usé cuchillos de cocina. Tenía que parecer improvisado, algo tipo un cobro de deudas.

Estamos tan cerca que siento el eco de su voz. Me recorre el cuerpo y siento un cálido dolor entre las piernas.

—Te lo dije antes, te lo advertí, Honor, no soy un hombre bueno.

—Pero ¿por qué? ¿Por qué lo hiciste? —susurro.

—Por venganza —confiesa—. La venganza es justicia.

—Hablas como si te creyeras Dios —aventuro.

—No creo en Dios. ¿Cómo puedo creer en un poder más elevado que permita que alguien tan hermoso como Gracie, alguien a quien amabas, fuera asesinado? ¿Cómo puedo creer en un poder más elevado que permita que tanto sufrimiento quede impune? —Sus hermosos ojos grises son tan suaves como la niebla y parecen soportar el peso de sus emociones, una sensación de pérdida y tristeza tan profunda que me atrae—. No, Honor, me has entendido mal. No creo ser Dios. Protejo a mujeres y niños de monstruos como él. Una gota en el océano, quizá, pero me llega. —Strike se mantiene erguido, con los pies en el suelo, la voz clara y fuerte. También hay convicción en sus ojos. Una resolución de acero. No veo en él una pizca de duda.

—Pero ¿qué te da derecho a hacerlo? —pregunto.

Los músculos de su mandíbula se tensan y se encoge de hombros.

—Nadie le dio el derecho a Simpson. Hay tanta maldad en este puto mundo… Nadie tiene que darme el derecho para hacer lo necesario para protegerte. Para darte lo que quieres.

De repente siento el poder de este lugar, de lo que Strike ha hecho. Antes, cada vez que vine al depósito de cadáveres, era una víctima afligida. Pero no esta vez.

—¿No es la primera vez…? —Strike me dirá la verdad. Siempre lo hace.

—Lo que hago es brutal —confiesa Strike al cabo de un momento.

El calor entre mis piernas me sorprende.

—¿Cuántas veces? —insisto con suavidad.

En respuesta, Strike sube un poco más la manga de su camisa de franela y veo la marca fresca en el extremo de su tatuaje, otra línea.

Siete.

Ha asesinado a siete asesinos. Mi cabeza da vueltas como un trompo.

«Estás mojada, Honor. Esta es tu fantasía, y ni siquiera eras consciente de ella hasta que Strike te la ha mostrado».

No sé cómo he llegado a este punto. Estoy enamorada de un asesino; porque esta locura, esta enfermedad es claramente eso, amor.

—Lo has hecho por mí —digo bajito.

Se encoge de hombros.

—Le quité la vida porque no se merecía vivir. Pero tú, Honor, te mereces la mejor vida posible. Con mañanas de Navidad, un par de niños guapos, una hamaca en el jardín y un hombre que sepa hacer barbacoas y decir chorradas a los vecinos. Pero yo no soy así.

—¿Qué te hace pensar que sabes lo que quiero? —pregunto. El dolor me atraviesa el corazón. Antes no quería nada más que Normal.

Pero eso fue antes de conocer a Strike.

—Puede que no —admite Strike—. Pero estoy completamente seguro de que te quiero, Honor. Sin embargo, amarte no cambia lo que soy ni lo que hago, ni lo que seguiré haciendo. No puedo cambiar por ti, y no voy a dejar que vivas en mi oscuridad.

Me ama. Me da un vuelco el corazón. Sus palabras deberían ser tan dulces como el azúcar, tan efervescentes como el estallido de un corcho de champán, pero puedo ver en sus ojos que para él es una agonía admitirlo. El momento queda suspendido entre nosotros. La tensión crece, tan fuerte como la marea. No me alejaré de este hombre.

—No te estoy pidiendo que cambies —susurro. Mi corazón late a un trillón de pulsaciones por segundo mientras avanzo hacia él al mismo tiempo que avanza hacia mí. Su boca choca contra la mía, una colisión de pasión, áspera e inflexible, devoradora. Separo los labios y llevo las manos a su nuca, lo agarro del pelo y tiro de él para acercarme más. Su lengua es una revelación en mi boca. He fantaseado tantas veces con esto… Siento un profundo torrente en los oídos cuando las manos de Strike se mueven para apoderarse por completo de mi cuerpo, apretándome tan fuerte contra él que sé que me dejará moratones.

—Lo hice por ti —gime, respirando entre dientes. Me muerde el cuello. El hombro. Quiero que me saque sangre—. Por ti. Para ti.

—Lo sé, lo sé. —Se me cierran los ojos mientras el espacio entre mis piernas palpita sin cesar. Cada centímetro cuadrado de mi cuerpo se prepara para la jadeante emoción de sentir su mano cuando empuja la cintura de mis pantalones cortos, tira de ellos hacia abajo y se desliza hasta mis bragas, donde busca mi clítoris y empieza a frotarlo en círculos diminutos y húmedos. Es brusco, sin delicadeza ni dulzura. Pero estoy preparada. Lista para que tome lo que ya es suyo.

—Le dije a Troy que debía morir para que tú pudieras vivir, Honor —susurra con los labios contra mi oreja. Y se me doblan las rodillas.

¡Joder! Nunca me había sentido así, abrumada por la lujuria, por la necesidad.

Mató a mi monstruo para liberarme. Y ahora se despide.

—Por favor. Te quiero dentro de mí —suplico, mientras me baja las bragas. Sus dedos ejercen presión entre mis piernas y su agarre se estrecha alrededor de mi cintura. Me siento tan abrumada por él, por sus dedos húmedos y mi clítoris palpitante, que me cuesta concentrarme—. Por favor, no pares.

Me aprieta y me pasa la mano por el pelo, besándome en la sien.

—No puedo parar —confiesa mientras su lengua lame una línea vertical desde la base de mi garganta hasta mi barbilla. Cuando sus dedos dejan de moverse entre mis piernas, los dos sabemos que me está dejando al borde de la rendición. Intento no gemir cuando retira los dedos de mi humedad aún palpitante y aprieto los muslos; es todo lo que puedo hacer para no terminar el trabajo yo misma. Siento un hilillo de humedad en la pierna.

Se aleja un paso, me mira. Es un cazador.

Estoy hecha un desastre. Tengo los pantalones cortos vaqueros y las bragas empapados a la altura de los tobillos.

¿Cómo puede quedarse tan quieto? ¿Tan controlado?

Y aun así espera… ¿a qué? No lo sé. Creo que a reunir fuerzas para irse. Y a mí no me quedan fuerzas para retenerlo. Se deleita en mí con los ojos. Nuestras miradas se enredan mientras recorre con la lengua la longitud de sus dedos húmedos.

Arriba y abajo, y luego se los mete en la boca. Me saborea. No. Disfruta de mi sabor.

—Eres jodidamente deliciosa —gruñe, y veo que ocurre… Y veo que estaba equivocada. No le queda el control, ha decidido seguir adelante conmigo mientras me aplasta entre sus brazos. Sus besos son feroces y ardientes. ¡Dios, sí! El palpitar y la excitación entre mis piernas ansían liberarse; gimo anticipándome a su enorme longitud, dura e inmensa, y, joder, nunca había deseado nada tanto como a este hombre.

—¡Dios mío! —digo, echando la cabeza hacia atrás, y gimo mientras me agarro al espeso pelo oscuro de Strike, mientras sus dedos expertos encuentran el punto perfecto y me llevan al orgasmo que tanto ansiaba. Al borde mismo de la liberación, caigo de rodillas y le desabrocho los pantalones para bajárselos, sabiendo perfectamente que he creado toda esta escena en *Susurros húmedos entre los viñedos* y, sin embargo, es diferente de alguna manera, porque no esperaba que viniera envuelta en tanto deseo. Y ahora sé lo que ha hecho por mí. Lo tomo entre mis manos, acariciando su polla hinchada con una mientras con la otra lo agarro con firmeza por la base. Imaginaba esta escena con exactitud, aunque no anticipaba el chisporroteo de poder. La abrumadora necesidad de sentirlo en mi boca.

Cuando lo miro, Strike cierra los ojos y gime, ansioso por liberarse. Deslizo el glande entre mis labios, lo lamo y lo beso jugando con él, y abro los ojos un instante para observar la tensión en sus antebrazos. Me encanta sentir sus dedos enredados en mi pelo, la sensación de que su deseo está encerrado en cada fibra y cada célula de su ser. Centímetro a centímetro, lo meto totalmente en mi boca. Su grosor amortigua el sonido de mi propio placer. Está tan cerca del clímax que apenas se mueve. Siento que se tensa y mi coño se contrae en respuesta.

Siento su polla erecta y pesada contra mi lengua mientras la chupo, mientras me lleno la garganta con ella y envuelvo la base con los dedos a modo de anillo. Saber lo mucho que desea esto hace que me invada un placer indescriptible y turbulento, y me doy cuenta de que cada segundo es igual de insoportable e intenso para él.

—Joder, eres increíble —jadea mientras el placer sigue aumentando. Retrocedo y reduzco la velocidad un par de veces, solo para mantenerlo al límite hasta que no pueda más.

Con un gemido bajo y gutural, me agarra la nuca mientras entra en erupción y se derrama en mi boca desesperada. Me lo trago con avidez, algo que no había hecho antes, pero que me parece perfecto en este momento, con este hombre. Strike me levanta para que quedemos frente a frente y me rodea con un brazo.

—Quiero que te corras, nena —murmura, y siento su aliento caliente en mi oreja, mientras sus dedos vuelven a deslizarse dentro de mí, tocándome como si fuera un instrumento. Mi orgasmo llega tan rápido que, si Strike no me estuviera rodeando, me caería al suelo desmayada. En lugar de eso, entierro la cara en su pecho. Me da un suave beso en la sien y luego me abraza, con la mejilla apoyada en mi coronilla mientras aspira mi olor.

Lentamente, volvemos a tocar tierra. Nos colocamos la ropa en silencio. Una lágrima se desliza por mi cara.

Echo un último vistazo al cuerpo de Troy al otro lado de la habitación, descomponiéndose en su camilla, testigo de nuestro éxtasis. Me había olvidado por completo de él, una sorpresa. Sonrío para mis adentros. Porque ahora él no es nada.

Y yo nunca, jamás, me he sentido tan viva.

En el coche, Strike me abre la puerta, me abrocha el cinturón y se sienta en el asiento del conductor. Mientras nos dirigimos a casa, noto que algo ha cambiado entre nosotros. El orgasmo que me ha abrumado, que ha llenado mis sentidos hasta embriagarme, está menguando, retrocediendo como un sueño débil y desvanecido. Las preguntas me corroen, atormentando en silencio mis pensamientos: «¿Adónde vamos ahora?».

No hablamos en todo el trayecto hasta mi casa, e incluso después de salir, sigo esperando a medias que me diga que tiene que haber otra forma de avanzar para nosotros. Pero no sé expresarme. Todas las palabras que quiero decirle para hacerlo entender que nunca nadie me ha hecho sentir tan querida están fuera de mi tumulto interior. Quiero que sepa que, al igual que estaba hermanada con Grace, Strike y yo también estamos inextricablemente conectados.

«Díselo, Honor». Pero permanezco en silencio.

Cuando por fin llego a la puerta de mi casa, me giro con los ojos llenos de lágrimas.

—Adiós, entonces.

—Adiós, Honor Sunday Stone —responde.

Miro hacia abajo y respiro de forma entrecortada. ¿De verdad esto es todo?

Pero sé que lo es. No vuelvo a levantar la vista hasta que se ha ido.

43

HONOR

Ahora

A la mañana siguiente, lo primero que leo en mi teléfono, antes incluso de tomarme el café, es una nota de un abogado en la que se me informa de que mi contrato de trabajo con Dark Matter Entertainment se ha rescindido oficialmente y de que recibiré una indemnización por despido. Me devuelven los derechos de todos los dibujos que he realizado en la empresa para que los utilice como quiera.

Estoy desolada, por supuesto, pero no demasiado sorprendida.

Las lágrimas comienzan a correr por mis mejillas y me permito llorar…, aunque no hay nada más deprimente que el eco inquietante de mis propios sollozos incómodos en un apartamento solitario y vacío. Desde que murió Gracie no había sentido un impulso tan perezoso de no salir nunca de la cama.

Strike no quiere que forme parte de DME porque sé demasiado. Bien. Me quiere —y ese es un pensamiento vertiginoso—, pero no puede estar cerca de mí porque es peligroso —lo que es igual de vertiginoso—. Lo entiendo, aunque proteste cada molécula de mi ser. Lo que no puedo comprender, lo que me raja tan dolorosamente como cada marca de cuchillo en el cuerpo de Troy Simpson, es que Strike no quiera quedarse con ningún recuerdo mío a través de mis dibujos.

Sé que son buenos. Sé que puse mi alma en el trabajo.

Me encantó tomarme en serio mi deseo: crear personajes alejados de mujeres tímidas que fingen su placer y sus orgasmos, féminas en un mundo donde pueden correr libres, donde las mujeres sean lo primero, tanto literal como figuradamente.

Y también mejoraba cada día. A medida que ganaba confianza en mí misma, empezaba a asumir riesgos. Pero si la confianza es una cuerda floja, me he caído de ella. Mis esperanzas de futuro están ahora hechas añicos, me atraviesan las esquirlas de las dudas y me dejan entre los pedazos esparcidos de mis sueños rotos. Me pregunto si antes solo me engañaba a mí misma.

Tal vez mis pinturas sí deberían estar en el sótano.

Unos minutos después suena el timbre. Jo ha llegado pronto y seguro que ha traído Donuts, como de costumbre. Esta mañana hemos quedado para desayunar, echar un vistazo a algunos catálogos de venta al por mayor y tomar las decisiones finales sobre los artículos que vamos a comprar para el otoño. A los préstamos bancarios no les importa que mi vida esté patas arriba, pero Jo ha dado un paso al frente y ha encontrado algunas posibilidades realmente interesantes: paraguas de temporada, portatarjetas en forma de calabaza, pijamas de franela a cuadros escoceses y una nueva empresa de caramelos que ha enviado una docena de bolsas de muselina atadas con cintas con muestras gratuitas de sabores variados como ron, caramelo de mantequilla y café.

Estoy deseando enterrar mis penas, al menos por esta mañana, en algo acogedor.

Pero no es Jo con una caja de Donuts de crema de Boston quien está en la puerta.

El hombre que está ante mí lleva el uniforme de DME y sostiene una caja de cartón gigante.

—Reparto —dice, como si no fuera obvio.

—Gracias. —Cojo la caja (es más pesada de lo que parece) y la dejo sobre la mesa.

El hombre saca un sobre del bolsillo de la pechera. Su rostro es inescrutable: el típico empleado de DME que no sugiere nada.

—Que tenga un buen día, señora.

Una vez que se ha ido, estoy tan desconcertada que me quedo paralizada en el sitio. Mi mirada va y viene del sobre a la caja. ¿La abro? ¿La ignoro? ¿La devuelvo?

¿Despido a Strike de la misma forma que él me ha despedido a mí?

«Sí, claro».

Primero voy a por la caja. Arranco la cinta y el cartón.

Me da un vuelco el corazón al ver tantos tesoros bien empaquetados en su interior: un paquete de pinceles, cajas de pinturas y acuarelas inmaculadas y un grueso montón de blocs de dibujo.

Es un exceso al alcance de mi mano, y me da vértigo pensar en lo que puedo crear con él. Me invade una alegría infantil; es como recibir todos los regalos de cumpleaños que he imaginado, todas las listas de deseos de Papá Noel que he hecho, todo a la vez.

El recuadro de cartulina de la parte superior de la caja está escrito con la letra de Strike.

PARA EMPEZAR DE NUEVO. SABRÁS QUÉ HACER.

X S

Mi corazón no puede soportar tantos mensajes contradictorios. ¿Me acaban de despedir por correo electrónico y ahora Strike me envía el regalo más considerado que he recibido nunca?

Abro el sobre. Dentro hay una última y generosa indemnización equivalente a cuatro meses de sueldo, aproximadamente el doble de lo que llevo trabajando en DME. Se me revuelve el estómago. Nunca había visto tanto dinero. Nunca había tenido un saldo bancario de más de tres dígitos. ¿Será un soborno por mi silencio?

Debería saber que no diré una palabra.

Y supone un alivio. Puedo pagar la hipoteca y reducir esos otros préstamos. Incluso me sobrará para hacer frente a otros gastos. De todas las emociones que me invaden, mi gratitud por este sencillo acto de generosidad es abrumadora.

Hay otra tarjeta de nota con el cheque. Incluso las letras de su monograma, SCM, me derriten por dentro. Leo con avidez:

APUESTA POR TI MISMA.
HAZ PINTURAS HERMOSAS. BRILLA CON TODA TU LUZ.
NO DEJES QUE ENTRE LA OSCURIDAD.

Después de todo lo que he llorado últimamente, me sorprende que aún me queden lágrimas. Lloro por todos los monstruos que he amado y perdido.

Lloro por mí, el mayor monstruo de todos.

44

HONOR

Entonces
(Dieciséis años)

Huelo el fuego antes de verlo. Es por culpa de mi padre: se ha quedado dormido con un cigarrillo entre los labios y casi quema toda la casa.

«Mantente agachado, tápate la boca», ¿no nos enseñaron eso en la escuela?».

Rápidamente me ato la funda de la almohada en forma de mascarilla como un atracador de bancos y le doy un codazo a Gracie para que se despierte.

—¡Despierta! Despierta! —Comparto la cama con Gracie. Se levanta con los ojos desorbitados. La estancia está llena de humo.

La casa es pequeña, nuestro dormitorio está al lado de la cocina, el de nuestros padres y el de Rusty al final de un corto pasillo en el lado opuesto del salón.

—Ha vuelto a prender fuego —le digo a Gracie, que está sentada, lloriqueando—. Así que tienes que sacar a Rusty de aquí, yo iré a por mamá. ¡Recuerda! Cúbrete la boca y la nariz y mantente agachada.

Gracie salta de la cama.

—¡Fuego! —grita—. ¡Fuego! —Una vez tuvimos un detector de humos, pero lleva años sin batería. ¿Hay un extintor debajo del fregadero?

En Normal, ya estarían sonando los coches de bomberos.

En Normal, la ayuda estaría en camino.

Pero vivimos demasiado lejos del código postal de Normal.

Mi padre está semiinconsciente, con el cuerpo tendido e inmóvil. Le cuelgan las manos, con los dedos índice y corazón estirados, como si quisiera sujetar la colilla.

Las llamas rozan la parte inferior de la tapicería como luces de hadas mientras otras lenguas más largas bailan por las cortinas del salón. Estoy paralizada, mirando a mi padre como si contemplara un cuadro: Retrato de un hombre en llamas.

Gracie aparece con Rusty. Es un niño raquítico de diez años, que enrosca las piernas alrededor de su cintura como un mono araña.

Los dos están tosiendo, el humo se extiende y las llamas se propagan rápidamente.

—¡Vamos, vamos, busca ayuda! —digo a Gracie mientras abre la puerta principal.

—¡Salva mi tesoro! —grita Rusty.

—¡Iré a buscarlo, Rusty! Te lo prometo. Vete. ¡Ahora!

Me acerco al dormitorio de mis padres, donde mi madre está apoyada en la puerta. Lleva la rebeca amarilla, el pelo alborotado y tiene los ojos abiertos como un búho.

—Tienes que salvar a tu padre, Honor —dice, parece ser lo único que atraviesa su mente consciente.

Él se está despertando, no del todo espabilado. Pero el fuego sí. Las llamas saltan por la alfombra y chisporrotean por su pierna. Huelo el sabor acre y nauseabundo de la carne quemada. Gime de agonía.

Todo está sucediendo muy deprisa.

—No te preocupes por papá, tienes que venir conmigo. —Le hago señas y ella da un pasito, aterrorizada, hacia mí—. Puedes hacerlo, mamá —le hago señas—. Date prisa, podemos salvarnos.

—¡Honor! —Gracie está llamándome desde la puerta de la casa. Ha vuelto a por mí—. Rusty está a salvo, y los Brewer dicen que los bomberos están en camino..., pero tienes que darte prisa. —El calor implacable y el humo sofocan su voz—. Las paredes están ardiendo. No puedes sacrificarte...

Ahora las llamas consumen a mi padre, y sus aullidos de terror y agonía llenan el aire. Veo sus ojos desorbitados por el horror cuando se ve envuelto en un infierno, lucha y pierde hasta morir dentro de una jaula ardiente. Esto es lo que yo quería. Esto es lo que se merece. Pero ahora que está sucediendo, el conflicto entre mi anhelo y la crudeza del momento presente me atenaza en un torbellino de emociones que me atormentan casi tanto como las circunstancias que nos han conducido a este ardiente infierno.

—¡Mamá, vamos! —grito, tirando de ella.

Pero mi madre me empuja con fuerza y grito cuando mi espalda impacta contra la superficie rugiente y caliente de la pared. El dolor abrasador que me atraviesa los omóplatos es una tortura que me derrite la mente, tan intenso que siento que podría llegarme al alma. Si sobrevivo, si no me convierto en ceniza negra esta noche, esta cicatriz me perseguirá para siempre.

—¡No! —grita mi madre, paralizada por las llamas. En pantalones cortos, con una rebeca raída y manchada y una camiseta vieja hecha jirones, la que papá sacó de la torre de agua, tiene un aspecto salvaje, una mujer que mira fijamente a la boca de la locura. Desafiante, con los dientes apretados, se mantiene firme como si estuviera decidida a proteger lo que es suyo—. ¡No me iré sin ti, cariño! Tú tampoco puedes irte sin mí.

—¡Mamá! —grito. Pero ella no oye mi voz. Las lágrimas corren por su rostro mientras camina, con los brazos extendidos, hacia mi padre, el único ser al que ha amado. Él la lleva directamente hacia las llamas. La tela de su camiseta es lo que primero se prende, iluminándola como un círculo encantado.

En la última imagen que tengo de mi madre, su rostro se contorsiona por el dolor y, sin embargo, también veo en su estado de trance lo que solo podría describir como resolución.

En la muerte, como en la vida, lo elige a él.

—¡Honor! —grita Gracie, sacándome de mi asombro mientras me empuja con una fuerza feroz a través del salón y hacia la puerta. En el exterior, caigo al suelo sobre manos y rodillas, tosiendo y ahogándome.

Lo que me sorprende después no es que ocurriera. Ni siquiera mi propio papel en ello. Lo que me sorprende es el hecho de que Gracie y yo no nos fuéramos más lejos. Nos quedamos allí, incapaces de apartarnos de la escena. Nuestras manos ennegrecidas por el humo se cierran en un puño único y sólido mientras escuchamos los gritos débiles que se desvanecen de nuestros padres.

Veo cómo el único hogar que he conocido se convierte en carbón ardiente. Un final apocalíptico. Un adiós apropiado.

Pero tengo que mirarlo.

Necesito pruebas de que mis padres se han ido.

Y necesito saber que no van a volver.

45

HONOR

Ahora

Mi vigésima tercera mañana sin Strike Madden no ha sido más fácil que la primera. Aunque lo estoy intentando de verdad. Deseo curar la herida de mi corazón… y me asusta pensar que no puedo. Al estar con Jo, la única persona a la que dejo entrar en mi dolor, la escucho ensimismada cuando me explica que mi destino no coincide con el de Strike, aunque Jo cree que se debe sobre todo a que yo soy libra y Strike, escorpio.

Siempre que estoy sola, ya sea haciendo *footing*, trabajando en un cuadro o en la cama por la noche, me recuerdo a mí misma que ya he pasado antes por esto. Ya tengo estas cicatrices.

Porque sé lo que se siente al anhelar amor y no conseguirlo.

Hasta el momento en que murieron, lo único que quería era que mis padres me amaran.

Si algo me ha enseñado la vida es a no mendigar las sobras. Aun así, vivo cada día con la esperanza de que Strike no consuma todos mis pensamientos. Que no sepa si es el sexagésimo octavo día o el nonagésimo, porque habré dejado de contar. Puede que ni siquiera recuerde que su amor era un sol brillante y redondo que me iluminaba por completo. Que me sentí elegida, vista y adorada.

Pero ahora mismo, mi vida es tan fría como el depósito de cadáveres.

Sueño con Strike. Lo pinto.

Y nada de eso me llena de ninguna manera. Nunca me he sentido tan vacía.

He conocido el dolor, un dolor profundo y abyecto, pero nunca había sentido esto.

Cuando no pinto, el tiempo parece un monocromo plano y sombrío de horas apenas vividas. Las noches son diferentes; salgo de mis sueños de repente con el corazón latiendo ferozmente, con los restos de mis pesadillas aferrándose como sombras mientras paso a mi sombría realidad. Por aterradoras que sean, al menos las pesadillas me distraen un poco de la tristeza que atormenta mi vida de vigilia.

Algunas mañanas, incluso las cosas más insignificantes como ducharse, comer, recoger el correo parecen un calvario.

«Vive por ti misma, Honor. Vive la vida por ti».

Sigo intentándolo. Me digo a mí misma lo agradecida que estoy por las pequeñas cosas. Por haber conocido un amor como el de Strike.

Todas las mañanas salgo a la calle para sentir en la cara el sol dorado de finales de verano. En el bolsillo de un viejo abrigo encuentro un paquete de Winston Menthol 100 que perteneció a Gracie, así que empiezo a fumarme un pitillo con el café, como hacía ella. Aunque no me gusta fumar, siento el recuerdo de Gracie, y los recuerdos son todo lo que tengo ahora.

En la tienda, convenzo a las ricachonas de Shelton para que compren pañuelos pintados a mano, diarios encuadernados en piel, cacao artesanal y nuestro nuevo bálsamo para masajes sensuales con infusión de clavo. Jo y yo colgamos luces de colores, probamos el nuevo difusor con aroma de lavanda e incluso quemamos salvia para desterrar cualquier vestigio del karma de Troy. La tienda nunca ha tenido más encanto ni ha estado más animada, pero mi mente no se queda aquí. Siempre estoy a casi veinte kilómetros por la carretera. En Ashburn.

Ansío que me toque. Necesito ver la lujuria que invade sus ojos grises. Me retuerzo las manos para encontrar el recuerdo del placer que me suponía tener nuestros dedos entrelazados. Sueño despierta durante horas, imaginando el contacto de su boca sobre mi cuerpo.

«Solo una hora. O media. Me mantendría con eso durante un mes».

«Un año».

Por la tarde, pinto como si mi vida dependiera de ello. Con desesperación e instinto de supervivencia. Jo nunca quiere estar en otro sitio que no sea la tienda: cualquier pelea con Bryan o con su padrastro la trae corriendo aquí, y sabe que me preocupo demasiado por sus sentimientos como para hacerle preguntas embarazosas. Disfruto del tiempo ante el caballete, perdida en la intimidad de mi propia imaginación. Las pinceladas bailan sobre el lienzo, contando una historia que solo yo puedo oír.

Me invade una fiebre creativa mientras esbozo una pieza tras otra.

Esta es mi única escapatoria. Mi oportunidad de aportar belleza real al mundo.

Pero también siento algo más en mí. Me he pasado la vida luchando contra demonios, tratando de enterrar muchos recuerdos en lo más profundo de mi ser. Entonces intervino el destino, presentándome a un hombre que no temía enfrentarse a los horrores más oscuros. Su presencia activó una chispa latente en mí, encendiendo la creencia de que parte del mal podía, de hecho, ser vencido. En ausencia de Strike, me veo obligada no solo a enterrar mis heridas, sino también a suprimir este nuevo rescoldo de esperanza, y eso se ha convertido en toda una batalla.

Una tarde, cuando Jo me dice que tiene noticias y me propone una reunión de chicas en el porche de atrás después de cerrar, intento mantener a raya el pavor.

Probamos la nueva tetera eléctrica y llenamos unas tazas de cristal con hojas sueltas de té de menta. Cuando Jo añade un caramelo de menta a cada taza y luego se lleva una bolsa de caramelos salados para acompañarlas, me da la risa.

—A veces me recuerdas mucho a Gracie —digo mientras nos sentamos en una mecedora en el porche—. Me alegro mucho de que estés aquí conmigo, Jo, en especial durante estas últimas semanas. —Aunque sé que Jo piensa en privado que es mejor que me aleje de Strike. Desde el incidente del bate de béisbol, se ha sentido incómoda.

—Oye, sabes lo contenta que estoy por cómo va la tienda. Es un refugio. Además, trabajas demasiado y me gusta vigilarte —añade—. También estoy superagradecida por las horas extra, ya que necesitaré tomarme unos días libres en primavera.

Cuando la miro, con las cejas levantadas, sonríe tímida y estira los dedos de la mano izquierda para que pueda verla.

—¡Oh! —Miro fijamente el anillo—. ¿Significa que…?

—¡Sí! —Sonríe—. ¡Bryan me ha puesto un anillo! Bueno, más o menos. Es provisional. Todavía está ahorrando para comprar un anillo de verdad, con una piedra tallada, pero mientras tanto, ha hecho uno con este alfiler, ya sabes, porque a los dos nos encantan los Philadelphia Flyers, y Bryan siempre dice que algún día tendremos nuestro propio Grittito.

Me he quedado sin palabras. El anillo es plateado y naranja, y al mirarlo más de cerca veo que, fundido en un corazoncito, está la cara de la mascota de los Philadelphia Flyers, Gritty. Sé que se supone que es entrañable y que es una broma personal —y que le pega mucho al sentido del humor de Bryan—, pero no me gusta. Jo se esfuerza mucho, es ahorradora y planifica para los días malos, está atenta a los estados de ánimo de la gente y siempre espera lo mejor de todos. Algo en este anillo —que no deja de ser un juguete hortera— me recuerda que Bryan está haciendo lo que hace siempre, aprovecharse de la bondad de Josie.

—Lo tiene desde hace semanas —me está contando ahora—. Pero me dijo que no me lo daría hasta que tuviéramos sexo de reconciliación. En efecto, el viernes le pedí que me acompañara a ver una casa en venta… Honor, es una casa preciosa cerca de la ruta 422, cerca de Pottstown, pero Bry se enfadó porque…, no importa. Una tontería. —Jo parece un poco melancólica—. En fin, acabamos cachondos y desnudos, por suerte, y después Bry se arrodilló… en la cama y me dijo: «Nena, ¿quieres ser mi compañera de juego para siempre?».

—¡Ah, muy bien, Bryan! —digo, obligándome a esbozar una sonrisa. Si esto es lo que quiere Josie, entonces es lo que quiero para ella. Aun así, no puedo imaginarme ninguna versión del «Y fueron felices…» que implique a Bryan.

Han reservado el salón de baile del Holiday Inn para mediados de abril, y la luna de miel será un viaje por carretera a Dollywood, algo que encabeza la lista de deseos de Josie desde que tengo uso de razón.

Según ella, sus cartas astrológicas se alinean lo suficiente como para añadir algo de intriga.

—Somos una conmoción celestial que pone de relieve una interacción fascinante.

Aunque no estoy segura de que Jo se lo crea del todo.

Más bien son una colisión celestial.

—Oye, podemos celebrar aquí la despedida de soltera, si quieres —propongo—. Cerraremos la tienda para una fiesta privada y que sea una comida.

Josie junta las manos.

—¡Dios mío, Honor, eso sería genial!

Más tarde, después de acompañarla al coche, aplico la regla de los cinco minutos de Gracie y lloro. Cierro la puerta principal, aprieto la mejilla contra ella y me permito estremecerme de pies a cabeza. Porque Josie no se merece ese prometido, por la mala suerte de Gracie y también por todo lo que he perdido. ¿Quién habría dicho que tenía tantas lágrimas dentro de mí? Pensaba que era más fuerte.

O tal vez haya llegado el momento de que elija una nueva definición de fuerza. Después de todo, sigo aquí. Sigo en pie. Seguro que eso cuenta.

A la mañana siguiente, me despierto con un rayo de optimismo y sé lo que tengo que hacer. Me subo al autobús que lleva al refugio de animales de las afueras de Shelton, donde adopto a una gata blanca y naranja con los ojos grises a la que le falta un trozo de carne en la pata trasera izquierda.

—Lo más probable es que se lo haya arrancado un coyote —explica el chico del refugio mientras los dos examinamos la cicatriz estriada que cubrió la herida.

En respuesta, la gatita sisea y luego suelta un maullido afligido. Se me encoge el corazón. Hablamos el mismo idioma.

En otras palabras, es perfecta.

La llamo Fivestar.

—¿Tanto te gusta la marca de cuadernos? —pregunta Jo cuando llega el lunes por la mañana, pensando que le he puesto el nombre por eso.

—Sí —miento—. Ya sabes que me encantan los cuadernos.

—Estarías más segura con un perro —afirma cuando Fivestar salta sobre la mesa de menaje y desplaza con ruido un festivo bote de lápices haciendo que todos caigan al suelo—. Alguien que te proteja cuando sales a correr.

—No necesito protección —protesto—. Y los perros exigen mucho. —Mientras que un gato es empatía gentil y compañía tranquila del mismo tamaño que mi regazo.

Un gato es suficiente para mí.

Mientras recojo los lápices del suelo, Fivestar salta sobre el expositor de productos de baño y belleza para atacar una esponja. Es tan tierna que Josie corre a por su teléfono para inmortalizarla. Lo que necesito es distracción, y esta curiosa gatita me la proporciona en abundancia. También es un consuelo.

«Mi pequeña superviviente», susurro en el pelaje de Fivestar esa noche mientras me acomodo para la noche de cine, esta vez veré *Los juegos del hambre*. Su ronroneo rítmico, su ridícula suavidad y su mirada sin prejuicios me tranquilizan. Ha sido una buena idea. Puedo decir que Fivestar entiende de pérdidas.

Y lo que es más importante, lo que significa haber sido salvaje alguna vez. Es una presencia reconfortante, aunque Strike ocupe mis pensamientos constantemente, y también un tranquilo consuelo para mi corazón.

46

STRIKE

Ahora

Podemos elegir ser valientes o quedarnos en nuestra zona de confort —dice Axe—. Pero no las dos cosas. —Lleva toda la noche machacándome al Bola 8 y bebiéndose mi mejor whisky mientras me suelta citas de Brené Brown, y lo peor es que siento que no ha hecho más que empezar.

—Basta ya, gilipollas —digo mientras coloco el taco para alinear un tiro con el hueco.

—Lo que quiero decir es que eres un puto idiota —explica.

—Gracias. Entendido. —Por supuesto, me doy cuenta de que soy un puto idiota, pero Axe quiere seguir machacándome con ello. Además, vamos por la mitad de una segunda botella de Macallan M y apenas puedo saborearlo. Esta noche me enfrento a la oscuridad adormeciéndola, pero el último mes he probado muchas otras tácticas, me he dedicado a trabajar, a hacer ejercicio, a meditar, he dado un par de paseos en moto... Diablos, el fin de semana pasado me llevé la moto a New Hampshire para hacer una excursión de un día y escalar el monte Washington.

Solo en la cima, con el aire vigorizante y unas vistas espectaculares del Great Gulf Wilderness y el océano Atlántico, seguía sin encontrar respiro por perder a Honor.

Echarla de menos solo es comparable a que el sol se hubiera olvidado de salir.

Me estoy destrozando y, francamente, me da asco.

Cuando golpeo la bola blanca, choca con demasiada fuerza contra el borde, se desvía y sale disparada, golpeando otras bolas en ángulos aleatorios. La rabia se apodera de mí como una marea líquida: de repente, quiero levantar la mesa de billar entera, sentir que los tornillos de sus patas se desgarran como una especie de secuoya monstruosa y hacerla chocar sísmicamente contra la pared.

—Me pregunto cuántas leyes de acoso laborales has infringido —dice Axe, echando sal a mi herida con despreocupación mientras se toma el siguiente chupito.

—No la acosé sexualmente —afirmo apretando los dientes.

—Entonces, ¿por qué la has despedido?

—Era lo que había que hacer.

Axe resopla y mete dos bolas más.

—Sigue diciéndote eso, campeón.

—Como si fuera a aceptar de ti consejos sobre mi vida amorosa —me burlo—. ¿Cuánto tiempo ha pasado?

—Vete a la mierda. Esto no va de mí. —Cuando conocí a Axe, tenía quince años, llevaba las gafas con cinta adhesiva en el puente y lucía una nuez de Adán del tamaño de una lima. Aquel escuálido cabroncete no pesaba más de cuarenta y cinco kilos empapado, aunque yo no tenía mucho más que ofrecer. Claro que yo era más alto y fornido, pero mi cerebro estaba más preparado para *Dragones y Mazmorras* que para citas y bailes. Axe y yo nos hicimos amigos en un chat de *hackers* de la *dark web* —por aquel entonces vivíamos en continentes distintos— y después de la universidad nos unimos en el reto personal de piratear al Pentágono. Esto llamó mucho la atención de la CIA, que nos reclutó a los dos, lo que era mucho mejor que la alternativa: ir a la cárcel.

No lo dirías si lo miraras ahora, pero fue de florecimiento tardío, y aunque casi no podemos salir a cenar sin que alguna camarera o *maître* mona flirtee con él, Axe no tiene novia prácticamente desde que lo conozco. También me conoce desde antes, lo que nos da mucha historia.

—Se trata de que estás autosaboteándote —está diciéndome ahora.

—No estoy autosaboteándome. La estoy protegiendo.

—Como dice Brené Brown: «La vulnerabilidad no es ganar o perder; es tener el coraje de atreverse» —dice Axe mientras mete la última bola de color y luego la bola ocho; su tercera victoria consecutiva.

—Brown también dice: «No puedes avergonzar o menospreciar a la gente para que cambie su comportamiento». Que es más o menos lo que me estás haciendo, tío —replico.

Pero Axe sigue machacándome impertérrito.

—¿Alguna vez Honor dijo: «Aléjate, me das miedo»? —Axe pone una voz aguda que no se parece en nada a la de Honor—. No, no lo hizo. Y casi todas las demás mujeres del mundo lo habrían hecho. Creo que eso significa algo.

—¿Que es emocionalmente inestable? —Suelto un chasquido, y luego me ablando—. En realidad es todo lo contrario. Nunca sabré cómo se las arregló para construir una vida real con un andamio hecho de mierda.

—Exacto. Te ama. A tu verdadero yo. No conozco a nadie a quien hayas dejado acercarse lo suficiente para verte de verdad. Al menos desde hace años. —Cuando me tenso por la referencia, Axe me pasa un brazo por encima del hombro. Por un segundo creo que se ha puesto en plan Brené Brown y está a punto de darme un abrazo, pero en lugar de eso desliza la pierna por detrás de mis rodillas, de modo que me doblo al instante.

—¡¿Qué coño?! —Mis palabras son confusas; Axe me ha hecho algo en la cabeza.

—Agg, ¿recuerdas mis mundialmente famosas collejas, *milady*? —Axe me muestra sus nudillos y los aplasta con fuerza contra mi cuero cabelludo.

—Éramos unos putos adolescentes —rujo, pero Axe va a por la prensa. Me retuerzo y me doy la vuelta, luego meto la mano por encima de su hombro, lo agarro de la oreja y tiro con fuerza hacia abajo mientras retuerzo mi cuerpo con fuerza en dirección contraria. Axe aúlla pero me mantiene bloqueado. Está hecho de titanio.

También entrenamos juntos, así que sabe cómo desviar cada uno de mis movimientos.

—¡Suéltame, simio! —gruño, agarrándolo del tobillo para que pierda el equilibrio al mismo tiempo que me suelta de un empujón y nos alejamos el uno del otro.

Sé que Axe solo está bromeando a medias, pero también se siente jodidamente frustrado conmigo y con cómo me he comportado este último mes. Golpearme quizá sea la mejor manera de lidiar con ello.

—Última cita de Brené y la mejor —dice, con su acento escocés cargado de whisky, un dedo levantado y sus ojos azules clavados en mí—. Y nunca lo olvides: «Si te adueñas de esta historia, puedes escribir el final».

Joder. Esas palabras duelen más que una colleja en la cabeza o la resaca que voy a tener por consumir una botella de whisky. Y, aun así, podría golpearme la cabeza contra la pared para detener este dolor que me ha deformado todo el cuerpo desde el día en que me despedí de ella.

Lo único que quiero es encontrar a esa mujer y reclamarla como mía.

Pero Axe se equivoca.

No puedo escribir el final porque no soy el dueño de esta historia.

Lo que me pasó a mí y a mi familia aún me pertenece.

—Al mejor de diez —digo mientras coloco las bolas para otra partida.

47

HONOR

Ahora

Sola en mi cocina después de un largo día en la tienda, me dedico a terminarme el último par de porciones de pizza fría sobrante mientras veo en la tele *Vanderpump Rules* con Fivestar en el regazo cuando me empieza a sonar el teléfono.

No reconozco el número, pero lo cojo de todos modos.

—¿Honor Stone? Soy Benny Mendez —dice una voz masculina, dinámica y veloz—. No nos conocemos en persona, soy el dueño de Willis-Holmes.

—¡Ya lo sé! Soy una gran admiradora —suelto, pero me arrepiento de no haber sonado más segura de mí misma, a lo que también contribuye que esté hablando con la boca llena de pizza. Otra vez, por favor. Trago saliva—. Me encanta su galería. He ido a algunos cursos de arte en el anexo —añado, adoptando una voz que no reconozco, dos octavas más grave de lo habitual—. Estuve por ahí hace unas semanas. —Llevé mi porfolio por puro capricho, y la única razón por la que directamente no me di la vuelta y hui fue porque la asistente de la galería se parecía demasiado a Gracie cuando tenía diecinueve años (o supongo que a mí), solo que con el pelo azul cielo y un aro en la nariz.

Anotó toda la información que le facilité y pareció entusiasmada con mi trabajo cuando se lo enseñé, aunque lo achaqué a su juventud. Al cabo de una semana o así, pensé que Benny Mendez no lo vería nunca o que no le gustaría y que pronto recibiría un educado correo.

—Ya, bueno, su visita es la razón por la que llamo —añade—, así que iré al grano. La becaria de la galería me ha enseñado la carpeta que nos ha dejado, y nos encantaría representarla y programar una exposición si le apetece. Estamos pensando mostrar entre veinte y veinticinco originales.

«¿Una exposición?». Guardo un conmocionado silencio.

Resulta que puedes entrar en el lugar que lleva toda la vida intimidándote y presentar tu trabajo. Resulta que un acto de valentía como ese puede merecer la pena.

—¿Honor?

—Sí, claro —respondo, notando que me pican los ojos y tengo el corazón a punto de estallar—. Cuente conmigo. Sí..., ¡cuente conmigo!

Benny se ríe.

—Pronto me pondré de nuevo en contacto con usted —añade.

Después de la llamada, bailo feliz en la cocina y mezo conmigo a Fivestar, que incluso consiente durante unos segundos antes de soltarse.

Voy a tener mi propia exposición de arte. En una galería de verdad.

Casi llamo a Strike en este mismo momento.

Casi llamo a Jo.

No es hasta más tarde, cuando estoy sola en la cama, rodeada de todas mis dudas habituales, cuando empiezo a entrar en pánico. ¿Y si mis cuadros no son lo suficientemente buenos? ¿Por qué estoy invitando al mundo a opinar sobre ellos? Por un instante, me planteo juntar todo mi trabajo en el patio trasero y encender una hoguera con él. Un auténtico autosabotaje.

«¿De verdad provocarías un incendio? Qué poco original, Honor».

En lugar de eso, mantengo mi secreto, abro la tienda y pongo cara de póquer toda la mañana hasta que llega Jo, momento en el que me retiro arriba.

Algunos días, me inundan demasiados sentimientos.

Pintar suele calmarme. Es un botón de reinicio meditativo.

Así que me pongo a mezclar los colores, añado aceite de linaza, sujeto la paleta. Tengo energía dentro que quemar, así que la vuelco en el lienzo y, con cada hora que pasa, le doy sentido y propósito, como si hubiera tenido una visión.

Cuando termino, doy un paso atrás y trato de ver el significado a aquel desastre. Mi miedo se ha disipado como la niebla matinal.

Miro mi trabajo.

Strike me mira fijamente desde el lienzo. Arquea la ceja como un desafío. De algún modo, a través de mi arte, hemos mantenido toda una conversación, como Gracie y yo solíamos hacer con una sola mirada. Sus labios se curvan como diciendo: «Puedes hacerlo. Claro que puedes».

¿Tiene razón? ¿La tiene?

Haría cualquier cosa por oírselo decir.

48

HONOR

Ahora

Una semana más tarde, estoy en la cama viendo cómo el despertador digital pasa de la 1:59 a las 2:00 de la madrugada. Por fin me rindo y cojo el teléfono para cargar la invitación electrónica de Paperless Post para la exposición que estoy organizando en la Galería Willis-Holmes. La exposición se inaugurará dentro de diez días y, aunque he añadido a algunos de mis contactos, hay una persona que no ha recibido invitación. Y no es por falta de tiempo.

Escribo la dirección de correo electrónico de Strike… —«¡Hazlo, Honor!»— … y pulso el botón de enviar.

Espero arrepentirme, pero, en lugar de eso, el alivio y la fatiga me golpean con fuerza. Me recuesto en la almohada y siento que se me derriten los huesos.

Hecho.

Hace un tiempo, Strike también quería esto para mí. Sabía que era mi sueño y, a pesar de todo lo que nos separa, no puedo imaginarme que el hombre al que amo no esté presente en la noche más importante de mi vida.

Si viene a la inauguración, me aseguraré de que todo sea diferente.

No le haré saber que pienso en él desde el momento en que me despierto, somnolienta y excitada por soñar con él, en la ducha caliente e impregnada de fantasía, en las medianoches añiles en las que me acaricio entre las piernas y finjo que es su lengua perfecta.

No verá mi desesperación. Mi doloroso anhelo.

Me alegro de haber enviado un enlace sin la opción de confirmar asistencia para no obsesionarme con si estará allí o no. Aun así, Strike está tan presente en mi mente que, dos días antes de la inauguración, cuando Jo me cuenta que lo vio con otra mujer en Sambuca Grille mientras ella y Bryan celebraban el segundo aniversario de su primera relación, casi se me para el corazón.

—¿Era una cita?

—Probablemente —confirma Jo—. Estaba siendo muy atento. Y el Sambuca es caro. Es lo mejor, Honor. Ha seguido adelante. Es hora de que tú también lo hagas. ¿Quieres una lectura rápida para saber cuáles son los mejores días para que empieces algo nuevo?

—No, gracias. —Entonces tengo que preguntar—. ¿Era guapa?

—Tenía un flequillo precioso —comenta Jo. Se muerde el labio inferior con los dientes—. Y voy a decirte esta parte porque no hay manera fácil de decirlo. Era muy joven.

—¿De qué edad?

—Era más joven que yo.

—¿De dieciocho? —insisto.

—Unos veinte. Lo siento —añade con seriedad—. No mates a la mensajera.

—Vale, vale. —Me podrían dar un Oscar por lo mucho que me tengo que esforzar para ocultar mis sentimientos mientras le hago un doble nudo a un manojo de chiles secos que he colgado del estante superior de la sección que he etiquetado como *El rincón picante*. Los chiles secos, junto con unos cojines de ganchillo con emoticonos de chiles muy monos que acaban de llegar, me parecen la mejor invitación para esta sección de la tienda. Se acabó esconder este rincón—. Ya casi no pienso en él —añado.

Puede que sea la mayor mentira que he dicho nunca. Si viene a la inauguración, será la primera vez que lo vea en ochenta y tres días.

La noche de la exposición, voy vestida para provocar. De negro, por supuesto, con un profundo escote corazón y la cintura ceñida. Me hace sentir como Audrey Hepburn. Creo que nunca me había comprado algo tan extravagante. Casi vomité cuando vi el precio, pero ya era demasiado tarde. Me había enamorado.

Y si había alguna noche en la que invertir en mí misma, era esta.

Cuando me miro al espejo, a pesar de que hay más piel expuesta de la que nunca me he permitido exhibir, sé que estoy preparada.

Me recojo el pelo en lo alto de la cabeza y dejo que algunos rizos sueltos me enmarquen la cara. Espero mostrar un aspecto sofisticado y también un poco despeinado. Llevo el anillo favorito de Gracie, que me queda perfecto en el dedo índice. De la caja de Rusty —que guardo junto a la de Gracie, las dos en la estantería superior del armario— saco un cuadradito plateado del papel de regalo de mi hermano, de la segunda bolsa de «tesoros» que empezó a coleccionar después de que papá le destruyera la primera.

Deslizo el cuadrado en mi bolsito como un pequeño escudo oculto. Mis hermanos están conmigo esta noche. Cuando me doy un último repaso antes de salir por la puerta, casi puedo oír a Gracie detrás de mí.

«Estás tan hermosa como una mañana de domingo, hermanita».

Rusty no dice nada. En mi mente, se limita a estrujar con su manita el lazo de la cintura del vestido.

No me permito pensar en mis padres porque no se merecen formar parte de este momento. No he llegado aquí gracias a ellos. Estoy aquí a pesar de ellos.

«No vas a vender nada, de todos modos. —La voz de papá—. Eres una pintora de mierda. Eres una mierda en todos los sentidos».

—Cállate, cállate, cállate —susurro a los fantasmas de mis padres mientras el Uber me deja en la esquina. Es el crepúsculo, mi momento de la suerte, mi tono especial de lavanda a gris. Llego un poco tarde y se me hace un nudo en la garganta al cruzar la puerta de la Galería Willis-Holmes.

Veo mucha gente. Me quedo quieta un momento para asimilarlo todo. Diez mil horas capturadas, bellamente enmarcadas y colgadas, e iluminadas con una perfecta iluminación de museo.

Y, sin embargo, todo parece borroso. Hay tanto que asimilar...

No me sentiría más vulnerable ni aunque hubiera aparecido desnuda en este evento. La élite de Shelton está presente aquí, y todos vienen a ver mis cuadros.

En la pared opuesta a la puerta hay una fotografía mía en blanco y negro ampliada. Es una instantánea que tomó Jo un día después de cerrar la tienda. Hay algo en la luz natural del sol y en mi sonrisa despreocupada que me hace dudar cada vez que la veo, porque podría ser Gracie. O tal vez es solo que la siento en espíritu, animándome.

Soy demasiado tímida para pararme a mirarla o para leer la biografía que tiene al lado y que me hace parecer una artista de verdad.

Los dedos lacados me saludan con pequeñas ondas: no creía conocer a nadie, pero entre la multitud hay algunas caras familiares que reconozco como clientes de Grace & Honor. La misteriosa mujer que me compra el aceite corporal por litros está aquí y, en cuanto me ve, me aparta a un lado.

—¡Honor Stone, no sabía que pintabas! Eres una maravilla. —Su aliento empapado en licor cae en mi cara—. ¿Aceptas encargos?

—Mmm... —¿Acepto encargos? Por suerte, no tengo que responder, porque de repente aparece Jo a mi lado para guiarme entre la multitud.

—Vamos a por una copa, superestrella —dice—. Y deja un poco de espacio entre tú y tu adoradora multitud.

¿Me adora la multitud? ¿A mí? Mi corazón se agita.

Por extraño que suene, es cierto. Mire donde mire, hay un par de ojos interesados observándome. Me alegro de estar protegida por la *pashmina* azul que me cubre los hombros, la espalda y los brazos desnudos.

Pero el corazón me da un vuelco en cuanto veo a Strike al otro lado de la habitación, y rápidamente me envuelvo más fuerte con el chal, como si así me protegiera la piel. Ya me siento demasiado vulnerable para exponerme.

Strike destaca, alto e imponente. Su presencia es más notable con un traje negro a medida; inconfundible incluso a distancia. Y no está solo. El corazón se me acelera, se me ruboriza toda la piel y el estómago me da un vuelco de mil pisos cuando veo a la mujer que está a su lado. Es alta, con flequillo y muy joven. Exactamente como Jo la describió.

Entonces, es verdad…

Me ha sustituido.

¿Lo he llegado a conocer? ¿Alguna vez me quiso?

Los observo hablar. Una sutil sonrisa adorna los labios de Strike; su carisma atrae a la joven sin esfuerzo. El dolor me invade con una oleada de pérdida y nostalgia por todos los momentos que compartimos una vez. Es demasiado esperar que me quede aquí.

Como si pudiera leer mis pensamientos, Strike levanta la vista y, cuando nuestros ojos se cruzan un instante, me siento transportada de inmediato a aquellos recuerdos —aún tan crudos— de cuando conocí íntimamente a este hombre. En una mirada de reconocimiento mutuo, compartimos todas las emociones no expresadas de aquel momento, y una oleada de sentimientos se arremolina en mi interior. Las lágrimas me hacen picar las comisuras de los ojos.

«No llores. No te atrevas a llorar en tu noche más especial, Sunday». Me siento muy tonta.

He sido estúpida al albergar un poco de esperanza. ¿De verdad creía que esta noche podía ser un nuevo comienzo? ¿Qué quiere Strike que piense al presentarse con una cita? ¿Es esta su manera cruel de decirme que solo soy su amiga?

Strike está siendo muy atento con esa mujer; ella inclina la cabeza, asiente a lo que él dice. Parece cautivada por él. Se me revuelve el estómago.

¿Qué clase de sádico lleva una cita a la exposición de arte de su exnovia? Tampoco es demasiado respetuoso con la nueva novia.

«Nunca fuiste su novia, Honor. Eras su empleada. Un coqueteo. Unas cuantas conexiones explosivas que no deberían haber sido reales. Sentimientos temporales. Nada más».

—¿Es ella? —pregunto, y Jo asiente.

—Es asqueroso. Hasta noto extrañas vibraciones paternales entre ellos.

Me coge de la mano para que me gire.

—Estoy increíblemente orgullosa de ti, Honor. Y Gracie también lo estaría.

—Gracias —digo, con los ojos llenos de lágrimas, pero Jo sacude la cabeza con vehemencia.

—¡Hoy solo pensamientos felices! O te estropearás el maquillaje. —Jo me da una servilleta y me froto con cuidado bajo los ojos antes de que tire de mis brazos.

—Enhorabuena. —Es una voz grave, grave y sexy. El corazón se me acelera y luego se me ralentiza al oír el acento. No es Strike, sino Axe, su mejor amigo. Nos hemos visto varias veces en el estudio. Alto y robusto, con una barba bien cuidada y unos penetrantes ojos azul oscuro, siempre transmite una sensación cálida y amable a pesar de que parece que podría levantarnos a Josie y a mí con un solo brazo.

—¡Axe! Has venido —digo, realmente contenta. También le envié una invitación, pero supuse que tendría cosas mejores que hacer. Josie levanta la vista, y veo que abre los ojos de par en par y lo recorre de pies a cabeza.

—Perdona, ¿tienes el ascendente en Escorpio? —pregunta Jo, incapaz de disimular el asombro en su voz. Axe se vuelve hacia ella y la mira de arriba abajo del mismo modo en que ella ha hecho con él, aunque tuerce los labios en una mueca, como si lo que ve le divirtiera.

—¿El ascendente en Escorpio? ¿Qué estás balbuciendo, mujer? Por favor, dime que no crees en esas mierdas —se burla, con ese notable acento escocés.

—¿Como que mierdas? —replica Josie, indignada—. La astrología existe desde hace siglos como marco preciso de cómo la hora de nacimiento influye en las personalidades y las elecciones. Es muy real, aunque tú seas demasiado ignorante para creer en ella. Además, yo no «he balbucido», signifique eso lo que signifique, gracias.

—Soy un hombre de ciencia. No de astrologías —resume Axe, hinchando el pecho.

Parece que Jo podría tumbarlo si no estuviera hecho un toro.

—Disculpa, Honor —dice mirándome—. Voy a por otra copa.

Mientras se marcha, me río para mis adentros. Puede que Axe sea el doble de grande que ella, pero Jo sabe defenderse. ¿No crees en la astrología? No supone un problema para ella. ¿Te ríes de la astrología? Irá a por ti.

—¿Qué ha sido eso? —pregunta Axe, realmente perplejo. La observa moverse por la habitación con el asombro de un niño que ve a Papá Noel por primera vez y descubre que, después de todo, es real.

—Es Josie —resumo.

Veinte minutos después, he recorrido la exposición, he hablado con casi todo el mundo y ahora, ya sola, no sé qué hacer… más allá de evitar Strike. De hecho, hace tiempo que no lo veo; si se ha ido, apostaría lo que fuera a que mañana recibo un ramo de flores con una tarjeta escrita con su caligrafía en mayúsculas en la que me dice lo estupenda que ha sido la noche, aunque le haya parecido horrible y esté deseando salir de aquí con su joven novia de piernas largas. Todo un caballero. Pero ¿de verdad se ha marchado? Me desanimo cuando no lo encuentro entre la multitud.

«Vale, ánimo, Honor. Aún tienes que relacionarte, hablar de negocios y deshacerte para siempre del tortuoso síndrome del impostor».

La sonriente Honor de la fotografía seguro que se cree con derecho a protagonizar un espectáculo.

Los servicios de *catering* se deslizan entre la gente con bandejas con champán y pequeños bocados de comida. Hermosos aperitivos de salmón ahumado, trocitos de solomillo de ternera y pequeñas quiches. Se me ocurre que los ricos son buenos tanto a escala diminuta como gigantesca. Rara vez juegan en el medio. Pero, en estos momentos, incluso esta comida para muñecas sería demasiado para mi estómago nervioso.

Cojo una copa de champán y bebo un sorbo.

La verdad es que no pertenezco a esta multitud dorada. Es mucho más de lo que esperaba. Más gente. Más ostentación. Soy vendedora. Una artista a tiempo parcial que ni siquiera fue a la escuela de arte. ¿Quién ha decidido que yo debía ser el tema del brindis de la ciudad? Me siento como un fraude.

—Ah, la invitada de honor.

La voz de Strike me atraviesa. Me doy la vuelta.

—Pensaba que te habías ido.

—¿Sin saludarte ni nada? —Strike levanta una ceja y, en su expresión pensativa, veo que comprende que ha inspirado toda la exposición…, y que incluso podría sentir un poco de orgullo por su papel como muso. Después de todo, como muestra el programa, el título de mi exposición es *Pasatiempos oscuros*.

De repente, me siento demasiado desnuda, con el corazón a la vista de todos. La completa torpeza de mi obsesión está en todas las paredes, y Strike ha venido aquí con otra mujer. Al menos ahora está solo, separado de su cita, que está hablando con Paula. No me había dado cuenta de su presencia. Ambas mujeres están al otro lado de la habitación, mirando uno de mis cuadros favoritos, *Viene el lobo*. Ese lienzo de dos metros es, incluso para mí, una obra de imaginación desenfrenada. Un lobo de aspecto humano se asoma a la tapicería de un jardín botánico del siglo xix. Lleva un traje de tres piezas, ahogado por una corbata.

Sin embargo, el lobo es salvaje. Su expresión es tan provocativa que podría saltar del lienzo para agarrar al observador por el cuello. Pinté a Strike en el gris del ojo del lobo. En la línea de su mandíbula.

¿Qué opinará la nueva novia de Strike? ¿Puede apreciarse desde aquí lo que hice? Es demasiado mortificante.

Strike sigue mi mirada hasta Paula.

—La hija de Paula está haciendo prácticas en DME —comenta—. Es muy trabajadora y buena chica. Se está especializando en estudios de género en Penn State. Tiene muchas ideas sobre equidad y *hentai*.

El alivio se apodera de mí al disiparse la tensión que me consumía por la presencia de la joven. Ahora noto su parecido con Paula. El rostro serio y las orejas con forma de asa de copa.

No es una cita. El peso deja mis hombros, disipándose en el aire.

—Y enhorabuena —añade, golpeando ligeramente su copa de champán contra la mía—. Es impresionante verlo todo junto.

—Gracias. —Acepto el cumplido. Dejo que hormiguee y fluya por mi cuerpo como el champán.

—¡Y mira los puntos verdes!

—¿Los puntos verdes? —Ante mi expresión de perplejidad, Strike sonríe.

—Cada vez que alguien compra una pieza, la galería la marca en la pared con un punto verde. ¿No te habías dado cuenta? —Esboza una sonrisa de oreja a oreja—. Solo tú estarías en la galería, en la inauguración de tu propia exposición sin saber que todas las obras se han agotado en la primera hora.

Se me eriza el vello de la nuca.

Tengo ventas. Ventas, en plural.

—¡Honor! —Los dos nos giramos para ver que Benny Mendez acaba de llegar. Es calvo, con una perilla recortada, múltiples pendientes y una blusa estampada que ondula a su alrededor—. Esto es increíble —afirma, dándome un beso en cada mejilla como hacen en Francia—. ¿No es increíble?

Benny le ha planteado la pregunta a Strike.

—Por supuesto. Pero es que su estilo es realmente original, único. Como la propia Honor —dice Strike, y el sonido de mi nombre en su voz me estremece al recordar cómo lo ha pronunciado antes, otras noches, en contextos diferentes. Aunque ahora no hay nada en su rostro que lo delate.

—¡Exacto! Tu trabajo es realmente especial, cariño —confirma Benny—. La forma en que fusionas luz y oscuridad. Lo mundano y lo salvaje. O temas como la inocencia y la culpa, o el sexo y la pasión. El hiperrealismo mezclado con el absurdo ocasional, en especial en torno a los temas de la vergüenza. En cuanto vi tus cuadros, supe que eran espectaculares.

—Mmm, gracias… —Intento procesar sus cumplidos, pero la piel se me eriza de calor y la cabeza me da vueltas con todas esas palabras. Para ser sincera, me preocupa desmayarme. Es demasiado.

—La inauguración ha sido un éxito sin precedentes. Nunca lo he dudado. Es difícil encontrar una voz nueva y fresca. Tienes que permitirnos organizar tu próxima exposición.

—Gracias. Siempre estoy trabajando en cosas nuevas —comento. Infundo confianza a mi voz. Si Benny cree que pertenezco aquí, entonces lo hago.

«¡Oh, Gracie, si pudieras verme ahora!».

Tal vez pueda. Quizá esté a mi lado, sonriendo. Un eco, un susurro, el más tenue *doppelgänger* fantasmal.

Eso espero.

Y ahora que los busco, veo que la habitación es un mar de puntos verdes. Mi trabajo tiene valor, como Gracie decía siempre.

Más tarde, después de haber hecho todo lo posible para conocer nuevos contactos —un concepto totalmente ajeno a mí hasta esta noche—, Strike se une a mí de nuevo.

—Me gustan las piezas nuevas —dice, señalando la esquina. Mi exposición se ha dividido en dos grupos en paredes opuestas. Por un lado, las obras eróticas: cuerpos desnudos, miembros enredados, deseo estampado en los rostros de las mujeres. Y en el otro, los retratos que pinté después de dejar el DME—. Ese en particular: ¿*Strike and burn*[1]? ¿Es... tu venganza?

—Si de algo soy culpable —me defiendo— es de echarte de menos.

—Te estás sonrojando.

—No. —Levanto la barbilla, aunque podría estar haciendo una audición para el papel de tomate en una obra escolar.

Sonríe satisfecho.

—Dime más cosas sobre estas pinturas vengativas.

Me acabo la copa de champán.

—Bien. De acuerdo. Dos cosas que sé sobre Strike Madden... Valora su privacidad tanto como el control.

—Cierto.

—Al pintar estos cuadros sentí como si estuviera despojándote de tus capas y exponiéndote al mundo —explico—. De una forma hermosa, espero. Porque me encantan todas tus facetas: príncipe azul, empresario, titán de la industria, monstruo, guerrero, lobo, amante... —Recorremos despacio la galería y siento su calor.

Su atracción es tan magnética como siempre.

—La que más me gusta es *Viene el lobo* —confiesa.

—No estaba segura de cómo reaccionarías a ella. Una parte de mí pensó que te pondrías muy furioso.

—No. Son demasiado buenos. —Esa sonrisa..., no sé cómo lidiar con esta versión de Strike que me deja ver lo realmente emocionado que se siente por mi éxito.

—Entonces..., ¿te gustan de verdad? —pregunto.

—Honor, me encantan. —Cuando me mira, el calor sube por mi cuerpo como su mejor whisky—. Los habría comprado todos, pero llegué demasiado tarde. Ya estaban vendidos. Eres brillante, Honor. Todo el mundo lo piensa.

—Así que ninguno de esos puntos verdes... ¿es tuyo? —Había asumido a medias que todos eran de Strike: otra situación tipo P. G. Delgado.

---

1. Este juego de palabras con el nombre del personaje, que significa literalmente «Golpear y arder», da título a la novela en el original. (N. De la T.)

—Ojalá lo fueran —dice Strike—. Pero ninguno es mío. Ni de Paula.

—Ah… —Strike no es mi benefactor. Mi alivio saca brillo a mi orgullo.

—Lo cual era un fastidio, hasta que he recordado que tengo una relación con la artista. Así que espero poder encargarle algo directamente.

—¿Quieres encargar un cuadro tuyo? —pregunto en tono burlón—. Cualquiera pensaría que ya hay suficiente de ti en estas paredes para satisfacerte.

—Satisfacerme… —repite—. Interesante palabra. No estoy seguro de que una obra de arte pueda satisfacerme de verdad cuando la artista siempre me deja con ganas de más.

—Nunca has puesto a prueba esta teoría. —Lo digo con ligereza, aunque no me siento nada ligera. Me siento acalorada y llena de deseo, rebosante de una nueva confianza que no es del todo propia de mí.

—Honor —la boca de Strike está a solo un centímetro de mi oreja—. Eso no es justo.

—¿Ni siquiera una vez? —pregunto—. ¿Solo una vez?

—Una vez no sería suficiente.

—O tal vez, en este caso, sería suficiente. —Levanto la barbilla—. Dime que no has pensado en mí.

—¿Estás de coña? Te veo en mi cabeza cada puto segundo de cada puto día. Parece que no puedo sacarte de ahí —dice—. Y créeme, lo he intentado.

—Ahora no estoy en tu cabeza —digo—. Estoy aquí, delante de ti. Y las cosas son diferentes. Después de todo, ya no trabajo para ti. —Sonrío—. Al parecer, soy una artista de éxito hecha a sí misma.

El hambre arde en sus ojos y, en este momento, Strike no solo ha inspirado *Viene el lobo*, sino que se ha convertido en el cuadro.

Mis fosas nasales se inflaman con todos los recuerdos de él. Nuestra intensidad específica y magnética siempre me ha parecido cosa del destino.

Pero en este momento, rodeada de mi propio arte, me siento audaz y con una nueva y brillante seguridad en mí misma.

A veces, sé exactamente lo que quiero.

—Estoy tan duro que no puedo pensar con claridad. —Sonríe medio apenado mientras se aleja de mí. Como si la distancia física lo hiciera más fácil.

No es así. Intensifica lo que hay entre nosotros. Magnifica la atracción.

—Estoy muy mojada —susurro. Ahora es cuando me quito el chal de los hombros. Bajo la brillante luz de la galería, las marcas de las quemaduras que estrían mi espalda parecen rayas de tigre, claras como el día.

Nunca había mostrado mis cicatrices.

Pero hay algo en esta habitación que me hace ser diferente.

O tal vez sea el vestido.

No podría estar más expuesta de lo que estoy, es como ese horrible sueño de caminar desnuda por el instituto.

Y, sin embargo, esta noche es cualquier cosa menos horrible. Aunque la galería sigue repleta de curiosos, no me avergüenzo.

Si Strike está sorprendido, no lo demuestra, pero en sus ojos hay una intensidad como de carbón mientras camina lentamente a mi alrededor para verme mejor. Cuando se detiene detrás de mí, el corazón me palpita con más fuerza que una luciérnaga atrapada en un tarro.

Luego me gira para que lo mire, me pasa un dedo por la mandíbula y se lo lleva a los labios. En mi visión periférica, me doy cuenta de que nos observan, pero no me importa.

—¿Me deseas? ¿A pesar de todo lo que sabes? ¿A pesar de todo por lo que has pasado? Has conocido la violencia, Honor. Has conocido monstruos. —La voz tranquila de Strike es áspera por la frustración—. Maté a ese hombre con placer, Honor.

—¿No lo entiendes? Me alegro, me alegro mucho de que lo hicieras —afirmo—. Nadie iba a protegerme de Troy. Nadie. —Me trago el sollozo en el fondo de la garganta mientras se me entrecorta la voz—. No podemos decidir a quién queremos o necesitamos. El deseo toma las decisiones. Incluso las malas.

—Quizá sobre todo las malas —confirma. Sus ojos son oscuros, voraces. Estamos tan cerca que siento el calor de su piel, caliente como el sol.

—Te amo, Strike Madden —digo. Pase lo que pase después, no puedo imaginar que me arrepienta de haber dicho esas palabras. Es la verdad—. Ahora fóllame de una vez o me perderás para siempre.

Strike no vacila. Me coge de la mano y vamos a la puerta.

49

STRIKE

Ahora

Ninguno de los dos habla mientras mi Jaguar ruge por South Street. El coche se siente vivo; tomo cada curva a demasiada velocidad, y me importa una mierda. No me preocupan mis preciosas llantas. Siento a Honor a mi lado, su respiración agitada, la forma en que aprieta los muslos, y estoy tan empalmado que me duele. Si tengo que elegir entre follármela o perderla, estoy cien por cien dispuesto a follármela.

Además, ya sé lo que se siente al perderla. Naufragar, eso es lo que se siente.

Cuando aparco delante del Keystone, Honor sonríe.

Es el mismo lugar donde tuve que despedirme de ella la noche que nos conocimos, una noche condenada al fracaso en muchos sentidos.

Pero esto es un comienzo, no un final.

Muestro mi American Expres Black y tenemos todo el ático para nosotros. La mirada que lanzo al conserje le dice que no debe acompañarnos a la planta veinte. Parte de lo que pago, parte de lo que el dinero garantiza, es una absoluta privacidad.

El lujo de la suite VIP es impresionante, con ventanas envolventes y una vista incomparable de la ciudad.

Honor jadea cuando lo ve todo, y su cara es puro deleite infantil. Aunque yo estoy acostumbrado a esta suite, a esta vista —el ático del Keystone es donde alojo a los clientes que visitan mis instalaciones—, esta noche me envuelve otro tipo de magia. Es nuestro Edén privado. Cuando miro hacia el centro de Shelton, veo nuestro reflejo en sombras, que me recuerda a uno de esos juegos de realidad virtual que diseñó Honor.

Saber que esta noche no es un juego, que no es un dibujo de fantasía ni un *anime*, me pone tan duro otra vez que siento que mi polla podría rasgar la tela de mis pantalones.

Pero no voy a tocarla. Todavía no. Ni siquiera le he tendido la mano. En lugar de eso, dejo que la tensión aumente, que vibre entre nosotros como un campo de fuerza mientras permanecemos juntos, contemplando la ciudad.

Esta noche, por fin, voy a tomar lo que es mío.

¿Por qué no hacerla esperar un poco? Igual que la hice esperar cuando vino a Ashburn. Saber lo mucho que Honor lo desea, cómo ha dado el primer paso, me proporciona una sensación de control, por temporal o ilusoria que sea, ya que estoy luchando contra el impulso de arrancarle el vestido en este mismo instante y follármela sin contemplaciones.

La miro, su piel suave y pálida contra el vestido negro. Tiene cicatrices profundas en la espalda y los hombros…

Hacía tiempo que sabía que la piel de Honor estaba marcada por algún tipo de cicatriz o marca de nacimiento, desde que vi su cuerpo a la luz de las velas aquella noche en la que casi prendo fuego accidentalmente a mi dormitorio. A la luz de la luna, sus cicatrices son peores y más bonitas a la vez. Peores porque son muchas y hermosas porque se han difuminado hasta formar un intrincado dibujo que parece tan natural como un grabado de enredaderas retorcidas.

Aun así, con sus cicatrices a la vista, una parte de mí se enfurece de inmediato y se inquieta con un sentimiento demasiado familiar, de querer dar caza y destruir al cobarde de mierda, dondequiera que esté, que la marcó para siempre.

Pero tengo que seguir los tiempos de Honor, esperar a que quiera hablar de ello.

Esta noche nos pertenece.

Observo cómo Honor se pasa un mechón de pelo sedoso por detrás de la oreja y se muerde la comisura del labio inferior.

—Nunca había pensado que Shelton fuera bonita —comenta, rompiendo tímidamente el silencio—. Pero al contemplar las luces, los monumentos, incluso la vista de las montañas a lo lejos, parece una sinfonía. Todo encaja a la perfección.

—Todo es cuestión de perspectiva —digo—. Tú eres la artista. Deberías saberlo. —Entonces alargo finalmente la mano hacia la suya y atrapo su meñique, con fuerza, con el mío. Es un movimiento diminuto, una serpiente capturando a su presa, y ella jadea. La descarga eléctrica me recorre el cuerpo.

—Strike —responde mientras me mira, con voz suave pero seria—, necesito que sepas algo. Te he mentido antes. No quiero que esto sea cosa de una sola vez.

No la dejo terminar. Me muevo con rapidez, la atraigo hacia mí, aplasto mis labios contra los suyos y aprieto la parte posterior de su cuerpo contra la ventana. Se le corta la respiración y prácticamente oigo cómo se activa un interruptor en mi cerebro al dejar atrás mi otro yo.

Honor me ha dicho que aceptaba mi verdadero ser.

Ha jurado que podía manejarlo. Quiero creerla.

Pero no lo sabremos hasta que lo intentemos.

Y no puedo contenerme más. Necesito consumirla, sentir cada centímetro de la suavidad de su piel contra la mía, saborear sus labios una y otra vez, sentir la poderosa electricidad que recorrerá nuestros cuerpos cuando nos corramos juntos.

Mis besos son breves castigos, una explosión de lujuria contenida, pero ella recibe mi lengua con la misma violencia mientras echa la cabeza hacia atrás, dejando al descubierto su cuello.

¿Sabe que he pensado en su hermoso cuello? ¿Qué sentirá cuando la tenga de rodillas otra vez, con la boca abierta y tragando mi polla?

Deseo a esta mujer. La deseo por completo.

La levanto, manteniendo su espalda pegada al frío cristal, y me rodea la cintura con las piernas por reflejo. Joder. La necesito más cerca. La necesito desnuda. Necesito sentir hasta el último centímetro de mí dentro de ella.

Mientras, tira de mi camisa, rasgándola, y un botón sale volando por la habitación.

—Fuera —susurra, pero no es mi camisa la que desaparece primero.

La dejo en el suelo y, con una sola mano, bajo la cremallera de ese precioso vestido que me ha estado provocando toda la noche. La despojo de él en una fracción de segundo y lo dejo caer al suelo, donde debe estar.

Sale del charco de tela oscura y se queda delante de mí con un sujetador negro transparente y un tanga a juego.

Es... preciosa. Una diosa. Trago saliva.

Si alguien en la ciudad se molestara en mirar veinte pisos más arriba, podría vernos. Sería testigo de mi propia hambre salvaje y desesperada.

Que miren...

No hay otra mujer como ella en este puto mundo. La beso por el cuello, enlazo los delicados tirantes de satén de su sujetador alrededor de los dedos y tiro con fuerza. Le rozo el pezón con los dientes; gime por lo bajo en respuesta, y eso me enciende.

Me agarra del cinturón y me lo desabrocha a toda velocidad. Me baja los pantalones y los calzoncillos, y yo salgo disparado hacia su mano abierta. Con la erección por fin liberada, no puedo negar lo mucho que la deseo. Tengo la punta brillante por el líquido preseminal. Tiro de ella para darle un beso húmedo y caliente. Me atrapa el labio inferior entre los dientes y gime dentro de mi boca.

—Me gusta cuando haces esos ruidos —digo.

Ahora está jadeando, y ni siquiera he metido la mano entre sus piernas.

—Me estás matando, no es justo —protesta.

—La vida no es justa —replico, y caigo de rodillas. Aspiro el olor de sus partes más íntimas. Ahora soy todo un lobo, listo para comer. Está tan jodidamente mojada.

Le bajo las bragas empapadas por las caderas y ella las aparta de un puntapié. Me arrodillo ante ella como si fuera un altar y rezara una oración. Está desnuda y se estremece, y me inclino hacia ella despacio. Con cuidado. El gruñido que vibra en mi garganta estalla cuando la beso por el interior del muslo hasta que mi lengua se centra entre sus piernas, saboreando su dulce sabor, del que no puedo saciarme. Curvo la lengua y ella me agarra por los hombros, clavándome las uñas con fuerza en la espalda, como si quisiera dejarme marcas. Tiene los dedos de los pies encogidos, se aferra a la sensación exactamente igual que ese cuadro que compré y guardo en mi dormitorio. Tan tensa, tan al borde de la explosión.

Emite un sonido ahogado, lleno de deseo y sin palabras... Yo también soy incapaz de pronunciar nada coherente en este momento. Solo siento deseo y revelación.

—Eres jodidamente deliciosa. Estoy deseando ver cómo te corres —balbuceo al fin, levantando la vista un momento.

Me mira a los ojos y veo que está al límite. Hundo un dedo en ella y continúo dándome un festín como si fuera un bufet libre. Le agarro el culo y tiro de ella con avidez hacia mi cara. Más. Ahora tiembla de placer, sus piernas se mueven de un lado a otro —esta mujer va a acabar conmigo— mientras se libera en un estremecedor clímax, una descarga de placer contra el frío cielo nocturno.

Ahora me siento yo al borde, y ella apenas me ha tocado.

Follar nunca había sido así antes, tan demoledor, tan extremo.

Me levanto y la beso despacio, con sabor en mis labios.

Con una mano, atrapo una madeja de su pelo y la retuerzo con fuerza para que se enrolle alrededor de mi muñeca mientras la giro para poder explorar cada centímetro de su piel. Acaricio y alargo su orgasmo, deteniéndome en sus pezones perfectos y duros, en su ombligo, en su clavícula.

Es una obra de arte creada para mi placer.

50

HONOR

Ahora

Mientras el clímax se prolonga en mí, tan fuerte que apoyo los brazos en el cristal para sostenerme, oigo a Strike abrir el envoltorio de un condón. Gimo por él. He esperado tanto y ahora lo único que necesito en esta vida es sentir su fuerza y su presión dentro de mí.

No puedo acercarme lo suficiente.

Se alinea con mi entrada y juega conmigo un segundo.

—Mi belleza —dice—. Eres hermosa. —Quiero corregirlo. No soy hermosa. La gente guapa no hace las cosas que yo he hecho. Pero entonces me doy cuenta: si hay alguien que entiende que estoy rota, es este hombre. Tal vez sea cierto; él puede mirarme y ver quién soy de verdad, la belleza que existe en mi alma.

Porque así es exactamente como lo veo yo a él.

—Por favor, ya. Fóllame ya —pido, sin importarme que me haya llevado a la súplica.

—Escúchate, dándome órdenes —dice, divertido. Pero no espera, aprieta su magnífica polla y se hunde en mí, con brusquedad, antes de darme la vuelta y penetrarme por detrás, y esa pura fuerza es todo lo que yo quería. Contundente, inflexible, dilatándome tan rápido que grito. No esperaba que fuera suave, pero su intensidad me hace jadear. Por fin estamos juntos.

El gruñido de Strike es un sonido profundo y satisfecho que sale del fondo de su garganta.

—Honor —jadea, su voz es áspera por la lujuria—, no puedo decirte cuántas veces he soñado con este momento.

Él y yo. Echo la cabeza hacia atrás y cierro los ojos. Sus embestidas son profundas, firmes y plenas, y no tardo en sentir que empiezo de nuevo a girar en círculos de deseo.

—¿Cómo puedes ser aún mejor que mis sueños? —me pregunta mientras me empuja contra el cristal y el frío me abrasa los pechos. Sus dedos buscan mi clítoris y comienzan su experta labor.

—Tú, tú… —susurro. Va demasiado rápido. Quiero que vayamos más lentos, quiero sentir esta emoción siempre, pero sé que ya es demasiado tarde. Estoy demasiado lejos.

—Eres la dueña de esta ciudad, Honor —susurra con brusquedad; su otra mano vuelve a enredarse en mi pelo mientras sus labios dejan un rastro de besos a lo largo de mi nuca—. Pero también me perteneces. Eres mía, ¿verdad?

Solo puedo gemir un sí. Mi respiración se agita en pequeños jadeos producto del exquisito placer mientras apoyo las yemas de los dedos en el cristal de la ventana, mi aliento jadeante empaña nuestros reflejos cuando Strike pone las manos a ambos lados de mis caderas. Entonces me dejo llevar por su ritmo. Miro la ciudad que tenemos debajo, los coches y los peatones reducidos a figuritas del tamaño de muñecas. Shelton siempre me ha parecido intimidante porque no estaba segura de cuál era mi lugar. Ahora estoy aquí, en la cima del mundo, y lo único en lo que puedo pensar es en lo que siento por este hombre extraordinario y feroz.

Percibo el aliento de Strike caliente en mi oreja mientras sus dientes me pellizcan y mordisquean ligeramente.

—Cada centímetro… —susurra mientras me penetra con fuerza— es para ti.

—Sí —consigo susurrar.

—Dime lo que te gusta. Dime lo que quieres.

—A ti —jadeo—. Lo mojada que me pones. La forma en que
me llenas. La manera en que me posees con cada caricia. El pulso
de tus dedos sobre mí.

—Te estoy llevando al límite. Dios, puedo sentirte apretándo-
te a mi alrededor. Puedo sentir cada parte de ti. Me estás matando. —Sus dedos continúan su magia mientras entra y sale de mí,
como si fuera un maestro.

—Sí. Estoy aquí —consigo jadear—. Estoy…

Y entonces, justo antes de mi siguiente orgasmo *in crescendo*,
Strike se detiene, deslizando su polla hasta la gruesa punta.

Me revuelvo contra él, pero sus manos flexionadas me apar-
tan con facilidad, y su fuerza resulta de pronto casi risible por lo
obvia; le cuesta poco esfuerzo mantenerme exactamente donde
quiere.

—Déjame mirarte, cariño —dice—. Por favor, déjame mirarte.

—¿Qué estás haciendo? No pares ahora. Estoy a punto…
—Le estoy suplicando. Casi sollozando. Sinceramente siento
que moriré si no vuelve a entrar en mí ahora mismo.

—Ah, sé lo cerca que estás —susurra—. Pero necesitaba tomarme un momento para disfrutar de la vista. —Y entonces me
levanta con las manos por las nalgas para que me ponga de puntillas. Me arde el cuerpo al sentir los ojos de Strike recorriendo
cada curva y cada pliegue de mi cuerpo.

—Por favor —gimoteo—. Nunca he deseado nada tanto.

Estas palabras son toda la magia que necesito. Strike emite un
sonido gutural y vuelve a empujar dentro de mí. Esta vez me
penetra tan profundamente que grito. Los únicos sonidos son los
envites de su cuerpo y los ruidos resbaladizos y húmedos de mi
sexo.

Me ha dado de golpe todo lo que siempre he querido, y juntos
ascendemos. Parece saber exactamente cuándo hacer una pausa
para que yo esté justo en el borde; me hace retroceder y luego
vuelve a moverse antes de llevarme, por fin, al clímax. Me corro
con fuerza y rapidez, y siento cómo se libera dentro de mí. Su rico

y estremecedor colapso es tan exquisito que se me saltan las lágrimas.

—La pequeña muerte —susurra Strike, áspero en mi oído.

—Sí —lloro—. Se siente igual.

—Es como los franceses llaman al orgasmo. *La petite mort.* —El término rueda en su lengua.

—*La petite mort* —repito con timidez.

Estudié español en el instituto Roosevelt, y solo dos años. Lo más cerca que he estado de Francia son los dos besos que Benny me ha dado esta noche.

Aprieto las piernas para calmar el calor que me recorre el cuerpo. Sí, eso es exactamente lo que he sentido: la muerte más deliciosa.

«¿Eso convierte a Strike en tu asesino?».

Estoy demasiado cansada para que me importe.

Cierro los ojos y me apoyo en él. Dejo que me sostenga.

Estoy encantada de morir un poco.

51

HONOR

Ahora

Cuando la luz de la mañana se cuela por las ventanas, abro los ojos y lo recuerdo todo de golpe. Mi cuerpo agotado y hormigueante. La noche de mi vida. La abarrotada exposición de arte. Todas las obras vendidas. El hombre, que ahora duerme profundamente entre mis brazos, con las pestañas curvadas hacia arriba y tan espesas como las de Bambi, tiene un brazo musculoso echado sobre la almohada, de modo que las yemas de sus dedos se enhebran en mi pelo. El hecho de que toda mi vida haya cambiado de la noche a la mañana.

Me invaden sensaciones contradictorias. Una es la emoción, por supuesto, y me regodeo en las seductoras impresiones de anoche.

Pero ahora también está la aprensión. Qué irónico que sentirme por fin viva esté tan inexplicablemente ligado al miedo a todo lo que puedo perder.

Cuando Strike empieza a despertarse, le acaricio el pelo y le beso la frente. Está muy guapo dormido, como un guerrero en paz; su cara posee una serenidad que nunca he visto en él cuando está despierto.

Anoche fue inolvidable. No solo por el sexo, aunque nunca imaginé que pudiera ser así. Mi cuerpo se encendió como un reguero de pólvora, ardiendo más de lo que jamás había imaginado mientras Strike me llevaba al límite del placer. Pero siempre ha habido más que eso entre nosotros, cada momento de contacto con él se ha grabado en la esencia misma de mi ser: esta conexión indeleble y electrizante. Es una fuerza abrumadora y un magnetismo irresistible, como estar suspendida dentro de una burbuja de puro encanto eléctrico.

Es la forma en la que Strike tocó mi cuerpo como si cada parte de él fuera un regalo que había ganado.

Es la manera en la que besó mi boca como si estuviera pidiendo un deseo en mis labios.

Es cómo parecimos encajar, no sin costuras y con facilidad, sino perfectamente dentados como una cremallera.

Es cómo nos unimos una y otra vez.

—Hola —dice Strike, con los ojos abiertos. Alarga la mano y me hace rodar hacia su cuerpo, para que mi culo quede pegado a su dureza, mi espalda contra su pecho, sus largas pestañas haciéndome cosquillas en el cuello mientras me roza con los labios.

—Hola —respondo en voz baja.

—Eres magnífica. —Me da besos ligeros en el cuello. Su boca se vuelve insistente, me separa los labios empujando con la lengua, luego la hunde y se vuelve ligera y parpadeante. Es como si quisiera recordarme todo lo que ha hecho y puede hacer con ella.

El tiempo desaparece. Lo único que quiero es la boca de este hombre magnífico, y siento —de esa forma que he llegado a conocer tan bien con Strike— que estamos manteniendo una conversación con esta suave, húmeda e interminable historia de besos que me hacen girar en vertiginosos remolinos de deseo.

Strike me está besando, sí, pero de alguna manera también está tomando posesión. Reclamándome mientras yo lo reclamo a él.

Por fin levanta la cabeza y, mientras nos sonreímos, el ambiente cambia y la intensidad se disuelve. Aprieta la cara contra la unión de mi cuello y mi hombro.

—Te estoy inhalando —dice, con la voz apagada.

Está tan hundido en mí que me recuerda a Fivestar husmeando en los cojines del sofá en busca de un tentempié. Me río.

—No te olvides de dejar una reseña —me burlo, y entonces él se inclina hacia delante, me agarra del pie y me hace cosquillas hasta que chillo.

Después de quedarnos quietos, dejo que el momento cale hondo en mis huesos.

He vivido lo suficiente para saber que este tipo de perfección es efímera, que tengo que absorber cada segundo de bondad para alimentarme cuando desaparezca. Me llevaré este tesoro de recuerdos y lo guardaré en una caja, como uno de esos hermosos *souvenirs* de madera que vendemos en la tienda.

Se mueve para que me pueda desplazar y me acurruque más en su brazo.

—Oye, creo que a esto se le llama hacer el rollo de Honor —dice, y yo sigo sonriendo por el chiste cursi cuando añade algo bajito contra mi cuello—. Tenemos que hablar.

Se me eriza la piel.

—Ahora no —protesto. Quiero que el momento dure para siempre. Y si no para siempre, al menos un par de minutos más.

—De acuerdo. Ahora no —acepta, y entonces alzo mi cuerpo sobre el suyo.

Me levanto y, despacio, muy despacio, me hundo en él para que esté completamente dentro de mí. La imagen que he pintado tantas veces en el estudio cobra vida. Y antes de empezar a balancearme, a cabalgar sobre esta ola de placer, lo abrazo y lo aprieto dentro de mí para conservarlo.

Nos duchamos juntos, enjabonándonos el uno al otro, nuestros cuerpos se deslizan pegados, nuestros besos están tan húmedos como nuestra piel. Luego Strike pide un desayuno de huevos revueltos, zumo, tortitas y café. Nos envolvemos en los enormes albornoces blancos de hotel y, cuando llega la comida, perfectamente presentada en bandejas de plata, doy cuenta de ella con voracidad.

Siento todo el cuerpo como un hilado de azúcar, seguramente borracho de sexo y, aun así, sigo hambrienta a pesar de los excesos de la noche anterior. Strike me posee de nuevo, en el suelo, y esta vez está tan duro y nuestros movimientos son tan perfectos que parecen coreografiados; un dúo sincronizado hasta el momento de la liberación. Es increíble cómo entendemos al otro, cómo anticipamos sus necesidades y, sin embargo, así es como nos sentimos. Como si estuviéramos hablando y respondiendo sin tener que decir una sola palabra en voz alta.

No sabía que hacer el amor podía ser un baile tan suave e intuitivo. Tal vez sea porque ya ha visto todos mis deseos en el lienzo. Tal vez sea porque en todo momento me pone a mí por delante; porque es la cúspide de la disciplina y el control, y aguanta hasta que llego al clímax para que nos corramos juntos.

Quizá sea porque nuestras almas hablan el mismo idioma extraño.

Seguimos tumbados juntos, con la piel húmeda y la respiración agitada, cuando llaman a la puerta. Strike se levanta de un salto y se pone un albornoz para abrir.

Cuando vuelve, se está riendo.

—El conserje nos ha enviado una botella de champán —comenta—. Supongo que hemos sido un poco ruidosos. ¿Quieres una mimosa?

—Claro. —¿Mimosas sexuales? Por qué no. Descorcha la botella y brindamos. ¿Existe el exceso de alegría? Le paso los dedos por el pelo mojado y recién lavado, y ronronea de placer como un gato de la jungla. Ahora estamos en el sofá, dejando descansar nuestros cuerpos.

—Suenas como un Fivestar gigante —digo.

—¿Quién es Fivestar? —pregunta.

—Mi nueva gatita —explico, y Strike suelta una carcajada.

—Tiene un nombre perfecto. Dos pulgares arriba. ¿Me atrevo a darle… cinco estrellas?

Me río.

—Me alegro de que tengas una nueva amiguita. No me gustaba imaginarte sola en tu apartamento —confiesa Strike.

—Si nunca has subido a mi piso —digo.

—Habiendo visto tu tienda, puedo imaginarlo. ¿Está lleno de mantas acogedoras?

—Por supuesto, aunque te quedaste la mejor.

—¿Muchas baratijas por todos lados?

—Bingo.

—Muchos juguetes sexuales.

—No es exactamente un orgullo, pero sí.

—Qué maravilla. Y apuesto a que también huele a ti. —Strike vuelve a hundir la nariz en mi cuello para olerlo. Luego se sienta y su voz se vuelve seria—. Honor, necesito contarte algunas cosas. Si vamos a hacer esto, y Dios sabe que espero que así sea, necesito que me entiendas. Que entres en nuestra relación con los ojos abiertos.

—Oye, tengo los ojos muy abiertos —protesto, girándome para mirarlo moviendo las pestañas. Se ríe.

—Te he enseñado quién soy llevándote a ver lo que le hice a Simpson. He confiado en ti de una forma en la que nunca he confiado en nadie. Pero necesito que entiendas cómo me convertí en quien soy.

—Te escucho —acepto—. Háblame de Kate.

52

STRIKE

Ahora

Al oír el nombre de Kate en los labios de Honor, mis músculos se tensan como si me preparara para un golpe.

—¿Sabes lo de… Kate? —pregunto. Hago todo lo posible por mantener un tono neutro, distante, como si no fuera para tanto que sepa su nombre. Pero claro que lo es, joder.

¿Quién se lo ha dicho? ¿Acaso Axe metió la pata y se dejó algo en internet?

No, Axe no comete errores.

De todos modos, no importa. La conversación es inevitable. De hecho, he sido yo quien la ha empezado. Sin embargo, no había planeado ser tan específico.

—Solo sé su nombre. Lo dijiste cuando tuviste la pesadilla. Y vi la foto en tu mesilla de noche. —Los ojos de Honor se encuentran con los míos y son tiernos, muestran una compasión que no merezco—. ¿Son tu… familia?

Como si fuera una pregunta sencilla. Como si hubiera una respuesta fácil. Pero ¿puedo llamarlos mi familia cuando ya no son míos?

¿Cuando no fui capaz de protegerlos y mantenerlos a salvo?

Apoyo la cabeza en el sofá y abrazo a Honor para que su cabeza quede debajo de mi barbilla. Esto será más fácil si no tengo que ver su cara, si no soy testigo de la lástima que pronto estará escrita en ella. Entrelaza los dedos con los míos. Se los aprieto una vez.

Un sí en respuesta a su pregunta. «Eran mi familia».

—Cuéntamelo todo —dice.

—Kate era mi esposa. Y Henry… —Me aclaro la garganta. Empiezo de nuevo—. Henry era mi hijo.

—Era —repite Honor, en voz baja. Esta vez no hay ninguna interrogación en su tono. No pregunta. El «era» es todo lo que necesita saber.

—Los asesinaron —explico. Honor no reacciona ante esta bomba. Ni siquiera se inmuta, y si antes no estaba seguro de quererla, ahora estoy convencido al cien por cien—. La policía aún no tiene ni idea de quién lo hizo. Llevo años buscando por mi cuenta. Una teoría que manejan es que alguien podría haberse obsesionado con uno de los primeros juegos de Dark Matter centrados en el combate. Lo cual, si es cierto, significa que todo fue culpa mía.

—En cualquier caso, no fue culpa tuya —protesta, pero yo rechazo sus palabras. No vamos a discutir mi culpabilidad. No tiene sentido. Los dos sabemos que desde entonces he hecho cosas mucho peores. Si el infierno existe, sé a dónde voy a ir.

—La única otra posibilidad es un exnovio obsesionado de Kate con el que salió en la universidad. Desapareció del planeta, nunca hemos podido localizarlo, así que no estamos seguros, pero estadísticamente es el sospechoso más probable. Nos las arreglamos para mantener el hecho lejos de las noticias, no queríamos que a nadie le diera por imitarlo si estaba relacionado con el juego. Y retiré el programa poco después. No quería correr ningún riesgo. Si soy sincero, me alejé de esa vertiente todo lo que pude.

—Y ahora estás construyendo un imperio *hentai* feminista de realidad virtual —resume Honor, y puedo oír la risa en su voz. No puedo evitar sonreír.

—De todos modos, está ahí fuera, sea quien sea. Posiblemente destruyendo las vidas de otras personas como destruyó la mía.

—Así que ahora, además de *sexificar* el *metaverso*, proteges a las familias de los demás. Por eso haces… lo que haces, ¿verdad? —Tentativamente, recorre con el dedo mi tatuaje.

Asiento con la cabeza, encierro su cara entre mis manos y le beso los ojos con suavidad.

—Sí, por eso hago lo que hago. No podemos recuperar lo que hemos perdido, pero si hay alguna forma de ayudar a los supervivientes a transformar el dolor en poder, me apunto. Por supuesto, voy a por los agresores, ya que son claramente los malos, no hay zonas grises, y va en mi naturaleza; es la habilidad en la que me entrenaron. —Tensa la mandíbula—. Pero no quiero olvidar a las víctimas.

—Como… cuando te conocí en el depósito de cadáveres.

Asiento con la cabeza.

—Después de que mataran a Esperanza Martínez, Turning Point consiguió localizar a una hermana mayor que vivía en Guatemala: Esperanza le enviaba dinero todos los meses con la ilusión de traerla a Estados Unidos. Conseguimos que viniera la hermana, de forma segura y legal, y le proporcionamos un apartamento y un trabajo, además de facilitarle la asistencia a clases nocturnas de administración de empresas, a cambio de que fuera la tutora legal de sus sobrinos huérfanos. De lo contrario, tres niños habrían sido separados y enviados a Dios sabe dónde.

Honor está pendiente de cada una de mis palabras.

—Es increíble —dice, con los ojos llenos de lágrimas—. Un rescate así habría sido providencial para Grace y para mí después de… —Traga saliva, sacude la cabeza para borrar el pensamiento y yo la estrecho con más fuerza.

—No podemos salvarlos a todos. Pero un lugar como Turning Point cura corazones, recupera vidas e incluso ayuda a construir algunos sueños —digo—. Al menos, eso es lo que yo creo. Por eso actúo.

—Háblame de ellos —me invita en voz baja—. De Kate y Henry.

«¿Puedo hacerlo?», me pregunto. Siempre ha sido demasiado difícil hablar de ellos, compartirlos en voz alta sin sentir que estoy entregando demasiado de mí mismo. Honor espera pacientemente, como si supiera que necesito un minuto para armarme de valor.

—Kate era… una fuerza de la naturaleza —empiezo, y, una vez que me abro, descubro que las palabras salen fáciles, aunque hablar signifique que estoy dejando que esta mujer vea mis vulnerabilidades. Ya le mostré quién soy en el depósito de cadáveres, pero ahora soy yo al desnudo. Strike, el marido amoroso que quedó destrozado, el que enterré y bloqueé detrás de Strike, el asesino—. Kate era irlandesa, adoraba la diversión. Nada le gustaba más que una fiesta de cumpleaños o un concierto al aire libre, pero también se paraba a ver la puesta de sol. Era una madre muy práctica que adoraba a nuestro hijo: siempre lo vestía como a un hombrecito y le cantaba nanas y canciones marineras. Hacía fuertes con los cojines del sofá y le leía veinte libros a la hora de dormir. Pero podía ser una mamá-oso. Recuerdo una vez, cuando un niño le tiró una piedra a Henry en el recreo y pensé que la arrestarían por la forma en que persiguió a la familia. —Me detengo. Si esta mujer puede seguir conmigo después de ver de lo que soy capaz, no se merece menos que la verdad. Tomo aire—. La amaba —confieso.

Los ojos de Honor se oscurecen, pero no veo celos en ellos. Solo dolor indirecto. Los dos sabemos lo que es amar y perder, jugar la terrible apuesta que forma parte de la vida real.

—Era amable y divertida —continúo—. Tenía mal genio y obsesiones irracionales con las aceitunas y el tiempo. Era desordenada: me ponía de los nervios porque nunca cerraba del todo la tapa de las cajas de cereales. Le encantaban la playa y las copas con sombrilla y nos preparaba tarta de ron en Navidad, y todavía no me entra en la cabeza que alguien tan vibrante pueda estar aquí un día y desaparecer al siguiente… —Se me quiebra la voz y me aclaro la garganta—. En cualquier caso, ella era mía y yo era suyo. Durante un tiempo.

—Y Henry…

—Henry... —¿Qué puedo decir de Henry?—. Era jodidamente perfecto. Alegre. Tan hermoso que dolía mirarlo. No sabía que algo tan puro pudiera existir. Tal vez no pueda...

Honor se acerca más a mí, como si intentara convertirse en una manta. Para mantenerme en mi sitio.

—Tenía un pequeño mechón pelirrojo cuando nació. Y le encantaba hablar. Balbuceaba todo el día como si fuera el narrador de un cuento. Papá, esto es un árbol. Papá, a veces el helado es un alimento... Papá, mamá se ha enfadado hoy con los niños del colegio. Papá, ¿sabías que las orugas se convierten en mariposas?

Trago saliva y cierro los ojos. Durante un segundo, puedo verlo y oírlo: «Papá, papá, papá, papá». ¿Qué pensaría Henry del hecho de que el hombre que fue su padre ya no exista?

Se me estruja el corazón, y todo duele tanto que es como si alguien me estuviera sacando las tripas con uno de mis cuchillos antiguos.

Henry.

—Una vez me preguntó: «Papá, ¿sabías que los niños pueden morir?». Y le mentí directamente a la cara. «Nunca morirás», le prometí. «Siempre te protegeré».

—Aún no tengo hijos —dice Honor en voz baja, y me sorprendo a mí mismo al no tensarme al oír la palabra «aún». En lugar de eso, la atraigo más hacia mí—. Pero sé exactamente lo que se siente cuando no puedes salvar lo único para lo que te pusieron en la Tierra.

—Digo su nombre —admito, que es algo que nunca le he dicho a nadie. Ni siquiera al terapeuta al que fui un tiempo después del asesinato. El que me dijo que meditara, como si eso fuera a cambiar algo. Como si eso pudiera domar siquiera una molécula de mi rabia infinita—. Lo digo todo el tiempo. Porque el resto del mundo ya lo ha olvidado. Pero él existió. Era real. Así que lo digo mientras me cepillo los dientes. O conduciendo hacia el estudio. Henry.

—Henry —repite Honor.

—Henry Patrick Madden —digo.

—En esa foto en tu dormitorio —añade Honor—, estabais muy guapos juntos. Como las imágenes que vienen con los marcos.

—A veces es exactamente lo que parece esa foto. No del todo real —admito—. Una vida de fantasía.

Entrelaza nuestros dedos.

—Tal vez no los conocí, pero te prometo que te ayudaré a mantener vivo su recuerdo. Tú los amabas, y por eso yo los amo: Kate y Henry.

Sus mejillas están húmedas, y las mías también. Beso sus lágrimas. Una húmeda presión de piel sobre piel.

—Ahora me toca a mí decirte algo —dice Honor—. Porque la verdad es que tú y yo no somos tan diferentes.

53

HONOR

Ahora

Busco mi bolso en la mesa y lo abro. Le doy a Strike el pequeño cuadrado plateado de papel de regalo. Luego me retiro a la esquina del sofá, donde me abrazo las rodillas para poder mirar a Strike cara a cara.

Strike coge el papel. El sol de media mañana capta su superficie metálica y brillante.

—¿Qué es?

—Era de mi hermano pequeño, Rusty.

La expresión de Strike es a la vez curiosa y preocupada. Agarra el papel con cuidado entre dos dedos y lo levanta para que capte más luz, como solía hacer Rusty. Verlo me mata un poco.

—¿Tienes un hermano?

—Tenía —lo corrijo. Strike cierra los ojos un instante.

—Rusty Stone —dice, y yo sonrío en señal de agradecimiento.

—Así es. Mi hermano pequeño, Rusty Pacer Stone. Mi madre tenía un Pacer, y decía que nada la hacía sentir más libre que ese coche. De todos modos, Rusty era peculiar. Coleccionaba trozos de papel de regalo como este. Estoy segura de que si hubiera tenido más tiempo, si hubiéramos dispuesto de más dinero o si mis padres hubieran sido personas con principios diferentes, habría obtenido algún tipo de ayuda o herramientas, incluso un diagnóstico. El mundo siempre fue demasiado confuso y ruidoso para él. Pero no éramos ese tipo de familia. No éramos… una familia, punto. —La emoción me embarga y me engrosa la voz.

Le quito el papel a Strike y lo aliso, igual que vi hacer mil veces a mi hermano pequeño.

—Cuéntame el resto —pide Strike.

Y así, poco a poco, vacilante, le cuento toda mi historia. Me muestro inquebrantable, no escatimo detalles. La pequeña casa de los horrores. Los alborotos de mi padre, que mi madre no quería —o no podía— echar una mano. Gracie y el árbol hueco. Le muestro los brazos, las cicatrices que sé que ha tocado, pero ahora las conecto con sus historias. Me pongo de pie y le enseño las docenas y docenas de cicatrices finas, planas y blancas, ligeramente más claras que mi piel, que se entrecruzan a lo largo de mis pantorrillas por culpa de la hebilla del cinturón de papá. Luego me bajo la bata hasta la mitad de la espalda y me levanto el pelo para que pueda ver la peor cicatriz. La del incendio. Son crestas pálidas como las marcas de un neumático. La huella duradera de la abrasadora presión de mi piel contra una pared en llamas.

Recuerdo aquella cita: «La historia la escriben los vencedores», y me pregunto si será verdad. Porque yo no he grabado estas historias en mi piel. Y, sin embargo, aquí están, escritas en mi cuerpo. Las estoy transmitiendo. O quizá dejándolas ir.

Soy víctima, villana y vencedora a la vez.

El silencio de Strike es tan llamativo que puedo oír todos los demás tipos de silencio de la habitación: el tráfico lejano, el zumbido del aire acondicionado.

—Mis padres. Mi padre era… —No sé cómo terminar la frase, porque no hay palabra para lo que era. ¿Un sádico? ¿Un sociópata? ¿Un malvado? ¿Un abusón? No merece el consuelo de una etiqueta genérica.

—Sí, lo entiendo —dice Strike, permitiendo que lo deje sin definir.

Que es otro detalle amable y perfecto de Strike. Un regalo secreto y silencioso.

—Murieron en el incendio de casa. Gracie sacó a Rusty. Y yo traté de salvar a mi madre. Pero no a mi padre. —Mientras lo digo, me viene a la mente esa noche.

Mi madre, Rusty, Gracie, todos estaban en sus habitaciones, profundamente dormidos. Mi padre había caído semiinconsciente en el sofá.

—Escapamos todos menos mi madre. Optó por morir con mi padre. Siempre se decantaba por él. Pero yo elegí a Gracie, a Rusty y a mí misma. Era una casa llena de dolor y rabia. Teníamos que salir de allí. —Strike asiente—. Mi padre se merecía algo mucho peor. De niña, porque eso era yo, una niña maltratada y aterrorizada, me parecía la solución. Se había ido, éramos libres.

Levanto el papel de regalo. Un triste trozo de nada.

Mis ojos se llenan de lágrimas. Mi Rusty.

—Pero hubo consecuencias. Rusty empezó a tener terrores nocturnos. Dejó de hablar. Dejó de hacerlo todo, en realidad. Lo llevaron con una familia de acogida que tampoco tenía recursos para cuidarlo y no podían ayudarlo. A Gracie y a mí también nos separaron en casas diferentes, aunque lo visitábamos siempre que podíamos. Aun así, algo en él había cambiado. Se había encerrado tanto en sí mismo que era imposible encontrarlo. Y entonces —continúo después de tomarme un momento para calmar la voz—, cuando cumplió doce años, Gracie y yo íbamos a llevarlo a Six Flags. Llevaba años hablando de ello y lo teníamos todo planeado. Íbamos a coger el autobús y a comer allí. La mañana que fuimos a recogerlo, encontramos su cuerpo. Se había ahorcado en el garaje de la familia de acogida.

Cierro los ojos y recuerdo. La forma en que tuve la sensación de que se había ido incluso antes de abrir la puerta. Los sonidos indescriptibles que Gracie y yo hicimos cuando lo vimos allí, balanceándose, con su cuerpo flojo. La desesperación y la angustia, el luto y la profunda certeza de que, después de todo, no había escapado.

—Nos dejó una nota diciendo que no podía vivir en este mundo. No era lo suficientemente fuerte para ello.

—Honor… —Strike se inclina hacia delante y toma mi mano entre las suyas.

—Si me quedaba algo de inocencia o de infancia entonces, se esfumó. Borró cualquier versión anterior de mí. Cada vez que pienso en ello, que había algo raro en él y no en todos los demás…

Esta es la parte más difícil. Cómo le fallé a mi hermano pequeño. Strike coloca la palma de la mano en mi espalda.

—Rusty debió sufrir mucho, tuvo que sentirse muy perdido y solo para dejarnos así. Incluso en sus mejores momentos, y no fueron muchos, era difícil llegar a él, pero una vez que nos apartaron a Gracie y a mí de su vida cotidiana, perdió todo el apoyo… —Me detengo, recupero el aliento. La culpa me quema como un ácido estomacal—. De verdad creía que debía ser más duro, no que los demás debieran ser más blandos. Y pienso en eso todo el tiempo, en que al final probablemente tenía razón. El mundo no se ablanda para quienes lo necesitan. No hay suficiente espacio para que coexistan personas como mi padre y mi hermano. Rusty se merecía mucho más de lo que recibió de cualquiera de nosotros, incluyéndome a mí.

—Tu padre era un sádico. Habría acabado por matarte. Igual que sabías que Troy Simpson te habría matado. —Siento los dedos de Strike recorriendo mi piel, las crestas de mis cicatrices, en una suave afirmación.

—Sí. Es verdad.

—Eras una cría. E hiciste lo que tenías que hacer para salir. Y lo que hiciste fue muy valiente. —Se acerca y nuestros cuerpos se unen de inmediato. Si pudiera, me metería bajo el calor de su piel. Me enterraría e hibernaría ahí—. Eres la persona más fuerte que conozco.

—Hay algo más —confieso. Nunca se lo he dicho a nadie. Ni siquiera a Gracie. Ella no lo supo nunca. Ni siquiera lo sospechaba, que yo sepa. Pero mi necesidad de confesar, de contar mi verdad a la única persona que la puede entender, es innegable.

Miro a Strike directamente a los ojos. Si voy a entregar mi mayor secreto, el que podría dejar enterrado con Gracie y Rusty, tengo que hacerlo así.

—Lo hice a propósito. Asesiné a mi padre intencionadamente. —Tomo aire—. Encendí el cigarrillo yo misma. Sabía que podría sacar al resto de la familia a tiempo. Quería matarlo, Strike, y lo hice. Cogí el cigarrillo del paquete que llevaba en el bolsillo, lo encendí y lo dejé caer.

Ahora puedo verlo, la oscura quemadura del cigarrillo encendido en la alfombra junto al vaso de cerveza vacío de papá, el que yo misma le entregué, donde mezclé el alcohol con el polvo triturado de los somníferos de mamá. La pequeña chispa de la llama comenzó a prenderse con la caja de cerillas verdes que guardaba desde niña. Y corrí a la cama a esperar, casi mareada de ansiedad. El principio del fin.

Ahora también puedo sentirlo: tumbada en mi habitación contando un minuto, esperando a que saliera el humo. La intensa sensación de alivio, de poder, subiendo por mis venas. La sonrisa en mi cara ante la posibilidad de alcanzar el éxito.

No era la primera vez que intentaba asesinarlo.

Era la primera vez que funcionaba.

—Matar a un monstruo no te convierte en uno —asegura Strike.

—¿De verdad crees eso?

—Sí —afirma—. Por supuesto. Quieres fingir que tomaste una mala decisión, pero no fue una decisión en absoluto. A veces no hay buenas elecciones. Querías salir viva de esa casa. Y solo había una manera de hacerlo.

Entonces estira los dedos y me levanta la barbilla, llevando mi mirada hacia la suya, concentrada y penetrante.

—Honor. Tú lo eres… todo —dice—. Nunca he deseado a ninguna mujer tanto como te deseo a ti. Y sí, este mundo está jodido, y sí, hemos vivido nuestros propios infiernos personales… y de alguna manera encontramos la forma de resurgir de las cenizas, ¿verdad? El tejido cicatricial es hermoso porque es duro y fuerte, y te recuerda que la curación es posible. Así que quizá eso es también lo que hace que esto… que tú y yo… seamos posibles. El hecho de que veamos y entendamos las cicatrices de los demás. El hecho de que todos nuestros bordes dentados encajen. Si hay alguna posibilidad de que eso sea cierto, me gustaría aceptarla. ¿Lo quieres tú también?

Cada latido de mi corazón es un fuego dentro de mí que arde por este hombre. No tengo ni idea de a dónde nos llevará esta pasión. Si nos consumirá. Pero Strike también tiene razón: nuestros retos, nuestras experiencias de dolor y pena, de sufrimiento y pérdida, son también lo que nos une, en fuerza y compatibilidad, junto con una profunda empatía y compasión por los defectos del otro.

Solo hay una respuesta.

—Sí —digo.

—Sí —repite Strike. Una lenta sonrisa se dibuja en su rostro—. Te quiero, Honor Stone. Si nos quemamos, nos quemaremos juntos.

54

HONOR

**Dos meses después
Otoño**

Estoy en la cocina, exprimiendo un poco de zumo de limón en un *tupper* con manzanas cortadas para que no se oxiden, cuando Strike me coge por la cintura y me hace dar un respingo.

—¡Me has asustado! —Me río mientras lo golpeo con un trapo de cocina—. No te he oído entrar.

—Estás para comerte —dice. Para demostrármelo, me muerde en el hombro. Necesito toda mi fuerza de voluntad para no cogerlo de la mano, arrastrarlo a mi habitación y sentarme a horcajadas sobre su preciosa cara.

Pero hoy tenemos planes.

—Ya está todo listo. —Aliso un paño de cuadros sobre la comida, bajo la tapa y cierro la cesta de pícnic.

Hoy es el cumpleaños de Strike, y este hombre que lo tiene todo no quiere nada excepto un romántico almuerzo campestre conmigo.

Contra eso no tengo argumentos.

—Pues venga.

Recogemos todo y salimos, aunque no sé a dónde vamos ni me molesto en adivinarlo. Strike conoce los mejores lugares, los pequeños rincones con encanto en los que nadie más parece fijarse. A veces me siento así cuando me observa, como si yo fuera otro rincón sorpresa. Cuando me mira así, con asombro, como si yo fuera ese momento inesperado de belleza que ha descubierto, mi corazón se convierte en una fuente rebosante de amor y alegría.

Ha salido el sol y Strike me entrega una elegante funda de gafas; dentro hay unas gafas de sol de marca que hacen juego con las suyas.

—¡Son increíbles, gracias! —Necesitaba unas nuevas desde que perdí el par de plástico viejo y cutre que había comprado en una gasolinera por seis con noventa y nueve dólares. Estas son una pequeña mejora—. Pero no es *mi cumpleaños* —digo, poniéndomelas en la cara. Me miro en el espejo y compruebo que me quedan genial.

—Cada día es tu cumpleaños para mí, Luciérnaga —dice.

—Ay, si realmente te sientes así, supongo que las aceptaré.

En el Jaguar, con el viento en la cara, miro a Strike, que con sus gafas de sol me parece tan guapo como una estrella de cine. Es divertido coincidir con él, sentir el poder de ser parte de una pareja. Por fin me he alejado de la soledad que me ha acompañado toda la vida. Por primera vez, me siento apreciada.

El regalo que tengo para Strike está en la cesta de pícnic: un autorretrato mío casi desnuda que pinté a partir de un selfie matutino que me hice hace unas semanas, en el que estoy despeinada y cansada después de una larga noche haciendo el amor. Llevo puesta una camiseta vieja de Strike de UPenn, pero se me cae tanto de los hombros que se me ven los pechos, los pezones erectos de color melocotón. Un cuadro protagonizado por mí para variar, para equilibrar el número de retratos que he hecho de él.

Sé que le encantará.

Hemos ido por carreteras secundarias, pero hasta que no dobla la curva no sé que estamos en St. Martin-in-the-Fields.

—Ah… —digo. ¿Cómo demonios puede saber Strike dónde está enterrado Rusty? Mi corazón es una repentina estampida de ponis. Strike desliza la mano sobre la mía mientras atravesamos las puertas del cementerio.

Nunca he estado en la tumba de Rusty con otra persona.

Ni siquiera con Gracie. No habríamos podido cumplir la regla de los cinco minutos si hubiéramos venido juntas. De hecho, después de su muerte, ni siquiera nos atrevimos a hablar de él. Era demasiado doloroso, demasiado demoledor, demasiado todo.

En aquellos días, sobrevivir exigía un enfoque inquebrantable en seguir adelante.

Gracie está enterrada en el cementerio de Forest Hill, el único que me pude permitir pagar con las tarjetas de crédito al límite. Es mucho menos bonito, hay menos árboles y las lápidas están tan torcidas como los dientes de un viejo.

—Ya sé que es mi cumpleaños —comenta Strike mientras mira mi cara de desconcierto—, pero tengo algo que enseñarte. Supongo que es una especie de regalo.

—Otro regalo.

Sonríe de forma enigmática, y tengo la sensación de que lo que quiere mostrarme es más significativo que unas gafas de sol de diseño.

Aparcamos en un lugar destinado para ello detrás de la iglesia. Strike abre el maletero y saca un enorme ramo de lirios junto con una bolsa de lona.

—¿Puedes coger lo que queda?

—No hay nada… —Cuando compruebo el maletero, hay, de hecho, una última cosa. Una manta *mojave* idéntica a la que le vendí a Strike la primera vez que vino a la tienda, solo que la suya es gris y esta es azul—. ¡No lo habrás hecho!

Por supuesto que sí.

—Espero que este sea el primero de muchos pícnics.

Otro regalo…, pero la manta no es lo que quiere enseñarme. Anda con determinación, ya ha estado aquí antes.

—La tumba de Rusty está al otro lado —digo señalándola.

—Vamos a pasear —dice, deslizando la mano entre las mías—. Lo que quiero enseñarte también está allí. —Nos sonreímos el uno al otro, serpenteamos por el sendero y pasamos por debajo de otros robles, brillantes con hojas casi anaranjadas.

—Siempre me ha parecido tierno —digo, mientras me detengo ante un rectángulo de pizarra grabado con «Indiana Bones 1984-1989. Un buen perro».

—Kate tenía un perro —comenta Strike—. Penny. Un mestizo de terrier. Ahora está con sus padres en Irlanda.

Strike ha empezado a hablar un poco más de Henry y Kate últimamente, metiendo recuerdos de ellos en conversaciones como hoy. Sé que al pequeño Henry le encantaban las bromas y la salsa de chile y llevar todos los días sus botas de goma para la lluvia con la capa de Batman. Que Kate coleccionaba búhos de peluche y que sabía hacer una tarta de merengue de limón buenísima, que escribía notas de agradecimiento a la antigua usanza y que podía recitar poesía irlandesa durante horas: Yeats era su favorito. A Henry le encantaba la película *Frozen*, y Strike sigue viéndola igual que yo veo *Los juegos del hambre*, la favorita de Gracie. Algún día planeamos hacer una sesión doble.

—He creado diez becas en Turning Point dedicadas a su memoria —anuncia Strike—. Pero no tengo ninguna lápida ni placa. Fueron incinerados.

—Podrías dedicarles algo aquí —sugiero—. ¿Un banco, tal vez? Donde pudieras ir a pensar en ellos o a hablar con ellos.

—Hablar con ellos… —Esboza una sonrisa—. Supongo que hablo con ellos en mi cabeza.

—Yo hablo con Rusty todo el tiempo cuando vengo a ver su tumba. No es que crea que pueda oírme, pero eso tampoco me parece importante. Podríamos venir juntos. Aunque no te haría correr hasta aquí como suelo hacer yo.

Le doy un codazo juguetón.

—¿Qué? ¿Crees que no puedo seguir tu ritmo?

—Ya sé que no puedes —me burlo.

La tumba de Rusty está en las afueras de la propiedad. Es una suerte que encontráramos sitio; Gracie y yo no podíamos permitirnos la lápida.

Pero la familia de acogida hizo una colecta para nosotras.

—No lo superaréis, pero quizá con tiempo…, rezad para superarlo —nos dijo a Gracie y a mí su madre de acogida. Era una mujer desagradable con tos de fumadora empedernida, aunque parecía destrozada en el entierro. Que un niño de doce años se ahorque en tu garaje te transforma.

A pocos metros de la tumba de Rusty, me doy cuenta de que algo parece diferente. No es que el cementerio no cambie —se añaden nuevas parcelas, se plantan nuevos arbustos y pasan las estaciones, por supuesto—, pero siempre veo una familiaridad duradera que tiendo a dar por sentada.

Cuando lo veo, mi cuerpo siente como si alguien hubiera encendido una cerilla dentro de mi alma.

La lápida de Rusty sigue en pie como siempre. «Russell Pacer Stone, 2005-2017». Pero ahora tiene un vecino.

—«Grace Marie Stone, 1998-2024» —leo.

Miro a Strike, con el corazón en un puño.

—¿Cómo lo sabías? ¿Cómo sabías que esto era lo que soñaba? —Se me quiebra la voz y las lágrimas caen por mi cara, una mezcla agridulce de pena y sol.

—Sabía que querías que tus hermanos estuvieran juntos —confiesa Strike con sencillez.

Estamos todos juntos de nuevo: Rusty, Gracie y yo. Aquí, bajo este cielo despejado, un día feliz y tranquilo en Normal. Estamos protegidos. Estamos a salvo. Puedo llorar todo lo que quiera por Gracie, por Rusty, por la gente que amé y perdí, porque Strike también está aquí. Conmigo. Sosteniéndome.

Él me ayudará a compartir el peso del dolor, y yo compartiré el suyo. Quizá incluso encontremos la forma de enseñarnos, poco a poco, a soltarnos.

Strike deja el ramo de lirios junto a la lápida de Gracie y me da la bolsa.

—Pensé que querrías elegir uno.

Miro dentro de la bolsa y veo que está llena de cuadrados de diferentes colores de papel de regalo, liso y estampado.

—¡Oh! —Por un momento, me siento completamente abrumada. Se me saltan más lágrimas—. Strike —suspiro—. Esto es… tan apropiado… es justo… —Pero me cuesta demasiado hablar, así que agacho la cabeza y busco la que elegiría mi hermano pequeño.

Entonces lo veo: tiene todos los colores mezclados como si fueran granos de helado brillantes.

Nuevos tesoros.

Lo saco junto con otro navideño, de rayas rojas y plateadas como un bastón de caramelo.

—Le habrían encantado.

Pero no estoy mirando lo que tengo en la mano. Estoy mirando a Strike.

—Gracias.

Me besa en la coronilla antes de soltarme.

—Puede que tengas razón. No eres agradable, ni siquiera un poco. Pero sí muy bondadoso —afirmo.

Strike levanta la barbilla; el atisbo de sonrisa en sus labios se corresponde con el atisbo de sonrisa en sus ojos.

—Creo que la bondad es una forma de sanar —acepta—. Ambos hemos perdido mucho, demasiado, y la única forma que conozco de no doblegarme ante eso es encontrar esperanza donde pueda, encontrar paz, encontrar amor.

Me mira directamente a los ojos.

—Te amo, Honor Stone. Dios sabe que he intentado no hacerlo y he intentado creer que estarías mejor sin mí. Pero no puedo evitarlo. Estoy total, completa y absurdamente enamorado de ti.

—Yo también te amo —respondo y me acerco a él para secarle las lágrimas. Ojalá hubiera forma de abrazarlo más fuerte, de coserlo a mí, de saber que nunca lo perderé, que estaremos uno al lado del otro, inquebrantables.

Quiero creer todo eso y, al menos en este momento, lo creo.

55

STRIKE

Finales de otoño

La noticia llega con una bajada de temperaturas que transforma todo Ashburn en un paisaje helado de cristales de hielo. Miro por la ventana de mi despacho, escucho la silenciosa quietud que parece una advertencia y dudo si leer el artículo local que acaba de aparecer en mi teléfono. Antes de que Honor formara parte de mi vida, habría hecho clic de inmediato. No, antes de tener a Honor probablemente ya habría hecho todas las llamadas, habría tenido el dossier en la mano antes de que el cuerpo llegara al depósito de cadáveres. No suelo informarme por el periódico, pero les dije a mis fuentes que iba a pasar desapercibido durante un tiempo. Que me contactaran solo en caso de emergencia.

Supongo que nadie ha pensado que un niño muerto es una emergencia.

Puto mundo...

El titular es corto y directo: «Niño de once años encontrado muerto». Paso de largo, me froto la barba incipiente..., me gustaría tener un cuchillo en la mano. La tentación es casi seductora.

Me conozco, soy un perro con un hueso.

Honor y yo somos felices. Estamos enamorados. No hay necesidad de estropearlo.

Abro un informe de resultados de DME. Lo cierro. Me pongo el casco de realidad virtual y curioseo en el nuevo juego de Honor. No. Ni siquiera eso me distrae, aunque tomo nota mental para decirle que me gusta que el avatar lleve tacones de aguja con piel de serpiente, exactamente igual que el par de zapatos que le regalé hace poco.

¡Joder! Hago clic. Luego busco en Google. Pronto la información invade mi monitor. Devoro los artículos, escudriño las noticias y luego paso a la *dark web*, donde envío mensajes a mis contactos para obtener más información. Soy como un caballero furioso que se lanza al ataque y atraviesa con su espada una densa espesura de datos.

«Un niño de once años ha muerto hoy».

«El condado de Dubbs está de luto por la pérdida de un niño de quinto grado».

«Un niño de West Shelton…».

«Declarado muerto…, fue asesinado…, se sospecha de algo sucio».

El niño tiene cara de ardilla, cejas puntiagudas, el pelo cortado tan corto como la hierba de un campo de golf. Es la media sonrisa de la foto escolar de quinto curso. A Henry lo mataron antes de que llegara a la escuela primaria, así que no podemos disfrutar de su retrato escolar. Pero hay algo en la foto de este niño, en un rectángulo genérico con el típico fondo azul —el hecho de que sea tan él mismo, con los dientes torcidos y un corte de pelo ridículo—, que me revuelve el estómago.

Pongo un vídeo en el que un reportero de triste mirada entrevista a los vecinos.

—Parecían una familia agradable —dice una anciana—. No puedo creer que esto ocurriera justo en la casa de al lado.

El nombre del niño, Jaxon Gower, aparece en la parte inferior de la pantalla. Murió atado a una silla tras pasar hambre y ser golpeado por su padre. La policía cree que fue la deshidratación lo que finalmente lo mató. Calculan que estuvo en esa silla unas setenta y dos horas.

Setenta y dos horas. Tres días.

Después de algunas llamadas, descubro que podría haber sido más tiempo. Tenía cicatrices de ligaduras alrededor de los tobillos. Cicatrices de mordeduras por todo su cuerpo desnutrido.

El padre de Jaxon está actualmente en la cárcel, a la espera de juicio; mientras tanto, le han retirado la custodia de sus otros dos hijos, que han sido puestos en acogida.

El reportero dice todo esto de la misma manera que informa del último aumento en los precios locales de la gasolina. No se dice nada oficial sobre la madre, aunque otro vecino menciona que parecía «una señora bastante agradable».

—Un verdadero amor. ¿Qué hay más bonito que mantener a un chico atado a una silla mientras es golpeado? —grito a la pantalla. Me froto las sienes palpitantes. Las noticias lo enmarcan como una historia local sobre el fracaso de los Servicios de Bienestar Infantil de Shelton; al parecer, una profesora presentó una queja hace años.

Tras una única visita a domicilio, un trabajador social dio el visto bueno a la familia.

—Ni siquiera saldrá en las noticias nacionales —le digo a Honor más tarde, cuando nos estamos preparando para nuestro primer evento formal como pareja. Mucho después de cerrar los ojos y seguir con la jornada laboral, la imagen de Jaxon flota en mi mente.

—Es probable —responde Honor, dándose la vuelta para que pueda subirle la cremallera del vestido de seda verde. La beso en la nuca e inhalo su aroma. Dejo que eso me ayude a frenar mi ira—. El maltrato infantil ocurre demasiado a menudo para ser considerado noticia.

—Aun así… —añado.

—Más tarde —me interrumpe ella—. Vamos a disfrutar de la velada.

Agg… Esta noche me van a dar un homenaje en el Catch-22 Club de la ciudad por mi apoyo a Turning Point. Tendré que dar un discurso y estrechar manos fingiendo que no vivimos en un mundo donde un niño es atado a una silla para ser torturado hasta la muerte y nadie puede hacer nada al respecto. Quería que Paula fuera en mi lugar, pero me echó la bronca porque este tipo de actos no solo son buenos para mi perfil público, sino también para mí socialmente.

—Es hora de pasar a primer plano —me dijo—. Tu vida es mucho más estable ahora con Honor a tu lado.

En eso no se equivoca. Y Honor está preciosa esta noche con esa seda verde tan favorecedora, un color que asocio con ella como amante de la naturaleza y la tranquilidad.

En el banquete, me meto en el papel de CEO y me olvido de la imagen de la escuela.

—Los dos formáis una pareja poderosa —comenta George Forthlarkin desde un asiento más allá, un amigo mío que también es CEO del West Shelton Financial Services.

—Es el jefe de la zorra del banco —me susurra Honor al oído.

Conocí a la zorra del banco cuando acompañé a Honor a cancelar sus préstamos con las ganancias de la exposición. Me ofrecí a pagarlos yo —nunca sería tan gilipollas como para decírselo, pero los fondos que le cambiaron la vida son calderilla para mí—, aunque se negó. La zorra del banco es una trabajadora de un nivel tan bajo que es difícil creer que alguna vez tuviera el poder de molestar a Honor, así que mencioné a Forthlarkin delante de ella solo para verla sudar y arrastrarse y básicamente suplicar por su trabajo de mierda. La única razón por la que no insistí en que la despidiera es porque sé que acaba de tener un bebé.

—Tengo uno de tus cuadros colgado en el recibidor —dice George y, aunque es un hombre de sesenta años, mis oídos captan el filo de flirteo de su voz.

—¿Sí? —pregunta Honor un poco tímida, y recuerdo lo mucho que odio que Honor se subestime. A partir de ahora, la misión de mi vida será que se dé cuenta de lo brillante que es y el inmenso talento que tiene.

—Lo miro un rato todas las mañanas. Siempre encuentro algo nuevo —insiste George. Le regalo una sonrisa para que recuerde que es estupenda, pero también es mía. George lo entiende.

—Venid aquí, Honor, Strike, ¿conocéis a la alcaldesa? —pregunta, pivotando suavemente.

Yo sí, claro, pero Honor no. Sonrío y le estrecho la mano a la alcaldesa, y luego a su marido y a tres personas más cuyos nombres no recuerdo. Después permanezco en un segundo plano mientras Honor los deslumbra con su charla. No dejo de tocarla. Coloco la mano en la parte baja de su espalda y dibujo círculos perezosos, una promesa de lo que le haré cuando lleguemos a casa.

Solo me alejo de ella cinco minutos durante la recepción, cuando me cruzo con el periodista de ojos tristes con el que ya he charlado varias veces. Sus fuentes suelen ser buenas.

—Vi tu informe antes. ¿Qué pasa con el caso Gower? —pregunto.

No menciono que ya he leído el expediente policial. Que he visto las fotos. Que mi información tiene unas horas de antigüedad.

—Lo que pasa es una broma de mal gusto. El padre va a salir como si tal cosa —responde.

Parece adormecido por su trabajo, y no lo culpo. Yo elijo la acción, aunque entiendo que alguien pueda ir por otro camino.

—Estamos esperando la última palabra de nuestra fuente, pero ha habido algún tipo de violación accidental de la doctrina Miranda. Un tecnicismo. Mierdas que pasan con demasiada frecuencia; aun así, es una mierda.

Hace su actuación de mirada triste, pero ahora quiero darle un puñetazo en la boca. Mi fuente en la oficina del fiscal no ha mencionado la posibilidad de que el padre salga libre.

—Pero ese hombre mató a su propio hijo. Jaxon está muerto —protesto.

—Los policías son humanos —añade el periodista—. Cometen errores. Y el fiscal general mantiene la casa limpia. Le gusta jugar según las reglas, incluso cuando eso significa que no se haga justicia.

«Justicia».

Mi cuerpo se agarrota con una rabia cegadora. Quiero rugir, romper todos los cristales, cerrar las puertas y mantener a todo el mundo como rehén hasta que el gobernador firme un proyecto de ley que proteja a un chico que no pudo protegerse a sí mismo de la persona que se suponía que debía protegerlo.

Pero nadie lo hará.

Judith matando a Holofernes. Hay una razón por la que la tengo colgada en la pared. La venganza no es un acto bonito.

—Mantenme informado —le digo al periodista, pero, mientras me alejo, tengo los puños apretados y la respiración acelerada. Necesito sentir la curva de la cintura de Honor. Necesito perderme en ella antes de perder el control.

Escudriño la multitud que asiste a la gala. Veo a mi chica favorita hablando con la alcaldesa y con un aspecto tan dulce como el de una orquídea verde, y me siento tan excitado como la noche que nos conocimos. Le arrebato una copa de champán a un camarero que pasa por allí y, mientras me acerco y se la doy, le digo una palabra al oído: «Ahora».

56

HONOR

Ahora

Apenas hemos entrado por la puerta principal cuando Strike me quita el vestido del cuerpo como si fuera el envoltorio de un caramelo. En la oscura entrada, me levanta, me baja el tanga de seda y me aprieta contra la pared. Mis jadeos se convierten en gruñidos mientras nos besamos con voracidad. Juntos somos una droga a la que ambos estamos enganchados.

Y me he dado cuenta de que esto es una liberación aún mejor que pintar.

Los médicos deberían recetar orgasmos.

En cuanto Strike me vuelve a dejar de pie, le bajo la cremallera de un tirón y se pone duro como una roca en mi mano. Está jodidamente preparado. Aprovecha mi propia humedad para rozarme el clítoris con el pulgar. Me arqueo hacia él, de puntillas, guiándolo dentro de mí. Esta noche no hay preliminares. En unos segundos pasamos de cero a cien.

Ni siquiera nos detenemos a usar un preservativo —tengo seguro médico, los dos estamos sanos y yo tomo anticonceptivos— y, en un momento, estoy recibiendo cada una de sus embestidas y sus manos fuertes y pesadas me sujetan por las caderas como si fuera su mejor premio. Follamos contra la pared; es un polvo rápido, áspero y desesperado. Me doy cuenta de que Strike tiene algo en mente: normalmente aguanto sus embestidas con facilidad, pero esta noche me penetra más y más. Es delicioso. Se hunde en mí con tanta fuerza que tengo que tensarme contra sus embestidas.

Quiere reclamarme, sí, pero también deshacerse de la rabia de su cuerpo, y aunque Strike solo me roza la nuca para que no me salgan moretones, sinceramente, no me importaría que aparecieran.

Siento la intensidad de su fuerza en la presión de su boca sobre la mía, en la forma en que me aprieta el pecho con la otra mano, en la increíble plenitud que siento en mi interior. Cuando se hunde en mí con un último empujón imposiblemente profundo, nos unimos en una explosión final. El corazón me late con fuerza y me siento eléctrica, con cada parte de mí encendida.

Ya no puedo mantenerme en pie ni un segundo más.

Cuando caigo de rodillas, Strike se ríe.

—Ni siquiera hemos subido las escaleras —resopla.

—Ni siquiera nos hemos quitado la ropa —añado. Tengo el vestido por la cintura y sus pantalones siguen arrugados alrededor de sus tobillos.

—Para eso está la próxima vez, mi amor. —Me besa la mejilla, ahora con ternura, y lo siento como un regalo exquisito. Se agacha para ayudarme a levantarme y me abraza en silencio. Me aprieto contra él—. ¿Estás bien? Espero que no haya sido demasiado para ti —susurra bruscamente—. La próxima vez, lo haremos despacio… y en una cama.

—Qué exigente… —bromeo—. Esta noche ha sido casi perfecta. Me encanta salir contigo. Me encanta ir de tu brazo. Me encanta sentir que somos un equipo.

—Porque lo somos —afirma.

No es hasta más tarde, en su cama prometida, cuando vuelvo a decirlo, esta vez invitándolo a seguir conversando.

—Esta noche ha sido casi perfecta.

—Lo sé —replica Strike, girando sobre los codos para poder mirarme a los ojos—. Estás pensando en Jaxon.

—Sí. Y tú también. —Asiente, de acuerdo. Ahora hacemos esto: leer los pensamientos del otro—. El padre va a salir, ¿no?

Strike asiente de nuevo con la cabeza en señal de confirmación breve y reticente.

—Esta noche lo he notado en tu cuerpo. —Trazo una raya con el dedo por su mejilla, a lo largo de las líneas que rodean su boca—. Déjame ver el expediente.

Strike lo asimila con cierta incredulidad. Sí, a menudo sabemos lo que piensa el otro, pero esto va un paso más allá. Esto es que veo dentro de su alma.

Al cabo de un momento, se incorpora, se inclina hacia la mesilla y pulsa un botón. Se abre un cajón y saca un iPad.

—Acércate.

Me inclino hacia delante. Toca la pantalla, y todo está ahí. Douglas Matthew Gower del condado de Dubbs. Archivos de sus antecedentes penales, sus padres, su pareja, sus hijos, todo sobre él.

Fotos del pequeño Jaxon.

Las fotos del forense de los moratones de Jaxon. Son gráficas, grotescas. Imágenes que no puedes dejar de mirar.

—Lo soltarán la semana que viene —informa Strike.

—¿Y ahora qué? —indago—. ¿Qué hacemos?

Los ojos grises de Strike se clavan en mí con una intensidad que no parpadea.

—¿Qué quieres hacer?

57

HONOR

Finales de otoño

Al principio no estoy segura. ¿Qué quiero hacer? Saber. Ayudar. Comprender. Impedir que Gower lastime nunca a nadie más.

—Quiero saberlo todo —digo a Strike.

Así que me da las claves. Las llaves del castillo de Strike Madden son un juego de niños comparadas con las de los códigos de doble encriptación, los mecanismos que se activan con un botón y la caja fuerte de huellas digitales que se oculta tras una pared. En minutos tengo en mis manos todo el historial criminal de Doug Gower. Me entero de que el dossier ha sido recopilado por Axe.

El castigo, sin duda, se ajustará al delito. Así funciona Strike. Con deliberada y cuidadosa consideración. Y estoy de acuerdo.

Solo que no me quiere con él allí.

—No puedo permitir que te impliquen de ninguna manera —alega Strike. Los papeles se extienden a nuestro alrededor en la cama. Le doy la vuelta a las fotos del cadáver de Jaxon que el forense le pasó a Strike. No puedo mirarlas más, aunque ya las tengo grabadas en el cerebro—. Es demasiado peligroso, joder, Honor. Esto no es un deporte con público.

—Llevas demasiado tiempo cargando con esto tú solo —explico. Salgo de la cama y me planto junto al cabecero sin dejar de mirarlo. Necesito que me vea ahora. Que sepa lo decidida que estoy. Tomo sus manos entre las mías como si estuviera haciéndole una promesa, y puede que lo esté haciendo—. Tú y yo sabemos que esto no tiene nada que ver con un deporte. Esto no es una diversión para ti. No es un juego, es una guerra. Alístame en tus filas.

—¿Soldado Stone? —pregunta Strike, casi curvando los labios en una sonrisa, mientras me siento en el borde de la cama.

—A la orden, capitán.

—Honor. —Me coloca un mechón de pelo detrás de la oreja.

—Strike… —Dibujo con el dedo el surco entre sus cejas.

—En serio, no.

—En serio, sí. El universo ha conspirado para que nos encontremos. Hemos descubierto cómo encajan todos nuestros bordes rotos. Tu sufrimiento y el mío hablan el mismo lenguaje secreto. Conoces todos mis secretos. Yo conozco todos los tuyos. —Lo beso en la boca con los labios entreabiertos, suspirando y disfrutando del estremecimiento que me produce su contacto. Él me devuelve la caricia juguetón, rozando su lengua contra la mía, una invitación que también es una forma de recordar que estamos aquí el uno para el otro—. Descubramos nuevos secretos juntos.

Se ha estado gestando en mí desde que me enteré de lo de ese pobre chico.

O tal vez desde que vi a Troy cortado como un patrón de costura.

O tal vez incluso antes, cuando vi el miedo crudo y animal en los ojos de mi padre. Antes me asustaba el regocijo que sentía. No podía soportar pensar que era capaz de eso. Pero ahora es diferente. Puedo sentirlo en mi interior, no quiero ser una espectadora. Quiero empuñar un arma como si fuera un pincel. Quiero clavar un cuchillo en el corazón de Gower. Ha robado demasiado.

Strike lo considera. Mueve la cabeza un par de veces, como si no pudiera creer lo que está a punto de decir. Y luego asiente.

—Vale. Si vamos a hacerlo juntos de verdad, tenemos que trazar un plan.

—Puedes empezar enseñándome tu colección de cuchillos.

—Ni se te ocurra tomar prestado el Gerber —dice Strike—. Es mi bebé.

—Si pudiera usar la Hattori que se acaba de vender en subasta… —La vida con Strike implica estar al día de sus obsesiones por los cuchillos antiguos y las navajas, y sé que la semana pasada, una navaja Hattori esbelta y afilada como un bisturí a la que Strike tenía echado el ojo se vendió a un comprador privado por aproximadamente el mismo precio que una caravana Airstream.

Strike me mira con asombro y luego entrecierra los ojos, y me doy cuenta de lo que está pensando: que quiere tirarme de nuevo a la cama y devorarme entera.

—¿Eres tan experta en cuchillos como en juguetes sexuales? Hostia puta. Eres la mujer perfecta.

Me río y lo pongo en pie.

—Dime. ¿Has sido tú quien compró ese cuchillo? —bajo la voz—. ¿Para mí?

Strike no contesta, pero sonríe, arquea una ceja y me coge la mano.

Y lo sigo con impaciencia hasta su sala de armas.

EPÍLOGO

HONOR

Dos semanas después

Intento no pensar en la aguja. Ni en el hecho de que estoy añadiendo a propósito otra cicatriz a mi cuerpo.

En lugar de eso, durante todo el trayecto hasta Filadelfia, Strike y yo cantamos al ritmo de su lista de Spotify, que contiene un número sorprendente de canciones que harían las delicias de los asistentes a un baile escolar. *Party in the U.S.A.*, *Uptown Funk*, incluso *Happy*. Strike quiere llevarme a París, al Tíbet, a Sydney, a todos los lugares más bonitos del mundo, pero ya he averiguado que lo que más me gusta es viajar en sí. Viajar por carretera. Con los pies en el salpicadero, una bolsa de aperitivos en el suelo y cafés helados en los portavasos.

Rusty, Gracie y yo soñábamos con que un día cruzaríamos el país en coche. Strike quería llevar a Kate y Henry a Disneylandia a montar en la Space Mountain. Hoy, solo somos Strike, yo y los fantasmas que llevamos con nosotros a todas partes.

«Ahí está el límite de Shelton, Grace, creo. Por fin lo estoy cruzando. Rusty, mira cómo el sol hace brillar los edificios».

Strike quería que nos alojáramos en el Four Seasons, por supuesto, pero lo convencí de que debíamos reservar un dulce y encantador *Bed & Breakfast* en Pine Street. Cuando llegamos, vemos una pequeña placa junto a la ventanilla de facturación.

—Mira eso…, ¡cinco estrellas!

Se ríe; una risa fácil que últimamente oigo cada vez más. Me hace girar en círculo y luego me acerca.

—Clasificado así por un sitio web llamado PhiladelphiaSecretSpots.com. No estoy seguro de que sea oficial. Aunque, ahora que lo pienso, este sitio parece haber adquirido todos los artículos de Grace & Honor. —Miro a mi alrededor y la verdad es que tiene razón. Las lámparas, los cojines…, es un paraíso.

—Tal vez esa página web sea buena…

Después de registrarnos, decidimos ir andando hasta nuestro destino. Por el camino nos desviamos rápidamente al museo de arte, donde me hago una foto en las escaleras como Rocky. Luego Strike me sorprende con una visita a Denny's.

—No es langosta —dice cuando nos entregan la torre de tortitas de canela.

—Esto es mucho mejor que la langosta.

Desde allí, nos dirigimos a South Street. Hace poco, Strike me compró un par de botas negras a juego con las suyas, y me encanta la forma en que caminamos al compás, con los tacones duros repiqueteando en el suelo. Tienen suelas planas sin costuras. No he preguntado, pero apuesto a que no dejan huellas identificables.

Pat, el amigo de Strike, nos espera fuera a pesar del viento otoñal y de que no lleva chaqueta. Es grande y corpulento, con un rizado mechón de pelo pelirrojo. Saluda a Strike con una amplia sonrisa y un abrazo.

—Este tipo —me dice, y luego no puede hablar. Le brillan los ojos, y en alguien tan grande y corpulento que parece que podría tener un trabajo extra como portero de discoteca, tal muestra de emoción me desarma.

Hay algo en su cara que me resulta familiar. Y entonces lo sé, y me duele el corazón al darme cuenta de por qué Strike insistió tanto en que viniéramos aquí.

Pat es el hermano de Kate. El tío de Henry. Strike vivía aquí. Es de Filadelfia. Esto es lo más cerca que puede estar de traerme a casa.

—Tengo entendido que hoy tenemos un doble —comenta Pat, sonriendo y abriendo la puerta de 215Ink.

—Estoy un poco nerviosa —admito.

—Respira —aconseja Pat, y miro a Strike. Me pregunto si recuerda que esa fue la primera palabra que me dijo. Por la forma en que me responde, sé que está pensando lo mismo. En cómo empezó todo con aquella extraña orden en el depósito de cadáveres hace un año.

—Sí. Lo haré.

—Mejor que lo hagas bien, Pat. Puede parecer dulce, pero es más dura que un filete bien hecho cuando se trata de dar valoraciones en Yelp.

Le suelto un manotazo a Strike.

—He visto el trabajo que has hecho con él. No me preocupa esa parte.

Pat me hace un gesto con una sonrisa amable y luego aparta a Strike unos pasos.

—Lo siento. Tengo que hablar con el grandullón —indica Strike disculpándose. No me importa. Me gusta ver a Strike aquí, conocer ecos del mundo que solía habitar. Los dos hombres cuchichean en un rincón y, aunque no oigo lo que dicen, capto algunas palabras.

—Kate…, puto cabrón…, la poli piensa…, callejón sin salida.

Strike no ha dejado de buscar al hombre que destruyó su vida. Por supuesto, Pat tampoco.

Saco el teléfono y toqueteo la pantalla. Finjo que no oigo nada. Cuando Strike necesite involucrarme, ya lo hará.

Los dos hombres se dan palmadas en la espalda y Strike lanza un «Gracias, tío» por encima del hombro.

—Strike me dijo que querías algo similar a su tatuaje —empieza Pat, cuando vuelve a donde estoy de pie.

—Por favor.

—Enséñame —invita Pat. Le entrego el trozo de papel que llevo en el bolsillo con mi boceto hecho a mano.

—Dos líneas. La primera en forma de cerilla. —Escuchar a Strike hablar de sus tatuajes encendió una chispa en mi interior. Mientras que parte del lienzo de su piel funciona como un marcador de sus asesinatos, otros tatuajes —recuerdos entintados en fechas, monogramas e insignias— son un testimonio de la narrativa de su vida. Anhelo la misma atención y consideración en el viaje de mi propia existencia: mis intenciones firmes y mis hitos grabados audazmente en tinta.

—Y, Strike, ¿quieres que añada una línea al tuyo?

Strike asiente con la cabeza e intercambia una mirada conmigo.

Me subo al sillón del tatuador y apoyo el brazo para que Pat tenga mejor acceso a la parte interior del bíceps. Me limpia el brazo con alcohol y me enseña la aguja llena de tinta.

—A algunas personas no les duele —dice.

Al otro lado de la habitación, Strike dice «Te quiero» moviendo los labios.

Oigo el zumbido y, cuando siento la pequeña picadura, me dan ganas de reír.

Es menos que una picadura de mosquito. He soportado dolores mucho, muchísimo peores que este. Con cada pinchazo de la aguja con tinta, me siento más eufórica. De niña, vivía sorprendida por que hubiera dolor y peligro donde se suponía que debía sentir felicidad y seguridad. El tatuaje es todo lo contrario, y la tinta grabada de forma permanente en mi piel me recordará mi capacidad para elegir mis propias cicatrices y forjar mi propio destino.

—¿Estás bien? —pregunta Strike por lo bajo.

—Sí.

Estoy mucho mejor que bien. Después de todas las vueltas y revueltas que ha dado este alocado viaje, e incluso aunque quede tanto aún desconocido por delante, lo he conseguido. He llegado. He sobrevivido. He florecido. Incluso he encontrado a mi alma gemela, y juntos, pase lo que pase, seremos los vencedores de nuestra historia. Conseguiremos escribir nuestro propio, precioso e inesperado Normal.

Estamos en casa.

AGRADECIMIENTOS

En primer lugar, gracias a los fabulosos lectores que nos han acompañado durante todo el viaje; habéis hecho que sea muy estimulante. También queremos dar un enorme y delicioso abrazo a la comunidad romántica. Vuestra pasión y entusiasmo nos han inspirado para sumergirnos de cabeza en el mundo del *Dark romance*. Como fans y lectoras de toda la vida, estamos encantadas y nos sentimos honradas de poder disfrutar ahora de parte de este espacio en las estanterías.

A nuestras primeras lectoras, Rose Brock y Catherine McKenzie, ¡muchísimas gracias! Nada nos ha hecho más felices que tener luz verde para seguir adelante.

También estamos muy agradecidas a nuestras agentes, Erin Harris, Jenn Joel y Emily Van Beek. Les damos las gracias por su sabiduría y apoyo cuando nos embarcamos en esta nueva aventura desconocida.

Un agradecimiento muy especial a Kristin Cipolla, Abby Graves, Kim-Salina I, Megha Jain, Christine Legon, Jessica Mangicaro, Chelsea Pascoe y, sobre todo, a nuestra editora, Liz Sellers, que ha dado forma a este manuscrito para convertirlo en un libro con tanta capacidad y claridad, así como un picante y animado sentido de la diversión.

También queríamos hacer un reconocimiento especial a todos los chistes, aperitivos, memes y GIFs que han contribuido a hacer de nuestra colaboración un viaje de placer, sin los cuales este libro podría seguir siendo solo un sueño febril. Tanto si se trataba de otro *sticker* de unicornio arcoíris, una taza de café o una pausa para escribir con guacamole y patatas fritas, nos encantó la magia y la chispa de todo el proceso.